Avertissement : ce roman pour jeunes adultes comporte des scènes explicites de sexe. Il s'inscrit dans un nouveau genre appelé « new adult ».

Te succomber

Jasinda Wilder

Te succomber

Traduit de l'anglais (États-Unis) par Anna Souillac

Michel Lafon

Titre original
Falling Into You

118, avenue Achille-Peretti – CS 70024
92521 Neuilly-Sur-Seine Cedex

Ce livre est dédié à tous ceux qui ont perdu quelqu'un qu'ils aimaient, à tous ceux qui se sont réveillés en pleurs et se sont couchés dans le même état, à tous ceux qui ont dû apprendre qu'il n'y avait pas de mal à aller mal.
Survivre, ce n'est pas être fort, c'est continuer à respirer un jour après l'autre.
Être fort, c'est apprendre à vivre en dépit de la douleur.

Première partie

Le passé

Nell

1

Meilleur ami… ou petit ami ?

Septembre

Je n'ai pas toujours été amoureuse de Colton Calloway. J'ai d'abord été amoureuse de son frère cadet, Kyle.

Kyle a été mon premier véritable amour, mon premier à tous les niveaux.

J'ai grandi à côté des Calloway. Kyle et moi avions exactement le même âge, nos mères ayant accouché dans le même hôpital à deux chambres et deux jours d'intervalle. Il était, à mon grand désarroi, le plus âgé. Il ne s'agissait que de deux jours, mais cela suffisait pour que Kyle se sente supérieur et me taquine sans pitié à ce sujet. Bébés, nous avions joué dans le même parc chez sa mère. Nous avions partagé nos cubes et nos poupées (Kyle joua à la poupée autant que moi jusqu'à l'âge de trois ans environ, ce sur quoi je n'hésitais pas à mon tour à le taquiner sans pitié). Mon père nous avait appris à faire du vélo – M. Calloway était déjà député et donc souvent absent. Nous étudiions ensemble, faisions nos devoirs ensemble. Avant toute chose, nous étions les meilleurs amis qui soient. Je crois que tout le monde pensait qu'on finirait ensemble, c'était comme un fait acquis.

Pas nécessairement arrangé, juste… acquis. Son père le député prometteur, mon père le P-DG, l'homme d'affaires hyper prospère. Leurs deux beaux enfants parfaits en couple ? Évidemment, ça allait de soi. Je sais que ça a l'air arrogant dit comme ça, mais c'était la vérité. Bien sûr, je ne suis pas parfaite. J'ai des défauts. Je suis un peu large des hanches et ma poitrine est un petit peu trop grosse, mais peu importe. Je sais que je suis plutôt jolie, même si je jure que je ne suis pas vaniteuse.

Kyle et moi n'avions pas conscience du fait que tout le monde nous imaginait finir ensemble avant d'être en classe de seconde. Nous avions toujours été amis jusque-là, les meilleurs des amis, mais *juste* des amis. Je n'ai jamais été le genre de fille obsédée par les garçons. Déjà parce que mon père était très conservateur et ne me l'autorisait pas. Je n'ai pas eu le droit de sortir avec qui que ce soit avant seize ans. Une semaine après ma fête d'anniversaire, Jason Dorsey m'invita à dîner. Après Kyle, Jason était ce qui se faisait de mieux sur le marché de la perfection. Il était blond alors que Kyle avait les cheveux noir corbeau. C'était plus le genre baraque et musclé comparé à la grâce féline du corps élancé et taillé de Kyle. Jason n'avait ni l'intelligence ni le charme de Kyle, mais il est possible que je ne sois pas objective.

Je n'hésitai qu'une seconde quand Jason me demanda après les cours s'il pouvait m'inviter à dîner. Genre j'allais refuser. Il n'existait pas une fille au lycée qui n'aurait pas rêvé que Jason ou Kyle les invitent à sortir et moi, j'étais la meilleure amie de Kyle et j'avais un rendez-vous avec Jason. La discussion avait eu lieu devant mon casier, en plein milieu du hall, là où tout le monde pouvait nous voir, donc tout le monde savait. Tout le monde nous avait vus et laissez-moi vous dire que les gens étaient jaloux.

Je retrouvai Kyle près de sa Camaro tunée après le dernier cours comme tous les jours et il démarra en faisant crisser les pneus. Il avait tendance à conduire comme s'il était dans une course-poursuite de film. C'était, cependant, un excellent conducteur donc je ne paniquais jamais. Son père lui avait fait prendre des leçons de conduite défensive avec un agent du FBI. Kyle arrivait donc à semer sans problème la plupart des flics du commissariat local.

– Devine quoi ? dis-je, excitée, alors que Kyle s'engageait dans le chemin de terre qui menait vers chez nous.

Il leva un sourcil, j'attrapai son biceps et le serrai en hurlant :

– Jason Dorsey m'a invitée à sortir ! Il m'emmène dîner ce soir !

Kyle faillit quitter la route. Il écrasa la pédale de frein, ce qui fit déraper la voiture sur le bas-côté. Il se tourna sur son siège en cuir, son bras sur mon appui-tête ; ses yeux marron brûlaient.

– Qu'est-ce que tu viens de dire ?

Il avait l'air en colère, ce qui me déstabilisa.

– Parce que je pourrais jurer que tu viens de dire que Jason t'as invitée à sortir.

Je sentis mon souffle se couper face à l'intensité de son regard, de sa voix.

– Je… oui ?

C'était parti comme une question, timide et confuse.

– Il… il vient me chercher à sept heures. Nous allons chez Brann's. Pourquoi tu réagis comme ça ?

– Pourquoi je… ?

Kyle ferma la mâchoire d'un coup sec puis frotta son visage avec ses mains.

– Nell, tu ne peux pas sortir avec Jason.

– Pourquoi pas ?

Maintenant que je m'étais remise de sa colère soudaine, j'étais vexée, plus perdue que jamais et tout cela commençait à m'énerver.

– Il est gentil et mignon. C'est ton meilleur ami, alors quel est le problème ? Je suis contente, Kyle. En tout cas je l'étais. C'est la première fois que j'ai un rencart, j'ai enfin le droit d'accepter maintenant que j'ai seize ans et toi, tu t'énerves. Je ne capte pas. Tu devrais être heureux pour moi.

Le visage de Kyle se tordit et je vis douze émotions passer sur ses traits magnifiques. Il ouvrit la bouche, puis la referma. Il finit par grogner un juron, sortit de sa voiture, claqua la portière derrière lui et s'enfonça dans le champ de maïs de M. Ennis.

J'hésitai, toujours perdue. On aurait dit, juste avant qu'il parte, furieux, qu'il était jaloux. Était-il possible que Kyle soit jaloux ? Dans ce cas, pourquoi ne m'avait-il pas invitée, *lui* ? Je détachai ma queue-de-cheval pour la refaire, les rouages de mon cerveau tournaient à plein régime, j'avais du mal à respirer.

Kyle ? J'avais tout fait avec lui. Tout. On déjeunait ensemble tous les jours. On faisait des randonnées et des pique-niques, de longues balades à vélo qui finissaient par une glace au Dairy Queen. On zappait les réunions politiques mensuelles de son père : on piquait une bouteille de vin qu'on allait boire sur le ponton derrière chez moi. On s'était même saoulé une fois avant de prendre un bain de minuit.

Je me rappelle avoir observé Kyle enlever son caleçon et avoir senti un picotement dans mon ventre à la vue de son dos nu. À l'époque, j'avais cru que ce que je ressentais n'était que l'effet de l'alcool. Bien sûr, je m'étais déshabillée aussi et la façon dont Kyle m'avait regardée avait rendu le pincement dix fois plus intense. Je me souviens lui avoir crié d'arrêter de me reluquer et il s'était retourné. Il avait de l'eau jusqu'à la taille et je ne pouvais pas m'empêcher de me demander s'il n'essayait pas de masquer sa réaction au fait de m'avoir vue toute nue. Il avait fait bien attention de garder ses distances quand nous nagions alors que d'habitude nous étions très tactiles. En général, on se prenait dans les bras, on se cherchait, on se lançait dans des batailles de chatouilles que Kyle gagnait toujours.

Je voyais soudain tout d'un œil différent.

Kyle ? C'était mon meilleur ami. J'avais des amies filles, bien sûr. Jill, Becca et moi allions nous faire faire des manucures ensemble toutes les semaines et après on se prenait un milk-shake chez Big Boy. Mais quand j'étais contrariée ou en colère, quand je m'étais disputée avec mes parents ou que j'avais eu une mauvaise note ou quoi que ce soit d'autre, c'était Kyle que j'allais voir. On s'asseyait sur mon ponton ou le sien et il me remontait le moral. Il me prenait dans ses bras et me serrait jusqu'à ce que je me sente mieux. Je m'étais endormie mille fois avec lui sur ce ponton, pareil pour son canapé quand on regardait un film. Sur son canapé et sur ses cuisses. Contre sa poitrine, son bras autour de moi.

C'est pas vraiment ce que font des meilleurs amis, non ? Pourtant on ne s'était jamais embrassé ou pris la main comme un couple. Et si quelqu'un demandait, ce qui arrivait souvent, on répondait toujours : « Non, on ne sort pas ensemble, on est juste meilleurs amis. »

Mais est-ce qu'on était plus ?

Mon Dieu, quel bordel.

Je sortis de la voiture et suivis Kyle. Il était déjà loin mais je savais où il allait. Il y avait un endroit sur la crête du champ de maïs de M. Ennis où nous avions l'habitude de traîner. De là, on pouvait voir toute la ville, mais aussi la rive argentée du lac et le sentier obscur de la forêt.

Kyle avait déjà à moitié grimpé le pin qui trônait en haut de la crête, celui qui avait été abîmé par la foudre. Nous avions l'habitude de nous asseoir sur une branche épaisse, longue d'environ six mètres et facilement accessible. Il se mettait en général le dos au tronc et je m'asseyais entre ses cuisses, contre son torse. Je me mis debout sur la branche du dessous et attendis. Kyle accrocha son pied autour de la branche, se pencha, me souleva comme une poupée et m'installa entre ses jambes. Cette position prenait soudainement une tout autre ampleur. Je pouvais sentir son cœur marteler dans sa poitrine. Il respirait fort et sentait la transpiration. Il avait dû courir jusqu'ici.

Je posai ma tête sur son épaule et observai son profil ciselé et magnifique, baigné dans le soleil de la fin d'après-midi. Ses sourcils semblaient cousus ensemble tellement il avait l'air soucieux, sa mâchoire était tendue. Il était toujours en colère.

– Kyle… parle-moi. Je ne…

– Tu quoi ? Tu ne comprends pas ? Oh si, tu comprends très bien.

Il me regarda puis ferma doucement les yeux et tourna la tête. Comme s'il était douloureux de me regarder.

– Tu es mon meilleur ami, Kyle. S'il y a autre chose pour toi, dis-le-moi.

– Pour moi ?

Kyle laissa retomber sa tête sur l'arbre.

– Je ne sais pas, Nell. Je… ouais, je veux dire, on est meilleurs amis mais par défaut, je crois. C'est vrai qu'on a grandi ensemble. On passe tout ce temps tous les deux et on dit aux gens que c'est tout ce qu'on est, mais…

– Mais quoi ?

Je sentis mon cœur s'emballer dans ma poitrine. Cela pouvait tout changer. Il attrapa une de mes mèches blond vénitien dans ses doigts et l'entortilla.

– Et s'il y avait plus ? Entre nous ?

– Plus ? Tu veux dire, si on était *ensemble* ?

– Pourquoi pas ?

Je sentis la rage monter en moi.

– « Pourquoi pas ? » Putain, t'es sérieux, là, Kyle ? C'est ça, ta réponse ?

Je glissai à l'avant de la branche et me laissai descendre jusqu'à celle du dessous.

Quelques secondes plus tard, j'avais quitté l'arbre et je courais à travers le champ. J'entendis Kyle derrière moi qui me criait de l'attendre, mais je ne l'écoutai pas. La maison n'était plus qu'à un kilomètre et demi, je continuai donc à courir. J'ouvris la porte avec une telle violence que les murs en tremblèrent et ma mère sursauta si fort qu'elle en lâcha son verre. J'entendis le fracas du verre contre le carrelage, ma mère jurer alors que je claquais la porte de ma chambre et me laissais tomber sur le lit en pleurant. J'avais tenu jusque-là mais, dans le sanctuaire qu'était ma chambre, je pouvais me libérer.

– Nell ? Qu'est-ce qui ne va pas, mon cœur ? dit la voix de ma mère, préoccupée et douce, de l'autre côté de la porte.

– Je ne… Je n'ai pas envie d'en parler.

– Nell, ouvre et parle-moi.

– Non !

J'entendis alors la voix profonde et masculine de Kyle. Ma mère dit :

– Nell ? Kyle est là.

– Je ne veux pas le voir. Fais-le partir.

Derrière la porte, ma mère discutait avec Kyle, lui disant qu'elle me parlerait et que tout irait bien. Tout n'irait pas bien. Je n'arrivais pas exactement à comprendre pourquoi je pleurais si fort. J'étais perdue pour cent raisons différentes.

J'étais excitée à l'idée d'aller dîner avec Jason. En tout cas je l'étais au début. J'essayai de m'imaginer la main de Jason dans la mienne, son bras autour de ma taille, nous deux en train de nous embrasser. Je me mis à frémir et effaçai l'image de mon esprit, j'avais limite envie de vomir. Alors pourquoi avais-je été si contente ? Juste parce qu'un mec mignon m'avait invitée ? Peut-être. Je veux dire, c'était de notoriété publique que Nell Hawthorne était intouchable pour qui que ce soit. On m'avait déjà invitée à sortir l'année dernière au bal de rentrée. Aaron Swarnicki. Plutôt mignon mais ennuyeux à mourir. Papa avait flippé et m'avait interdit d'y aller avec lui. Je pouvais aller au bal, mais c'était tout. La nouvelle s'était répandue comme une traînée de poudre, sans qu'on ait besoin d'officialiser : pas touche à Nell. Aucun garçon ne m'a plus jamais approchée après ça. Papa était une figure plutôt influente de la ville. Seul le père de Kyle était plus important et c'était seulement parce qu'il était député. Papa possédait plusieurs immeubles du centre-ville et d'autres dans des comtés environnants. Il siégeait au conseil municipal, était ami avec le maire et le gouverneur de l'État également. Par M. Calloway, il avait aussi accès à des figures politiques d'envergure nationale. Tout cela pour dire que personne n'avait envie de fâcher Jim Hawtorne. C'était quand même très bizarre quand j'y repense. Peut-être que papa avait dit quelque chose au garçon qui m'avait invitée.

Mes pensées se tournèrent à nouveau vers Kyle. Sa réaction soudaine et extrême quand il avait appris que Jason m'avait donné rendez-vous. La façon qu'il avait eue de me regarder sur la branche.

Ma propre réaction à son «pourquoi pas?».

«Pourquoi pas?» C'était ce qu'il avait de mieux à dire? J'étais de nouveau en colère, je ne pouvais pas me calmer même si je savais que tout ça était irrationnel. Je ne voulais pas qu'il ait envie de sortir avec moi juste *comme ça.* Je voulais que ça ait de l'importance.

J'essayai de m'imaginer être avec Kyle, je veux dire si on était plus que des amis, quoi que ça veuille dire. Je n'avais aucune difficulté à imaginer nos doigts entrelacés. Des dîners aux chandelles. Ma tête sur son torse, ses lèvres s'approchant des miennes alors que le soleil se couchait derrière nous…

Je me dis qu'il fallait que j'arrête mon mélodrame. Mais je n'arrivais pas à me défaire de cette image. Je pouvais presque sentir les bras de Kyle caresser mon dos, ses mains couvrir ma taille, effleurant dangereusement le creux de mes reins. Je désirais, dans un frisson secret, que ses mains descendent un tout petit peu plus bas. Je sentais presque ses lèvres, chaudes, douces, glissant sur les miennes…

Je rougis, me tortillai sur le lit, roulai sur le dos et essuyai mes larmes.

Qu'est-ce qui clochait chez moi? Voilà que je me mettais à fantasmer sur Kyle?

Il fallait que je sorte. Il fallait que j'aille courir. Je me déshabillai et mis mon short de course, ma brassière de sport, un débardeur, des chaussettes, mes Nike et j'attrapai mon iPod.

Généralement, courir me changeait les idées et c'était exactement ce dont j'avais besoin.

J'enfonçai mes écouteurs dans les oreilles en descendant l'escalier et franchis en trombe la porte d'entrée, faisant semblant de ne pas entendre ma mère qui m'appelait. J'enclenchai ma playlist spéciale sport. Que des chansons stupides avec un rythme entraînant, qui me vidaient la tête et me permettaient de ne penser à rien d'autre que ma course. Je m'étirai en vitesse et décollai pour entamer mon parcours habituel de huit kilomètres.

Je passai devant l'allée de Kyle et m'insultai mentalement pour ne pas avoir réfléchi. Il m'attendait, ses écouteurs plantés dans les oreilles, torse nu, en short de sport. Je l'avais vu comme ça un millier de fois, ses abdos sculptés ondulant dans la lumière du soleil, cette ligne sombre de poils qui descendait le long de son ventre et disparaissait sous son short. Cette fois, je dus néanmoins me mordre la joue en le voyant. Je savais que Kyle était sexy. J'étais une fille de seize ans normale, gavée d'hormones, qui savait apprécier le corps d'un homme bien bâti. C'est juste que je n'avais pas pensé à Kyle de *cette* façon. Pas comme un objet de désir.

Je ne ralentis pas pour autant et il m'emboîta le pas, calant naturellement sa foulée sur la mienne. Même le rythme double de nos pas et de nos expirations fut immédiatement en harmonie.

On ne parla pas, on ne se regarda même pas. On ne fit que courir. Un kilomètre, puis un autre, puis on commença tous les deux à faiblir. Qu'importe, je me mis à accélérer, il suivit la cadence. J'allai encore plus vite et on atteignit tous les deux le second souffle. On passa à toute vitesse devant la souche tordue de l'arbre qui marquait le troisième kilomètre, haletant, en sueur. Je m'efforçai de garder les yeux sur la route devant moi, de me vider l'esprit avec Lady Gaga en fond sonore. Courir, courir, courir, expirer et se concentrer, balancer les bras. Ne pas regarder Kyle. Ne pas regarder l'éclat de la transpiration sur son torse nu, ne pas en voir les perles sur la bosse de ses pectoraux, ne pas m'imaginer lécher ces gouttes au moment où elles tomberaient dans le champ ondulé de ses abdos.

Merde ! Où j'allais chercher tout ça ? Le lécher ? *Arrête ton délire, Nell. Arrête ton foutu délire.* L'autoréprimande n'eut aucun effet. L'image était désormais gravée au fer rouge dans mon esprit. Kyle, allongé sur le dos, dans un pré. La sueur coulant sur sa peau dorée, ses cheveux en bataille et trempés. Moi, baissant mon visage sur son torse, appuyant mes lèvres sur son sternum, puis léchant la perle scintillante de liquide salé.

Oh mon Dieu, oh mon Dieu... *ohmondieu.* C'était grave. Tout ça n'était pas des pensées saines. Ce n'étaient pas des pensées innocentes. Pas des pensées de meilleurs amis. J'étais vierge. Je n'avais jamais léché personne. Je n'avais même pas embrassé quelqu'un. Bien sûr, j'avais vu quelques films un peu chauds interdits au moins de seize ans avec Jill et Becca. Et nous regardions tout le temps *True Blood* en secret toutes les trois. Donc... nous savions comment ça se passait et j'avais mes petits fantasmes à moi, mes rêveries de fille, mais... avec Kyle ?

J'avais juste vu trop de scènes de sexe entre Sookie et Eric. De toute évidence. Sauf que Kyle ressemblait plus à Bill.

Je repris d'un coup mes esprits, Kyle était à quelques mètres derrière moi et j'étais en pleine course, mes bras marquaient efficacement le rythme. J'accélérai d'un cran, courus encore plus vite. Je me débarrassai des images et de ce ridicule désir pour mon meilleur ami. Je me concentrai sur ma course. Mes jambes étaient en compote, respirer était devenu douloureux et irritant, ma vision était floue, le désespoir avait remplacé le sang, la confusion l'oxygène.

Kyle arriva à ma hauteur, son rythme se cala sur le mien, il faisait de gros efforts. Et puis sa condition physique prit le dessus et il s'envola. Il courut plus vite que je ne pourrais jamais le faire. Il courait comme un garçon de seize ans, comme le joueur star de football américain qu'il était. Comme celui qui avait déjà été repéré par l'Université du Michigan, d'Alabama et de Caroline du Nord.

Je trébuchai, ralentis, m'arrêtai et me penchai en avant les mains sur les genoux, hors d'haleine. Kyle était trois mètres devant moi, dans le même état. Nous étions en haut d'une colline, la forêt à gauche, nos maisons quelques kilomètres derrière, la crête avec notre arbre sur notre droite. Les fleurs sauvages se balançaient sous la brise fraîche et bienvenue d'une soirée chaude de septembre. Je me mis à marcher en rond et, oubliant un instant la situation, j'enlevai mon débardeur pour m'essuyer le visage avec.

Je m'arrêtai à nouveau, la tête en arrière, essayant de reprendre ma respiration, et posai mon tee-shirt sur mes yeux.

– Tu devrais t'étirer, murmura Kyle.

Il était à quelques centimètres. Je sursautai au son de sa voix, à sa soudaine proximité. Mon cœur se mit à battre vite de nouveau, cette fois plus par nervosité que par épuisement. Ce qui était stupide. Il s'agissait de Kyle. Il savait tout de moi. Il m'avait vue toute nue.

C'était exactement ce à quoi je n'aurais pas dû penser à cet instant. J'enlevai le tee-shirt de mes yeux et vis mon ami me regarder ; son expression était intense mais difficile à lire. Il prenait des inspirations profondes et longues. J'aurais facilement pu me convaincre qu'il ne faisait que reprendre son souffle après avoir couru mais je savais qu'il ne s'agissait pas de ça. Pas seulement.

Je me léchai les lèvres et ses yeux suivirent le chemin de ma langue. L'heure était grave.

– Kyle… commençai-je, réalisant vite que je ne savais pas quoi dire.

– Nell.

Il avait l'air calme, confiant. Naturel. Mais ses yeux… ses yeux le trahissaient.

Il se tourna, se pencha pour toucher ses pieds et commença à s'étirer. L'instant était passé et je me tournai pour m'étirer aussi. Quand on eut tous deux fini, on s'assit dans l'herbe et je savais qu'on ne pouvait plus éviter la discussion. Pour cacher mon angoisse, je défis ma queue-de-cheval et agitai mes cheveux.

Kyle prit une profonde inspiration, me fixa nerveusement et ferma les yeux.

– Nell, écoute. Quand j'ai dit « pourquoi pas », c'était… c'était stupide. Ce n'est pas ce que je voulais dire. Je suis désolé. Je comprends que tu l'aies mal pris. J'étais juste en colère et perdu.

– Perdu ?

– Oui, perdu ! cria-t-il presque. Toute cette histoire entre nous aujourd'hui, c'était déroutant. Quand tu m'as dit que Jason t'avait invitée à sortir, j'ai juste… c'était comme si quelque chose dans ma tête avait… explosé. Je t'ai imaginée avec lui, voire l'embrasser, et je… non. Juste non.

Il se frotta le visage, puis s'allongea sur l'herbe, levant les yeux vers le ciel bleu parsemé de lambeaux blancs et taché d'orange par le soleil couchant.

– Je sais de quoi je vais avoir l'air mais… quand je t'ai imaginée dans les bras de Jason, ses lèvres sur les tiennes… j'ai pas supporté. Je me suis dit : « Jamais de la vie ! Nell est à moi. » C'est là que je me suis enfui. Je n'ai pas compris pourquoi je suis devenu si possessif d'un seul coup. Je ne suis toujours… je ne sais pas d'où ça vient.

– Je ne sais pas non plus. J'ai été surprise de ta réaction. Mais pour être sincère, quand je suis rentrée chez moi et que j'ai réfléchi à ce que ça serait de sortir avec Jason… ça collait juste pas. Je n'arrivais pas à me l'imaginer.

– Tu vas dîner avec lui ?

Je marquai une pause.

– Je ne sais pas. Je suppose que non.

Kyle me lança un regard puis sortit son iPhone auquel étaient accrochés ses écouteurs.

– Est-ce qu'il le sait ?

Je pris une inspiration. Je ne l'avais pas appelé pour annuler.

– Merde, non, il ne le sait pas.

La lèvre de Kyle se tortilla dans un sourire.

– Il faut l'appeler, alors, non ? Il va se demander où tu es.

Je jetai un œil à mon iPod : 18 h 54.

– Je peux t'emprunter ton téléphone ?

Il chercha dans son répertoire, débrancha les écouteurs et me tendit l'appareil. J'appuyai sur « appeler » et posai l'appareil sur mon oreille, l'étui en caoutchouc toujours humide et tiède du touché de Kyle.

La voix exubérante de Jason retentit au bout du fil.

– Hey Kyle, mon frère ! Quoi de neuf ?

Je pris une respiration hésitante.

– En fait c'est Nell, Jason. Je t'appelle du téléphone de Kyle… j'ai, j'ai oublié le mien.

– Oublié le tien ? T'es où ? Je suis en train de me garer devant chez toi.

Sa voix était sympathique et enthousiaste, il ne semblait pas comprendre.

– Écoute, je suis désolée mais je ne peux pas sortir avec toi.

Un long silence.

– Oh, je vois.

Sa voix était déçue et je pouvais imaginer l'expression de son visage.

– J'ai juste… j'ai peut-être dit oui trop vite, Jason. Je suis désolée. Je ne crois pas… Je ne crois pas que ça marcherait.

– Donc ce n'est pas que partie remise, n'est-ce pas.

Ses mots impliquaient une question, mais son ton était celui d'une affirmation, clair, tendu.

– Non, je suis désolée.

– C'est pas grave, je suppose.

Il rit, un aboiement forcé.

– Merde, si, ça l'est. C'est un peu chelou, tout ça, Nell. J'étais super content.

– Je suis vraiment, vraiment désolée, Jason. Je me suis juste rendu compte après avoir bien réfléchi… je veux dire, je suis flattée et j'étais vraiment contente que tu m'invites mais…

– Il s'agit de Kyle, n'est-ce pas ? Tu es avec lui, tu m'appelles de son portable, donc bien sûr qu'il s'agit de lui.

– Jason, ce n'est pas… Oui, je suis avec lui en ce moment mais…

– C'est pas grave, je comprends. Je crois qu'on savait tous que ce jour arriverait, je ne devrais pas être surpris. J'aurais juste aimé que tu me le dises plus tôt.

– Je suis désolée, Jason, je ne sais pas quoi te dire d'autre.

– Il n'y a rien à dire. Tout va bien. Je suis juste… peu importe. On se voit lundi en chimie.

Il était sur le point de raccrocher quand j'eus soudain une idée lumineuse.

– Jason, attends.

– Quoi.

Sa voix était morne, sans vie.

– Je ne devrais probablement pas te le dire mais… Becca craque pour toi depuis la cinquième. Je peux te garantir qu'elle te dira oui si tu l'invites.

– Becca ?

J'entendais à sa voix qu'il réfléchissait à l'idée.

– Ça ne serait pas bizarre ? Qu'est-ce que je vais lui dire ? Elle va penser qu'elle est mon deuxième choix ou un truc du genre. Dans l'absolu, elle aura raison, mais c'est différent quand même.

Je réfléchis une seconde.

– Dis-lui juste la vérité. Je t'ai planté à la dernière minute. Tu as déjà une réservation et tu t'es dit qu'elle aimerait peut-être venir avec toi à ma place.

– Tu crois que ça marchera ? Sérieux ?

Sa voix était à nouveau excitée, pleine de vie.

– Elle est plutôt sexy.

– Ça marchera. Appelle-la.

Je lui donnai son numéro, il le nota.

– Merci… je suppose. Mais, Nell ? La prochaine fois que tu brises le cœur d'un mec, préviens-le un peu avant, d'accord ?

– Ne sois pas ridicule, Jason. Je ne t'ai pas brisé le cœur. On n'est même pas sorti ensemble. Mais je suis désolée de te planter comme ça.

– T'en fais pas. En plus, ça marchera peut-être entre Becca et moi. Elle est presque aussi sexy que toi. Attends, merde, c'est pas ce que je voulais dire. Ne dis pas à Becca que j'ai dit ça. Vous êtes toutes les deux aussi sexy, j'étais juste…

Je ne pus m'empêcher de rire.

– Jason ? Tais-toi. Appelle Becca.

J'appuyai sur « terminer » et tendis le téléphone à Kyle.

– Tu t'en es plutôt bien sortie, Nell, je dois le reconnaître.

Il me regarda, perplexe.

– Est-ce que Becca craque vraiment pour lui ?

Je me remis à rire.

– Un peu, oui. Elle est folle amoureuse de Jason Dorsey depuis… bon, je lui ai dit la cinquième mais ça fait plus longtemps que ça. Beaucoup plus longtemps. Depuis le CM1. Depuis toujours. Encore une raison pour laquelle je n'aurais jamais dû accepter son invitation, j'étais juste… j'étais excitée, Kyle. C'est pas rien de se faire inviter par un mec mignon et Jason et toi vous êtes les plus canon de tout le lycée.

Kyle me sourit, à la fois détaché et espiègle.

– Tu me trouves mignon ?

Oh mon Dieu. Oh mon Dieu. Voilà les ennuis. Je n'arrivais pas à le regarder dans les yeux. L'herbe était soudain hyper, hyper intéressante.

– Tu es sexy et tu le sais, Kyle Calloway, alors arrête de courir après les compliments.

J'avais opté pour la tactique de la séduction et de la blague, en espérant le détourner du fait que j'étais rouge écarlate du front jusqu'au décolleté.

Échec total.

– Tu es de toutes les couleurs, Nell.

Sa voix était vraiment trop proche. Je sentis la chaleur de son souffle sur mon cou.

Que se passait-il ? Que faisait-il ?

Je levai les yeux et ceux de Kyle étaient là, à quelques centimètres des miens. Il était couché sur le flanc et ses doigts s'approchèrent de moi. Je ne pouvais plus respirer tout à coup. Il ramena une mèche de mes cheveux derrière mon oreille et je fus incapable de me concentrer sur rien d'autre que son corps sculpté, son regard fougueux, sa main dans mes cheveux, sa bouche, ses lèvres, tellement proches, le bout de sa langue passant sur sa lèvre inférieure. Tout à coup, Kyle était quelqu'un d'autre, quelqu'un de différent. Pas le petit garçon avec lequel j'avais grandi ; c'était un jeune homme qui avait ses traits, ses yeux, sa mâchoire carrée mais avec un regard intense et adulte, presque affamé.

Je ne connaissais pas ce Kyle, mais je l'aimais bien. J'avais envie de le connaître.

Quand il posa sa bouche sur la mienne, je fus submergée par un frisson électrique. Je fermai les yeux et sous le choc je pris une grande inspiration. Une étrange chaleur et un sentiment de puissance m'envahirent le corps, la surprise laissa doucement la place à la curiosité… au plaisir.

Kyle était en train de *m'embrasser*. Oh mon Dieu, oh mon Dieu… *ohmondieu*. Et j'aimais ça, beaucoup. Mon premier baiser.

J'avais le souffle coupé, j'étais incapable de bouger à cause de cette sensation incroyable de ses lèvres sur les miennes. Sensation nouvelle mais parfaite, mêlant découverte et hésitation. Il se redressa. J'étais encore plus hors d'haleine, je pleurais la fin de notre baiser.

– Nell ? Je… tu ?

Il n'avait pas l'air sûr de lui, de ce qui venait de se passer.

Je lui souris. Nos visages étaient toujours si près que je sentais mes lèvres contre les siennes. Ma main alla de ma cuisse à son bras, puis son visage, mes doigts s'écartèrent autour de son oreille, ma paume contre sa joue. Il laissa échapper un soupir de soulagement, et cette fois le baiser fut mutuel. Je pressai, bougeai mes lèvres contre les siennes, le souffle à nouveau coupé de curiosité…

Les mille questions qui m'avaient traversé l'esprit

quand j'avais regardé des gens s'embrasser dans les films avaient enfin une réponse. Que faisait-on avec son nez ? Quel nez ? Tout ce que je savais, c'est que j'avais sa bouche contre la mienne, légèrement décalée. Les mains ? Elles avaient l'air de très bien savoir où elles devaient aller sans qu'on ait rien à leur dire. Sur son visage, sa nuque, ses bras. Bien entendu, j'arrivais à respirer même quand on s'embrassait. Plus jeune, je m'étais demandé si j'aurais à retenir ma respiration. J'étais désormais ravie de découvrir que je pouvais embrasser Kyle sans jamais m'arrêter, je n'avais pas à reprendre ma respiration, je ne le voulais sous aucun prétexte.

Je ne savais pas exactement combien de temps s'était écoulé depuis que nous avions commencé à nous embrasser. Je m'en moquais. Rien n'avait d'importance à part la joie délirante d'être avec Kyle, de mon premier baiser, d'embrasser mon meilleur ami, le seul mec qui ait jamais vraiment compté pour moi.

Non seulement c'était parfaitement naturel, mais c'était la seule chose que j'aurais pu imaginer se passer et je n'arrivais pas à comprendre comment ça n'était pas arrivé plus tôt.

Puis, tout à coup, je me retrouvai allongée, les brins d'herbe écrasés chatouillant mon dos nu. Kyle était sur moi mais ne pesait pas de tout son poids : sa paume était plantée dans l'herbe à côté de mon visage. J'enroulai ma main autour de son bras, l'autre sur sa nuque, m'assurant qu'il ne se relèverait pas, qu'il n'arrêterait pas de m'embrasser.

Soudain, je compris beaucoup de choses.

Je compris le danger d'un baiser. La chaleur, la puissance et la foudre. Je sentis quelque chose de dur se presser contre ma hanche et je sus en une seconde ce que c'était. Le baiser s'arrêta et Kyle se redressa, reculant ses hanches à toute vitesse. Son regard vacilla sur mon corps et je me mis à rougir, à la fois à cause dudit regard et parce que je savais ce que j'avais senti.

Il rougit et réalisa que je le fixai, lui, son corps, ses abdos sculptés et aussi plus bas, là où une bosse révélait ce dont nous avions tous les deux conscience.

– Merde… dit Kyle en se roulant sur le dos et en couvrant son visage, de toute évidence embarrassé. Nell, je suis désolé, je ne sais pas ce qui s'est passé…

Je me mis à rire.

– Kyle, je suis à peu près convaincue qu'on sait tous les deux que c'est faux. Je sais ce qui s'est passé et toi aussi. On s'est embrassé, on s'est touché. Et ça t'a… excité.

Il tira une seconde sur l'élastique de son short pour le réajuster.

– Oui, mais… c'est un peu embarrassant.

Je roulai sur le ventre et m'allongeai sur lui, comme il l'avait fait sur moi.

– Kyle, ce n'est pas grave. On n'est plus des gamins. Je suis… je sais… je veux dire, oui, c'était un peu bizarre pendant une seconde mais…

– Ça change tout entre nous, non ? demanda Kyle en m'interrompant.

Je ne finis pas ma phrase, j'étais sans voix face à sa question.

– Je suppose que oui, dis-je.

– Est-ce qu'on est toujours amis ?

Je me mis à paniquer.

– Je… oui ? Enfin j'espère que oui. Je ne sais pas ce qui s'est passé, pourquoi on s'est embrassé comme ça, pourquoi tu es devenu si jaloux et pourquoi je ne pouvais pas sortir avec Jason. Enfin, je sais… mais je ne comprends pas pourquoi, pourquoi maintenant. Tu sais, toi ? T'embrasser, c'était… naturel. Et tu es toujours toi.

Je suis toujours moi. Nous sommes toujours nous, Kyle et Nell. Juste… un peu plus, je suppose.

Kyle soupira de soulagement.

– J'avais peur que… je veux dire, je n'avais pas l'intention de t'embrasser. C'est juste arrivé. C'était incroyable et je n'ai pas voulu m'arrêter.

Son regard croisa finalement le mien, ses doigts jouaient avec une mèche de mes cheveux.

– J'ai envie de t'embrasser encore une fois, là maintenant. Mais… j'ai peur de ne jamais être capable de m'arrêter.

– Qui a dit que je voulais que tu t'arrêtes ? Je t'ai embrassé, moi aussi, Kyle. Je ne sais pas ce que ça change entre nous deux. Je veux dire, est-ce qu'on est un couple maintenant ? Je ne sais pas. Que vont dire nos parents ? Tout le monde a toujours pensé que c'est ce que nous étions de toute façon, non ?

Kyle fit courir sa langue sur sa lèvre inférieure et je savais qu'il avait envie de m'embrasser. Je le coiffai au poteau. Je me penchai. Mes cheveux recouvraient nos visages comme pour empêcher le reste du monde de nous importuner. Il n'y avait que le baiser. La main de Kyle glissa le long de mon bras, s'arrêta maladroitement sur mon épaule puis descendit dans mon dos. Il hésita, et moi aussi. Le baiser s'arrêta mais nos lèvres restèrent collées ensemble. Nos yeux se croisèrent et je pouvais le voir se poser des questions, réfléchir, plein de désir et d'incertitude. Je bougeai légèrement, mais suffisamment pour que mon corps repose encore plus sur le sien, mes mains posées sur sa poitrine. J'avais vu cette position dans un film et je la comprenais enfin. C'était intime. Confortable mais… suggestif.

Je me sentis plus expérimentée. Adulte. Grande. Pleine de désirs que je ne comprenais pas tout à fait et dont je ne savais pas quoi faire. Je sentis quelque chose de dur entre nous et le regard hésitant de Kyle me dit qu'il en était aussi douloureusement conscient que moi. Qu'étais-je supposée faire ? Me reculer ? Dans les films, c'est là que le baiser conduisait naturellement à d'autres choses. Dans *True Blood*, c'est à ce moment précis qu'Eric aurait enlevé adroitement tous les habits de Sookie et que la scène aurait changé du tout au tout, qu'il aurait été sur elle, avec tous ses muscles élancés et ses mouvements, et qu'ils auraient fait l'amour… et ils auraient tous les deux su exactement ce qu'ils étaient en train de faire.

Moi, je n'en étais pas si sûre. Le voir torse nu suffisait soudain à me faire rougir. Sentir la peau de son torse sous mes mains, ses paumes sur ma chair en dessous de ma brassière m'avait donné des frissons. Mais… le reste ?

Je n'étais pas prête.

Kyle dut deviner mon trouble ou sentir le martèlement soudain de mon cœur. Il se rassit et me força à faire pareil.

– On devrait ralentir, Nell.

– Ouais… ouais.

Je me penchai et ramassai mon tee-shirt sur la pelouse.

J'étais trempée, je ne le remis donc pas. Mes muscles étaient raidis, mon dos me faisait mal. Je m'étirai, en me penchant en arrière, les bras au-dessus de la tête, les paumes vers le ciel. Alors que je relâchais ma position, je sentis le regard de Kyle sur mon corps. Un regard masculin.

Il me voyait, me regardait vraiment. Je rougis.

– Quoi ? demandai-je, même si je savais.

– Rien, répondit Kyle du tac au tac, et je ne pus empêcher mon regard de balayer ses muscles brillants de transpiration et la bosse révélatrice de son short qui se voyait toujours, ce qui eut pour effet de me faire rougir encore plus.

Je me souvins de la fois où Jill et moi avions regardé un film porno qu'elle avait trouvé sur le Net – par simple curiosité et pour l'adrénaline parce que nous n'aurions pas dû le regarder. Tout ce à quoi je pouvais penser, c'était cette partie des hommes que j'avais vue, énorme, veineuse et… je me mis à trembler. Ça ne m'avait semblé ni drôle, ni sexy, ni attirant. Les femmes n'avaient pas l'air réelles. J'avais trouvé ça moche, choquant et un peu effrayant. On avait éteint avant même la moitié du film et on s'était juré de ne jamais en reparler. On avait lancé un vieil épisode de *Jersey Shore* en essayant de prétendre que ces affreuses images n'avaient pas marqué notre cerveau à tout jamais.

Et maintenant, bien sûr, six mois après mon expérience ratée avec Jill en matière de porno, la seule question que je me posais en m'efforçant de détourner mon regard de l'entrejambe de Kyle, c'était de savoir s'il ressemblait à ces hommes, si cela m'exciterait de le voir nu, si lui et moi venions à le faire ensemble.

– On devrait rentrer, dit Kyle. Ça fait longtemps que nous sommes partis.

Le soleil se couchait alors que nous traversions le champ pour rejoindre la route principale. Je dévalai la pente abrupte en trottinant, devant Kyle, et je sentis à nouveau ses yeux sur moi, et cette fois je savais qu'il regardait mes fesses. J'ignorai mes joues qui devenaient rouges et me retournai, le regardant par-dessus mon épaule, essayant d'avoir l'air faussement ingénue et sensuelle. Une fois en bas de la colline, je balançai mes hanches sous son nez.

– Tu me regardais, Kyle, dis-je à voix basse alors qu'il approchait.

– Non.

Il réprima un sourire, mais ses joues roses le trahissaient.

– Oh si, tu me regardais, tu regardais mon cul.

– Je…

Il pencha la tête et se frotta la nuque, puis leva à nouveau les yeux, un sourire en coin.

– Tu sais quoi ? C'est vrai, je te regardais. Je regardais ton cul. Ça te pose un problème ?

Je haussai les épaules.

– Je n'ai pas dit que ça me posait un problème.

Mais je n'étais pas non plus prête à admettre que ça m'avait plu.

Après ça, on marcha en silence l'un à côté de l'autre, un peu gênés, un peu maladroits. Kyle finit par rompre le silence.

– Tu sais, ça fait des lustres que j'essaie de ne pas te mater de cette façon. Chaque fois qu'on court ensemble, je dois courir devant toi pour ne pas mater ton cul. Ou voir tes seins rebondir. Même quand tu portes ta brassière, elle bouge beaucoup, et c'est franchement perturbant.

– Kyle !

J'étais sur le point de m'évanouir tellement je rougissais et je ne pouvais soudain plus m'arrêter de ricaner.

– Quoi ? Je dis juste la vérité. Tu es ma meilleure amie et ça m'a toujours perturbé de te regarder comme je regarde les autres filles. Je veux dire, j'essaie de ne pas reluquer les filles en général parce que ça ne se fait pas ou quoi, mais avec toi ça a toujours été différent. Mais… putain, Nell. C'est tellement dur de ne pas te regarder. Tu es tellement sexy.

Je m'arrêtai net et me retournai brusquement pour lui faire face.

– Tu trouves que je suis sexy ?

Il me renvoya mes propres mots à la figure.

– Tu es sexy et tu le sais, Nell Hawthorne, alors arrête de courir après les compliments.

Son sourire se transforma en un regard intense, sérieux et chargé d'émotion.

– Mais… « sexy », ce n'est pas le mot exact. Je veux dire, tous les mecs du lycée trouvent que tu es sexy, sauf Thomas Avery mais c'est parce qu'il est homo. Mais moi, je pense que tu es belle. Tu es adorable.

Je me recroquevillai, un peu gênée par l'intensité et la chaleur décapante de son regard.

– Merci ?

Il pense que je suis… adorable ? L'idée que Kyle me trouve non seulement sexy mais aussi adorable me donna des crampes de peur, je sentis une pression intense sur mon cœur.

Nous marchions vers chez nous quand il me prit soudain la main ; ses doigts se mêlèrent aux miens comme si cela avait toujours été leur place. On arriva devant son allée. Sa mère était sur le perron en train de regarder son courrier, son téléphone portable coincé entre son oreille et son épaule, probablement avec ma mère à l'autre bout du fil.

Elle nous vit passer tranquillement le portail automatique en fer forgé, main dans la main. Ses sourcils rejoignirent la ligne de ses cheveux, elle perdit le fil de sa phrase en plein milieu, elle était bouche bée. Je savais que mes cheveux étaient ébouriffés et humides, je ne portais pas de tee-shirt et Kyle non plus… Tout à coup mes lèvres frissonnèrent au souvenir de son baiser. Je me demandai si elle pouvait voir qu'on s'était embrassé, si elle pensait qu'on avait…

– Rachel ? Il va falloir que je te rappelle. Nos enfants viennent d'arriver… la main dans la main. Oui. Je sais. Déjà.

Olivia Calloway raccrocha et se tourna vers nous.

– Dites donc, vous êtes partis un bon moment, tous les deux.

Elle baissa les yeux sur nos mains enlacées. Kyle et moi nous regardâmes, un long regard éloquent. Je pressai sa main pour qu'il comprenne que je n'avais pas l'intention de la lâcher. Je n'avais pas honte de ce qui arrivait, ni l'intention de cacher quoi que ce soit.

Kyle acquiesça subtilement et se tourna vers sa mère.

– On est allé courir, puis on s'est arrêté près du champ de Keller pour discuter.

Mme Calloway plissa les yeux, analysant l'état avancé de notre déshabillement et le degré d'emmêlement de mes cheveux.

– Pour discuter, hein ? Et ça ?

Elle pointa un doigt en direction de nos mains.

Kyle releva le menton.

– On sort ensemble maintenant.

On ne l'avait pas vraiment décidé puisqu'on avait commencé à s'embrasser sans se mettre officiellement d'accord sur quoi que ce soit. Mais je n'avais pas l'intention de parler de ça, pas ici, pas maintenant. Et nous étions ensemble, même si ce n'était pas officiel.

– Je vois, dit Mme Calloway. Vous sortez ensemble maintenant. Êtes-vous sûrs que cela soit une bonne idée ? Vous êtes tous les deux si jeunes.

Kyle regarda sévèrement sa mère.

– T'es sérieuse ? Colt avait une petite amie à seize ans et je me rappelle pas que vous l'ayez fait chier avec ça.

– Fais bien attention à ton vocabulaire, jeune homme, dit-elle d'une voix dure. Et pour ton information, nous lui avons fait une remarque à ce sujet. La même que je te fais maintenant. Ce n'est pas parce que tu n'as pas entendu une conversation qu'elle n'a pas eu lieu. Tu avais quoi, onze ans ? Ton père et moi n'aurions jamais eu cette discussion avec ton frère devant toi, Kyle.

Kyle soupira.

– Oui, je suppose que tu as raison. Mais…

– Soyez juste prudents, d'accord ? dit-elle en coupant la parole à son fils.

– Maman, non, on n'était pas, je veux dire, on n'a pas…

– Je ne veux pas avoir cette conversation avec toi, Kyle. Et certainement pas devant Nell. Je veux juste dire, et cela vaut pour maintenant et à l'avenir, que quoi que vous fassiez ou ne fassiez pas, soyez prudents.

Elle partit, le courrier coincé sous son coude, puis s'arrêta et nous regarda.

– Et je parle d'un point de vue émotionnel, pas seulement physique. Vous avez été les deux meilleurs amis du monde toute votre vie. Si vous franchissez cette ligne… vous ne pourrez pas revenir en arrière.

Quelque chose dans sa voix et dans sa façon de regarder au loin me fit me demander si elle savait de quoi elle parlait par expérience.

– On sait, maman. C'est justement ce dont on discutait.

– Oh… bien.

Elle disparut dans la maison, l'oreille déjà vissée à son téléphone.

Je restai avec Kyle dans l'allée.

– Ça ne s'est pas si mal passé.

– Non, mais c'était ma mère. Elle va appeler mon père et il va m'appeler et il va falloir qu'on « discute ».

Je me tordis le visage pour exprimer ma compassion.

– Ouais, cette conversation m'attend probablement déjà chez moi à l'heure qu'il est.

Il se mit à rire.

– Est-ce qu'on ne l'a pas déjà eue avec eux, cette conversation, quand nous étions gamins ?

– Non, c'était différent, me semble-t-il. À l'époque, ils nous ont expliqué les fondamentaux, ce qui va où et pourquoi. Là c'est…

Je m'arrêtai, incertaine de la façon de finir ma phrase.

– Pourquoi on devrait attendre ? Et comment être responsable si on ne le fait pas ?

– Exactement.

De façon un peu absurde, j'étais presque soulagée de savoir qu'on avait traversé cette discussion sans avoir eu à dire quoi que ce soit de super embarrassant.

Une fois encore, pas prête. Tellement pas prête.

Mais ensuite, je sentis ses mains glisser le long de mon dos pour m'attirer dans ses bras et soudain l'idée d'aller plus loin avec lui ne me parut plus aussi absurde.

Plus loin… un jour.

2

« *Lucky I'm in love*[1] »

Janvier

Kyle et moi nous étions installés dans une relation à la fois passionnée et confortable. Peu de choses avaient fondamentalement changé entre nous. Nous étions ceux que nous avions toujours été. Sauf qu'on se tenait la main au lycée, qu'on s'embrassait dans les couloirs, dans sa voiture et sur le canapé en regardant la télé. Chacun d'entre nous eut en effet « la conversation » avec ses parents sur le fait d'être prudent, ce qui avait été plus qu'embarrassant. Les miens ne m'avaient même pas laissé une chance de leur dire que nous n'avions rien fait de plus que nous embrasser et que le sexe n'était pas au programme pour l'instant.

En tout cas, pas pour moi. Kyle semblait caler son rythme sur le mien et j'étais contente de laisser les choses dans l'état où elles étaient. J'aimais l'embrasser. J'aimais quand on se touchait sur le canapé. C'était un peu

1. *Lucky* est une chanson de Jason Mraz et Colbie Caillat sortie en 2009. Le refrain dit : « *I'm lucky I'm in love with my best friend* », ce qui signifie : « J'ai de la chance, je suis amoureux de ma meilleure amie. »

pareil que quand je n'avais pas voulu passer de l'amitié à l'amour, simplement parce que je ne voulais pas changer quelque chose que j'appréciais.

En réalité, tout au fond de moi, j'avais peur. Je m'étais peut-être un peu emballée avec les scènes de sexe que j'avais vues dans toutes les séries que je regardais avec Becca et Jill. J'avais peur que la réalité soit bien en deçà de mes espérances. Soit, je savais pertinemment et de façon logique que la télévision et le cinéma ne dépeignaient pas les choses avec un quelconque degré de réalité. Même la façon dont les personnages s'embrassaient n'avait rien à voir avec la vraie vie. Je n'aurais pas su expliquer la différence, même à moi-même, mais il y en avait une.

Je ne pouvais pourtant rien confier de tout cela à Kyle. Je n'étais pas sûre qu'il puisse comprendre et je savais que j'aurais eu l'air stupide. Je n'arrivais cependant pas à me défaire de mon angoisse. Je connaissais les faits, bien évidemment. Je savais que la première fois d'une fille n'était pas toujours formidable et que cela pouvait faire mal. J'avais plein d'amies au lycée qui l'avaient déjà fait et j'avais eu droit à tous les détails. Becca, par exemple. Mon coup arrangé avec Jason s'était révélé être un véritable succès. Ils étaient en couple depuis et Becca débarqua à la maison tard un soir, les joues rouges, excitée, rayonnante et au bord des larmes.

Je m'assis avec elle sur mon lit et montai le son de ma télé afin que les voix de *16 ans et enceinte* recouvrent les nôtres. J'attendis, jouant avec les cordons de mon pantalon de pyjama ; je savais que Becca me dirait ce qu'elle avait en tête une fois qu'elle aurait trouvé les mots. Elle était comme ça, Becca : elle ne parlait jamais avant d'avoir réfléchi à tout ce qu'elle allait dire. Elle avait eu des problèmes de bégaiement quand elle était enfant et ses cours d'orthophonie lui avaient appris à penser à chaque mot à l'avance, à chaque phrase, avant de parler. On avait parfois l'impression qu'elle lisait un texte, ce que tout le monde ne comprenait pas forcément.

Mais moi, je savais. Je la connaissais bien avant qu'elle aille chez l'orthophoniste. J'avais appris à la comprendre au-delà du bégaiement et à ne pas la presser. Même après toutes ses séances, il ne fallait pas brusquer Becca. Elle dirait ce qu'elle avait l'intention de dire quand elle serait prête et pas avant.

– J'ai cou... couché avec Jason, dit-elle.

Eh oui, Becca bégayait encore de temps en temps, dans les moments d'émotion extrême.

Je redressai soudain la tête ; mes cheveux balayaient mes yeux grands ouverts. Becca souriait à moitié, ses boucles brunes serrées cachaient une partie de son visage. Je pouvais la voir rougir, ce qui n'était pas évident vu qu'elle était moitié italienne et moitié libanaise et avait, par conséquent, une peau mate et sombre qui ne rougissait pas souvent.

– Tu as quoi ? Pour de vrai ? Quand ? Où ? C'était comment ?

Becca enroula l'une de ses boucles autour de son doigt et la fit rebondir comme un ressort, signe qu'elle était stressée.

– C'était comme tout ce qu'on a toujours entendu, Nell. Génial, bizarre, intense et un peu douloureux au début. Enfin, comme un pincement, pas horrible ou quoi que ce soit. Et après c'était... c'était assez incroyable. Jason était très attentionné et très doux. C'était sa première fois à lui aussi. Il était vraiment gentil. Ça n'a pas duré très longtemps en revanche. Pas comme dans *True Blood*, ça, c'est sûr. Mais c'était bien.

– Tu as saigné ? demandai-je.

Elle acquiesça.

– Ouais, un peu. On avait dit à nos parents qu'on allait au centre commercial faire du shopping, mais en réalité nous sommes allés à l'hôtel.

Elle me sourit.

– La deuxième fois, c'était encore mieux et moins embarrassant.

Je fronçai les sourcils.

– En quoi c'était embarrassant ?

– Tu te souviens de ton premier baiser ? Je veux dire de ton vrai premier baiser. Avec la langue et tout. Souviens-toi comme c'était complètement naturel, comme si, pour une raison ou une autre, tu savais ce que tu faisais, mais qu'il te restait juste à comprendre comment bien le faire ? Où mettre tes mains et tout ? Et ben c'est un peu comme ça.

Elle regarda par la fenêtre les branches du chêne qui se balançaient sous le vent hivernal et je sus que son esprit était reparti dans cette chambre d'hôtel avec Jason.

Je restai assise en silence à côté d'elle, regardant Jenelle se disputer avec sa mère à la télé.

– Est-ce que tu te sens différente ? finis-je par demander.

Elle acquiesça de la tête.

– Oui. Beaucoup. C'est difficile à expliquer, tu vois tout différemment. Physiquement, je ne me sens pas tellement différente. Dans ma tête, je me sens plus vieille. Plus sage. Mais c'est pas exactement ça non plus, je ne sais pas. C'est cette partie la plus difficile à expliquer, je crois qu'il s'agit de comprendre enfin pourquoi on en fait toute une histoire.

– Tu as l'impression que tu étais prête ?

Elle ne répondit pas tout de suite.

– Je crois. Je ne sais pas. J'en avais envie. Vraiment. On en a parlé pendant des semaines, on avait planifié où et quand. On a d'abord été dîner, c'était romantique. Mais j'avais peur. Jason aussi, mais je crois pas autant que moi.

Son regard croisa le mien et je la vis hésiter.

– Est-ce qu'il t'a forcé la main, Becca ?

Elle regarda ailleurs puis à nouveau vers moi.

– Un peu ? Je ne l'aurais pas fait si je n'en avais pas eu envie. J'aurais peut-être juste attendu un petit peu plus, si ça n'avait tenu qu'à moi.

Je ne savais pas quoi répondre à ça.

– Tu t'es... protégée, n'est-ce pas ?

Elle acquiesça vigoureusement.

– Ma cousine Maria a vingt-trois ans, elle m'a emmenée au planning familial pour obtenir la pilule[1]. Et on a utilisé un... un... tu sais. Une protection.

– Tu crois que ta cousine pourrait m'emmener moi aussi ?

Becca me regarda.

– Je peux lui demander. Mais attends d'être sûre d'être prête.

Elle respira profondément une ou deux fois, puis ses épaules tremblèrent et je la pris dans mes bras.

– Ça va ?

Elle haussa les épaules, secoua la tête et dit :

– Ouais, je crois. Je suis un peu chamboulée. Je n'arrive pas à croire que je l'ai fait.

Elle recula pour me regarder.

– Je ne suis plus vierge, Nell. Je suis une femme maintenant.

---

1. Aux États-Unis, il faut être majeure ou accompagnée d'un adulte pour pouvoir se procurer la pilule contraceptive. Ce n'est pas le cas en France : même les mineures peuvent se la faire prescrire sans autorisation parentale.

Elle rit, on aurait presque dit un sanglot.

– Tu n'étais pas prête, n'est-ce pas ? murmurai-je.

Elle s'effondra contre moi.

– N-non. Mais je l'aime, Nell. Vraiment.

Elle inspira longuement, tremblante, reprit ses esprits, se redressa et essuya ses larmes.

– Je l'aime et je ne voulais pas le décevoir. Et-et je savais qu'on ne pouvait pas continuer à frôler la ligne comme on le faisait, tu sais ?

– Qu'est-ce que tu veux dire ?

– Oh, Nell, s'il te plaît. Tu sais de quoi je parle. On s'embrasse et ça devient de plus en plus intense. Et tu finis par savoir où ça va et on doit s'arrêter avant que ça ne dérape par accident. Comme je l'ai dit, j'en avais vraiment envie. S'il te plaît, ne va pas croire que Jason m'a forcé la main. Ce n'est pas le cas et ce n'est pas que je ne voulais pas le faire, parce que je le voulais. C'est juste que... je ne sais pas comment l'expliquer.

– Je crois que je comprends, dis-je. On en est là quand on s'embrasse avec Kyle, au point où il faut se forcer à s'arrêter avant qu'on ne se laisse emporter.

Elle prit mes mains dans les siennes.

– Il faut que vous fassiez comme nous. Que vous en parliez. Puisque ça arrivera de toute façon, on s'est dit que la meilleure solution, c'était de le prévoir, de s'assurer que cela se passerait comme on l'entendait, tu comprends ?

Je fis oui de la tête mais il me fallut retenir la tempête étourdissante de pensées qui m'envahissait depuis le début de cette conversation. Becca traîna encore un petit peu, jusqu'à la fin de *16 ans et enceinte* qui avait désormais une tout autre signification, puis rentra chez elle.

J'eus du mal à m'endormir après son départ. Tout ce à quoi je pouvais penser, c'était comment j'avais dû me défaire de l'étreinte de Kyle plus tôt ce soir-là, comment j'avais eu l'impression de me noyer en lui, de me perdre dans ses baisers. Comment il serait simple de m'abandonner et de me laisser emporter.

Je ne voulais cependant avoir aucun doute. Je ne voulais pas débarquer chez Becca ensuite et pleurer parce que je n'étais pas cent pour cent prête à coucher avec Kyle.

Au plus profond de mon esprit, j'entendis une petite voix me demander si je serais un jour véritablement prête, si c'était possible d'être cent pour cent prête pour quelque chose comme ça.

Deux semaines plus tard, un vendredi soir tard, j'étais assise sur le siège passager de la Camaro de Kyle tandis qu'on essayait de se frayer un chemin à travers une couche épaisse de neige glissante. Notre chanson préférée, *notre* chanson, passait à la radio : *Lucky* de Jason Mraz, et je chantais à l'unisson. Les pleins phares étaient allumés mais suffisaient à peine à percer le manteau de neige qui tombait. Kyle était concentré. Il roulait à trente kilomètres-heure à peine sur le chemin de terre à côté de chez nous qu'il connaissait comme sa poche.

– C'est ouf cette neige, dit-il. J'arrive pas à voir à trois mètres devant moi et mes pneus arrière n'arrêtent pas de glisser.

– On devrait peut-être se garer et voir si ça se calme un petit peu, suggérai-je.

– Non, ça va aller. On n'est pas loin de toute façon. Je vais rouler doucement.

Je fis les gros yeux, même si j'avais su en le disant qu'il ne s'arrêterait pas pour attendre que ça passe. On prit un virage et Kyle se mit à jurer quand ses pneus arrière dérapèrent. Je scrutai la neige face à nous et compris pourquoi Kyle paniquait : une énorme biche se trouvait au milieu de la route, ses yeux bleu-vert-argent brillant dans les phares, complètement figée, gelée et devenant plus grosse à chaque seconde. Kyle jura à nouveau et rétrograda. Il essaya de reprendre le contrôle du véhicule, mais la Camaro zigzagua encore plus et se mit à tourner sur elle-même.

– Bouge, bon sang, stupide biche ! cria-t-il alors que nous nous rapprochions de l'animal.

Mais Kyle savait conduire dans la neige. Il appuya sur la pédale de frein, braqua le volant et accéléra. La Camaro fit son troisième trois cent soixante complet puis ralentit sur le mélange de poussière, de gravier et de neige. Le capot de la voiture fit un bruit sourd quand il percuta la biche et la tôle se secoua violemment sous le choc. Je criai et tentai de m'accrocher au tableau de bord mais j'étais incapable de détacher mon regard de la biche qui volait. Elle valsa et retomba sur son flanc dans la neige. Kyle réussit à arrêter la voiture, les phares illuminaient l'animal sans vie au milieu de la route, la neige nous entourait de son manteau blanc. Nos cœurs battaient à cent à l'heure. Kyle serrait si fort le volant que les jointures de ses mains devinrent blanches.

Je pris une grande inspiration puis expirai, tout en jetant un coup d'œil à Kyle. Il me regarda. On explosa de rire, de façon quasi hystérique. Je me penchai au-dessus de la boîte de vitesses et mis mes bras autour de son cou ; je tremblais maintenant que tout était fini et je sentis l'adrénaline monter en moi.

La ceinture me sciait le buste, je l'enlevai donc et serrai Kyle plus fort. Il se mit au point mort et m'attira contre lui. Je me hissai maladroitement et me retrouvai à califourchon sur lui, m'accrochant à son cou. Il prit mon visage dans ses mains et m'attira dans un baiser profond.

Je me perdis alors en lui, m'abandonnant complètement. L'adrénaline courait le long de mon corps, me remplissant d'une énergie brûlante. J'attrapai les cheveux derrière sa nuque puis m'accrochai à ses épaules. Mes doigts saisirent le col de sa chemise, ma paume glissa sous le coton, trembla sur sa chair nue. J'eus un sursaut en sentant la chaleur de sa peau.

Et puis il me toucha. Oh mon Dieu. Ses doigts couraient sous mon manteau, sous mon tee-shirt et caressaient la chair brûlante de mon dos. Je me cambrai sous ses mains, sentis sa langue goûter la mienne et ce fut comme si je perdais l'équilibre. Je me sentais avalée, je me noyais avec délectation. Mes mains caressèrent le contour de ses abdos et le bloc de ses pectoraux. Il copia mes mouvements, traçant le contour de mon ventre avec ses doigts. Notre baiser s'arrêta, nos lèvres se touchaient encore, nos yeux étaient ouverts, l'intensité entre nous faisait des étincelles. Je retins ma respiration quand ses paumes remontèrent sur ma poitrine et inspirai encore plus fort quand ses mains caressèrent la dentelle de mon soutien-gorge.

Je sentis mes tétons se durcir sous ses doigts, même au-dessus du soutien-gorge ; je ne détournai pas le regard, lui donnant la permission tacite de continuer à me caresser. Je basculai en arrière afin que mon poids soit sur ses genoux, et mon dos, contre le volant. Il avait une main sur chacun de mes seins, je le sentis hésiter, réfléchir, vouloir aller plus loin. Il voulait toucher ma peau nue. Je voulais le laisser faire. J'aimais ses mains sur mon corps, j'aimais le frisson foudroyant de ses mains sur ma peau.

Je passai la main sous mon tee-shirt et fis tomber les bretelles de mon soutien-gorge l'une après l'autre. Kyle glissa ses doigts sous les armatures, les tira vers le bas et souleva mes seins pour les libérer. Mon tee-shirt flottait encore entre nous deux, mon manteau était grand ouvert. Le chauffage était à fond, nous avions tous les deux trop chaud. Je l'éteignis comme je pus, puis me retournai vers Kyle. Il me regardait les yeux mi-clos, en guerre avec lui-même, son désir luttant contre sa raison.

Je menai la même guerre. Je voulais ça autant que lui. J'avais envie de lui ici et maintenant. Rien d'autre n'avait d'importance. Une petite voix en moi me rappela la conversation que j'avais eue avec Becca deux semaines avant. Je la fis taire. Les mains de Kyle vagabondèrent sur mon ventre, mes côtes et revinrent se poser sur mes seins, qu'il explora avec sa paume, ses doigts.

J'enlevai mon manteau et, avant que je ne puisse hésiter, je passai mon tee-shirt par-dessus ma tête. Kyle prit une inspiration, un sourire chancelant courba ses lèvres.

– Mon Dieu, tu es tellement belle, soupira-t-il en fixant ma peau pâle, les cercles foncés de mes aréoles et les boutons roses de mes tétons.

Je mordis ma lèvre quand il saisit mon sein, faisant des cercles avec son pouce autour de mon téton. Je fermai les yeux de nervosité, me sentant tout à coup vulnérable ; la honte luttait avec le désir. J'en avais envie. J'aimais ça. Ce n'était pas grave, non ? C'était Kyle, mon petit ami, mon meilleur ami et je l'aimais.

Cette dernière pensée me choqua et m'arracha un soupir. *Je l'aimais ?* Vraiment ? Mon cœur gonflait et battait fort chaque fois que j'étais près de lui et l'idée d'être loin de lui me faisait peur. C'était ça, l'amour, non ? J'avais tout le temps envie d'être avec lui, chaque minute.

– J'aimerais pouvoir te voir tout entière, me dit-il en caressant mes seins.

Un éclair de désir me traversa. Je voulais qu'il me voie tout entière. Mais ici, maintenant ? Comme ça ? J'ouvris la bouche pour parler mais il me devança.

– Pas ici, dit-il en fermant les yeux, la mâchoire serrée. J'ai envie de toi, Nell, je ne vais pas te mentir.

Il retira ses mains de mon corps et je geignis presque à la perte de son contact. Je réajustai mon soutien-gorge mais ne remis pas mon tee-shirt. Les yeux de Kyle étaient brillants et intenses.

– Moi aussi, j'ai envie de toi, dis-je.

– Mais je veux qu'on fasse ça bien, je veux que ce soit spécial.

Il avait l'air de lutter contre son propre désir.

Je sentis mon cœur se serrer à ses mots, je me penchai pour l'embrasser, prenant son visage dans mes mains.

– Et c'est pour ça que je t'aime, murmurai-je sans réfléchir.

Il se figea, les yeux écarquillés, cherchant les miens.

– Quoi ?

Je me mordis la lèvre, angoissée à l'idée de l'avoir dit trop tôt.

– Je…

Mes yeux se fermèrent, je cherchai mes mots, je décidai d'assumer.

– J'ai dit : C'est pour ça que je t'aime. C'est vrai. Je t'aime, Kyle.

Ses mains vinrent glisser depuis le haut de mon dos puis s'arrêtèrent sur mes hanches dans un geste familier, sensuel, incroyable. J'aimais ses mains à cet endroit, je voulais qu'elles y restent pour toujours. La sensation de ses mains sur mes hanches, juste au-dessus de la ceinture de mon jean taille basse, c'était la perfection.

– Je ne veux pas le dire tout de suite, dit-il en fronçant les sourcils. Je ne veux pas que tu croies que je te le dis juste parce que tu me l'as dit. Mais moi aussi.

L'idée m'avait traversé l'esprit.

– Toi aussi ?

Il acquiesça, ses pouces traçaient des cercles sur les pointes de mes hanches.

– Ouaip.

Je souris et me penchai pour l'embrasser encore.

– Bien. Tu devrais m'aimer.

Il rit à travers mes lèvres.

– Oh, t'inquiète.

Ses mains glissèrent sur mes côtes, je me cambrai pour lui permettre d'atteindre mes seins.

– Surtout eux, je les aime vraiment beaucoup.

Ce fut à mon tour de rire.

– Oh, vraiment ? Surtout eux ? Juste eux ? Tu ne m'aimes que pour mes seins ?

– Hmmmm.

Il fit semblant de considérer la question puis glissa ses mains dans mon dos, hésita, descendit et saisit mes fesses.

– Elles aussi, je les aime bien.

Je glissai mes mains sous sa chemise et pinçai ses tétons, lui arrachant un petit cri.

– T'avise pas de recommencer, mec.

Il éclata de rire et me serra contre lui, murmurant à travers mes cheveux :

– Je te fais marcher, Nell. Je t'aime pour toi, pour ce que tu es.

Je tournai le visage pour embrasser sa mâchoire.

– Je sais, je te faisais marcher aussi.

Le chauffage éteint, le froid avait envahi la voiture et j'eus la chair de poule. Kyle le sentit et me tendit mon tee-shirt en rallumant le chauffage. Je m'assis sur mon siège et me rhabillai.

– Je me demande si la biche est morte, dit Kyle.

Je regardai au-delà du capot la masse informe ; la neige tombait toujours.

– Elle ne bouge pas.

Je lui jetai un œil en refermant mon manteau.

– Tu crois qu'on devrait vérifier ?

– Je vais aller voir, dit-il. Reste là.

Je poussai un grognement.

– Pas moyen ! Je veux voir aussi.

Il secoua la tête, laissa échapper un rire. On sortit tous les deux en marchant avec précaution dans la neige poudreuse. Des flocons tombèrent sur mon nez et dans mes cheveux, me recouvrant presque instantanément d'un manteau blanc et froid. Je croisai les bras contre mon corps et me reposai sur Kyle. Il s'arrêta à quelques centimètres de l'animal, posa sa main contre mon épaule pour que je ne bouge pas, puis se remit à avancer. Un silence tendu s'était installé entre nous, le moteur tournait toujours, les phares nous plongeaient dans un bain de lumière qui contrastait avec l'obscurité de cette nuit d'hiver.

J'observai Kyle s'approcher de la biche avec précaution. Il tendit le pied pour toucher le flanc de l'animal, tapota doucement. Rien. Je laissai échapper un soupir. Kyle avança encore un peu, s'accroupit et tendit la main pour toucher la biche.

Il se retourna, surpris.

– Elle est encore en vie, elle respire.

– Qu'est-ce qu'on fait ? demandai-je. On ne peut pas la laisser comme ça.

Il leva les bras comme pour dire qu'il ne savait pas.

– Peut-être qu'elle est juste inconsciente, ou alors elle est blessée… Je ne sais pas, Nell.

À cet instant, la biche agita un sabot, puis son flanc trembla et elle expira bruyamment. Kyle recula précipitamment, jurant de surprise alors que la biche se débattait. Elle se releva et trotta à quelques pas de nous, s'arrêta pour nous regarder avec ses yeux tristes et ses oreilles frémissantes. Kyle était tombé dans la neige. Il regardait la biche. Elle nous fixa un long moment puis quitta la route.

– Merde ! dit Kyle en se levant et en réajustant ses habits. Ça m'a trop fait flipper. Je crois que j'ai même fait un peu pipi.

Je ris si fort que je dus attraper son bras pour ne pas tomber.

On roula sans incident jusqu'à chez nous, mais le souvenir du moment que nous avions partagé dans la voiture envahissait nos pensées. On ne s'embrassa pas aussi longtemps que d'habitude avant que je descende. Je connaissais désormais la puissance avec laquelle on pouvait se laisser emporter. Une fois le feu de l'action passé, je savais que je n'étais pas encore prête. Je crois que Kyle ne l'était pas non plus.

3

Aller à l'hôtel

La Saint-Valentin

J'étais un peu nerveuse pendant les cours, distraite, me demandant ce que Kyle avait prévu pour nous. Je savais qu'il savait que c'était la Saint-Valentin et je savais qu'il avait prévu quelque chose, puisqu'il avait laissé échapper quelques indices çà et là. Nous avions été prudents ces deux dernières semaines : nous nous étions embrassés dans la limite du raisonnable. Nous savions tous les deux, sans avoir à se le dire, que si on se laissait emporter, il serait trop difficile de s'arrêter.

Nous allions finir par devoir en parler. Je le savais. Il le savait. Mais on continuait d'éviter la conversation. Ce qui était étrange d'une certaine façon, vu qu'on était tous les deux des adolescents en chaleur, les hormones à bloc. Je savais qu'il en avait envie et moi aussi. Mais nous avions tous les deux peur, je crois, parce qu'on avait conscience que c'était une nouvelle étape à franchir, une étape plus importante.

J'étais quand même allée avec la cousine de Becca me faire prescrire la pilule, juste au cas où. Cela faisait une semaine que je la prenais. Encore un truc dont j'aurais probablement dû parler à Kyle mais je ne semblais jamais trouver le bon moment pour le faire.

La cloche sonna enfin et je le retrouvai sur le parking. Il me sourit en m'ouvrant la portière de sa voiture puis la referma derrière moi.

– Tu vas me dire ce qu'on fait ce soir ? demandai-je.

Il leva un sourcil, faisant semblant de ne pas comprendre.

– Ce soir ? Qu'est-ce qu'il se passe ce soir ?

Je le fixai, tentai de décider s'il était en train de blaguer ou si j'avais mal interprété ce que j'avais cru être des indices.

– Tu déconnes, n'est-ce pas ?

Il éclata de rire au ton menaçant de ma voix.

– Oui, Nell, je déconne. Et non, je ne vais rien te dire. Nos parents savent qu'on va sortir tard, en revanche. J'ai déjà vu tout ça avec eux. Ce soir, nous avons un couvre-feu spécial jusqu'à deux heures du matin.

Je cherchai ses yeux.

– Deux heures ? T'as l'intention de me faire traîner, hein, Kyle ?

Il rougit.

– Peut-être.

Je pris une grande inspiration, je savais qu'il fallait que j'aborde le sujet. Il n'allait pas le faire, lui.

– À propos de ce soir. Est-ce qu'on… je veux dire, si on sort tard, est-ce que ça veut dire que tu as prévu qu'on…

Les mots n'arrivaient pas à sortir.

Kyle tripota la boîte de vitesses en mordant sa lèvre inférieure. Il finit par me lancer un regard alors que nous étions arrêtés à un feu rouge.

– Écoute, je sais où tu veux en venir et… je me suis organisé. Tu sais, au cas où on en aurait envie. Mais on n'est pas obligé. Je veux bien faire les choses.

– Tu t'es organisé ? Qu'est-ce que ça veut dire ?

Il rougit à nouveau, les joues plus en feu que jamais.

– Nous avons une chambre au Red Roof Inn. C'est sur la route du restaurant où nous allons dîner, un peu plus bas.

Je tentai une blague.

– Vous allez un peu vite en besogne, hein, monsieur Calloway ?

Kyle me sourit mais nous savions tous les deux que ma blague avait fait un flop.

– Juste… au cas où.

Une pensée me vint et je la crachai avant d'avoir eu le temps de trop réfléchir.

– Kyle, tu t'es pas dit qu'on n'était peut-être pas prêt si on n'arrive même pas à en parler sans être gêné ?

Il rit, de façon nerveuse.

– Si, ça m'a traversé l'esprit.

– Est-ce qu'on le fait parce que tous nos amis le font ?

Il me regarda, irrité.

– Non ! Jason m'a dit pour lui et Becca, et je sais qu'Aaron et Kyla l'ont fait aussi. Mais non. Et on ne va pas nécessairement faire quoi que ce soit. Je voulais juste avoir cette option.

Je me mis à rire, de moi principalement.

– Je ne sais pas si je suis touchée que tu aies tout prévu ou angoissée que tu aies pensé qu'on allait le faire.

– Je n'ai rien pensé du tout, Nell.

Kyle avait presque l'air en colère.

– J'ai juste… Tu sais quoi, ouais, j'y ai pensé, en effet, je veux vraiment être avec toi, Nell. Je sais qu'on est jeune mais je t'aime. Je pense qu'on est prêt.

Je le fixai. Il venait de dire les mots.

– On a seize ans, Kyle.

Je levai un sourcil à son attention.

– Et n'es-tu pas supposé attendre un moment romantique du dîner pour me dire que tu m'aimes ? En pleine dispute, ça me paraît pas être le moment le plus adéquat, non ?

– On se dispute ?

Je haussai les épaules.

– Un peu ? Je ne sais pas. Je n'en ai pas envie.

– Moi non plus. Et je suppose que tu as raison mais c'est sorti comme ça. Je t'aime vraiment. Ça fait des semaines que je veux te le dire mais je n'ose pas. J'avais prévu de te le dire ce soir. J'avais tout écrit, je veux dire, écrit pour de vrai.

Il fouilla dans la poche de son pantalon et en tira une feuille à carreaux pliée, les bords en lambeaux d'avoir été arrachés à la spirale.

Je sais que nous sommes jeunes, disait le papier. *Et je sais que la plupart des gens diraient que nous ne sommes que des gamins, ou trop jeunes pour savoir ce qu'est l'amour. Mais qu'ils aillent se faire foutre. Je te connais depuis toujours. On a tout partagé ensemble. Toutes les choses importantes qui nous sont arrivées dans nos vies, nous étions ensemble. On a appris à faire du vélo ensemble, à nager ensemble et à conduire ensemble. On s'est fait virer du cours d'algèbre de cinquième ensemble. (Tu te souviens de cette ordure de M. Jenkins ? Combien de fois on a été envoyé au bureau du principal ce semestre-là ?) Et maintenant on apprend à tomber amoureux ensemble. Je me moque de ce que disent les autres. Je t'aime. Je t'aimerai toujours, peu importe ce qui se passe dans le futur. Je t'aime maintenant et pour toujours.*

Ton tendre petit ami,
Kyle

Je lus plusieurs fois le papier. Je n'avais pas réalisé que j'étais en train de pleurer jusqu'à ce qu'une larme s'écrase sur la page pliée et froissée, transformant l'encre en une tache bleue.

Cela changeait tout.

– Je t'aime aussi, Kyle.

Je riais en reniflant.

– Cette lettre est tellement mignonne. Tellement parfaite. Merci.

Il haussa les épaules.

– C'est vrai. Je sais que ce n'était peut-être pas la façon la plus romantique de te dire je t'aime, mais…

– C'est parfait, Kyle.

Je repliai la feuille et la rangeai dans mon portefeuille, dans mon sac.

Cette lettre allait devenir mon plus grand réconfort et le souvenir de ma peine de cœur la plus profonde.

Le restaurant que Kyle avait choisi était plein à craquer. Même avec une réservation, on attendit presque une heure pour avoir notre table. Il y avait des dizaines de couples, de tous âges. Nous prîmes notre temps, on partagea une salade, une soupe et un plat principal mais aussi une énorme part de cheesecake pour le dessert.

Nous étions bizarrement assez détendus, maintenant que le sujet de la déclaration d'amour avait été réglé. On discuta naturellement de tout, des professeurs du lycée aux ragots concernant qui couchait avec qui et qui avec personne. Kyle finit par payer l'addition et on retourna à la voiture. Il sortit du parking et roula lentement dans la ville. Je savais qu'il tuait le temps pour nous donner une chance de discuter avant d'aborder la question de savoir si on irait ou non à l'hôtel.

Il prit les chemins de terre alors que nous parlions et, au bout d'une demi-heure, il rejoignit la route principale, s'approchant, je le savais, de l'hôtel. Il me regarda, tendit sa main pour attraper la mienne.

– Tu veux rentrer ? On peut aussi aller voir un film, si t'as envie d'aller au cinéma.

Il tapotait le volant alors que nous étions arrêtés à un feu rouge, puis il se retourna pour me regarder droit dans les yeux.

– Ou on peut aller à l'hôtel.

C'était l'heure de décider.

Oh mon Dieu. Ses yeux étaient une mer noisette, du moka parsemé de paillettes de cannelle rouges, quelques grains de topaze mouchetés de brun. Il était si sérieux, si mignon. Proposant sans me mettre la pression. Je serrai sa main alors que nous approchions du toit de briques rouges, signe distinctif du Red Roof Inn[1]. Je déglutis avec difficulté.

– Allons à l'hôtel, dis-je.

On contournait encore le sujet. On parlait en langage codé. *Aller à l'hôtel.* Ce qui signifiait : « allons faire l'amour ». Je rougis quand cette idée crue me traversa l'esprit. Mais je regardai Kyle, ses cheveux noirs savamment peignés en épis, sa mâchoire masculine, ses pommettes saillantes et ses lèvres douces. Il cligna rapidement ses longs cils noirs puis me jeta un coup d'œil, m'offrant un sourire nerveux mais rayonnant, laissant apparaître ses dents blanches et parfaites. Mes nerfs se calmèrent, juste un petit peu. Mon cœur continuait quand même de battre à un million de pulsations par minute et cela

1. *Red Roof Inn* signifie littéralement « hôtel au toit rouge ».

ne fit qu'accélérer quand on arriva sur le parking puis lorsqu'on approcha de la réception.

La femme derrière le comptoir avait un certain âge, des cheveux blonds grisonnants et des yeux bleus d'acier. Des yeux qui savaient. Elle nous fixa chacun à notre tour longuement, un regard dur, comme pour nous défier de continuer. Elle tendit la clé à Kyle, les lèvres pincées dans une moue réprobatrice. Je savais qu'elle voulait nous dire quelque chose. Elle ne le fit cependant pas et on eut du mal à ne pas exploser de rire en entrant dans l'ascenseur qui nous conduisait à notre chambre au troisième étage.

– Mon Dieu qu'elle était intense ! dit Kyle en pouffant de rire.

– C'est peu de le dire, approuvai-je. Je crois qu'elle savait ce qu'on allait faire et que ça ne lui plaisait pas du tout.

– Tu m'étonnes qu'elle savait, répondit Kyle. Il n'y a qu'une seule raison pour que deux ados de seize ans prennent une chambre sans bagage le soir de la Saint-Valentin.

– Tu crois qu'elle va le dire à quelqu'un ?

– À qui veux-tu qu'elle le dise ? C'est pas comme si nous étions en train de fuguer.

Je n'eus pas de réponse à donner à part un haussement d'épaules et un mouvement de tête. Nous étions arrivés à notre chambre, la 313. Kyle glissa la carte qui servait de clé, la lumière devint verte, on entendit clairement le clic dans le silence du couloir. Il ouvrit la porte, me guida dans la chambre obscure, sa main serrait fort la mienne.

Il appuya sur l'interrupteur, plongeant la pièce dans une lumière bien trop forte. Il jugea lui aussi que les plafonniers étaient trop violents et se dirigea aussitôt vers l'applique au-dessus de la table de chevet pour l'allumer. J'éteignis les plafonniers et nous eûmes tous les deux un soupir de soulagement.

Kyle s'assit au bord du lit en tripotant l'extrémité de sa cravate. Je lui souris. Il était si beau dans son costume et sa chemise noirs. Sa cravate rose vif était la seule note de couleur de l'ensemble. Il déboutonna sa veste et frotta ses paumes sur ses genoux.

Je léchai mes lèvres en touchant nerveusement l'ourlet de ma robe. C'était une robe corail sans manches qui m'arrivait aux genoux. Nos regards se croisaient sans cesse, l'angoisse me revenait comme un boomerang maintenant que nous étions seuls dans la chambre.

Quand on était chez lui ou chez moi, dans sa voiture, sur les petits chemins, partout où on s'était embrassé, nous savions en permanence que quelqu'un aurait pu nous surprendre. Les shérifs du comté patrouillaient régulièrement sur les petits chemins et au moins un de nos parents était toujours à la maison. C'était la première fois que nous étions véritablement seuls, en privé, sans aucun risque d'être interrompus.

Mon cœur battait si fort que j'étais convaincue que Kyle pouvait l'entendre de l'autre côté de la pièce.

Mes yeux se posèrent à nouveau sur son visage et regardèrent sa langue glisser sur sa lèvre inférieure. Je l'imitai, presque inconsciemment. Tout partit de là. Kyle sauta du lit et fut collé contre moi avant que je ne puisse faire quoi que ce soit, une de ses grandes mains posée sur ma joue, l'autre sur ma taille juste au-dessus de ma hanche. Il ne m'embrassa cependant pas tout de suite. Il hésita, ses lèvres à deux centimètres des miennes, ses yeux brûlants et doux dans les miens.

– Est-ce que tu as peur ? murmura-t-il, son souffle frôlant doucement mes lèvres.

Je haussai légèrement une épaule.

– Oui, un peu.

– On peut s'en aller.

Je fis non de la tête.

– Je veux être ici avec toi, soufflai-je.

Je passai mes mains dans ses cheveux. Je laissai mes doigts jouer avec ses mèches couvertes de gel, à la fois raides et douces, puis je saisis sa nuque et l'attirai dans un baiser.

– On a qu'à commencer par là, dis-je en me redressant. Chaque chose en son temps.

– C'est exactement ce que je me disais.

On resta debout au milieu de la chambre d'hôtel à s'embrasser, nos mains effleurant nos visages, caressant nos épaules, nos dos. On n'alla pas plus loin dans un premier temps. Je sentais son cœur battre contre sa cage thoracique, mes mains sur sa poitrine, et savoir qu'il était aussi nerveux que moi me donna du courage.

Je cessai de l'embrasser pour le regarder. Puis lui ôtai sa veste ; elle tomba au sol derrière lui. Je me servis de mes deux mains pour lui desserrer sa cravate, la fis glisser par le col et la laissa tomber sur la veste. Il me cherchait du regard, il attendait. J'eus du mal avec le minuscule premier bouton de sa chemise mais arrivai finalement à le défaire dans un rire nerveux. Kyle rit avec moi, ses mains sur mes hanches, un peu plus bas cette fois. Nos regards étaient entrelacés. Je défis les boutons de sa chemise l'un après l'autre, mes mains tremblaient. Je réussis finalement et sa chemise fut grande ouverte, laissant apparaître un débardeur blanc qui moulait son torse musclé. Je pris sa main dans la mienne, défis un bouton de manchette, puis l'autre, tirai sur les manches et sa chemise tomba à ses pieds sur le sol.

Il passa ses mains derrière moi pour défaire la fermeture de ma robe, mais je l'arrêtai. Je n'avais pas encore fini. J'avais bien l'intention de faire ça correctement, de le faire comme je l'avais imaginé. Vous comprenez, j'avais imaginé ce moment tellement de fois. Je m'étais vue le déshabiller doucement puis attendre, le cœur serré, qu'il défasse ma robe et la laisse tomber. Je n'étais cependant jamais allée plus loin que ça dans mon fantasme.

Il enleva ses chaussures d'un coup de pied et se tint à nouveau sans bouger, attendant, souriant avec hésitation. Je léchai mes lèvres, vis ses yeux suivre ma langue. Je posai mes mains sur ses hanches, hésitai une seconde et lui enlevai son débardeur, dénudant lentement son torse, centimètre par centimètre. Il leva les bras au-dessus de la tête pour m'aider et se retrouva torse nu avec son pantalon de costume et sa beauté triomphante.

Nous étions arrivés à la partie difficile. Je pris une grande inspiration et saisis sa ceinture. Ses yeux s'agrandirent et ses doigts serrèrent mes hanches, se plantant dans le tissu de ma robe et dans la chair qu'il recouvrait. Mes mains tremblaient comme des feuilles sous le vent et je débouclai sa ceinture, la lui enlevai puis saisis son pantalon. Il retint sa respiration, rentra son ventre tandis que je le défaisais le bouton. Ses yeux se fermèrent brièvement quand je fis descendre sa fermeture Éclair. Son pantalon tomba sur ses chevilles, il l'ôta. Son boxer moulant était tendu sur le devant ; on rougit tous les deux et regarda ailleurs.

Il m'embrassa, rabattant mes mains sur mes hanches.

– À moi, murmura-t-il.

Je fis oui de la tête et mon cœur s'écrasa violemment dans ma poitrine. Il y avait beaucoup moins à enlever chez moi. Il glissa ses mains le long de mes bras nus, me donnant la chair de poule au passage. Je retins ma respiration quand il saisit la fermeture, mordis ma lèvre quand il la fit glisser, agonisant doucement. Un frôlement de ses doigts contre ma peau, et ma robe se retrouva à mes pieds, me laissant debout face à lui, en soutien-gorge et en culotte.

Il m'avait déjà vue en maillot de bain, mais là c'était différent.

– Tu es belle, Nell.

Sa voix était un souffle rauque au milieu du silence.

– Toi aussi.

Il secoua la tête et me sourit en coin. Ses doigts parcoururent mes épaules, jouant avec les bretelles de mon soutien-gorge. Son sourire disparut quand je voulus le dégrafer moi-même. Il m'arrêta, ses mains sur les miennes pour les empêcher de continuer.

– Tu es sûre ?

Ses yeux cherchaient les miens, tendres et hésitants.

Hésitants. Une voix au fond de moi murmura quelques doutes mais je l'étouffai. J'acquiesçai. Il mit mes mains sur ses épaules puis s'empara des agrafes de mon soutien-gorge. Il cafouilla un peu, la pointe de sa langue sortie. J'étouffai un rire dans son épaule.

– Tais-toi, murmura-t-il. C'est pas comme si je l'avais déjà fait.

– Je sais, dis-je. C'est mignon.

Il grogna dans sa barbe quand il réussit à enlever une agrafe, puis une autre, marmonna des gros mots quand la troisième et dernière lui donna du fil à retordre.

– C'est pas censé être mignon, dit-il en jetant un œil par-dessus mon épaule pour tenter de voir ce qu'il était en train de faire. C'est censé être sexy et érotique et romantique.

Je ris à nouveau quand il jura, luttant avec la dernière agrafe. Il finit par y arriver et mon rire s'effaça, remplacé par l'angoisse et le désir. C'était ce que je voulais. Oui, j'étais nerveuse et, oui, j'avais un peu peur. Mais je le voulais. Je ne m'imaginais le faire avec personne d'autre qu'avec Kyle.

Mon soutien-gorge rejoignit le reste de nos vêtements sur le sol et Kyle fit un pas en arrière pour me regarder. Je me balançais d'un pied sur l'autre tandis qu'il me scrutait. Je savais qu'il pensait que j'étais belle et j'étais en général assez bien dans ma peau, mais son regard franc et pénétrant sur mon corps quasi nu était difficile à supporter.

Je me mordis la lèvre, rassemblant le courage de faire ce que nous allions faire. Les pouces de Kyle accrochèrent l'élastique de son caleçon et j'imitai son geste.

– Ensemble ? dit-il.

J'acquiesçai, ma voix coincée dans ma gorge. Il hésita une seconde, puis fit glisser son boxer jusqu'aux genoux et l'enleva complètement. Je me figeai, incapable de bouger, paralysée par la vision de lui désormais totalement nu.

Ce fut à son tour de se tortiller de gêne sous mon regard. Il était beau. Je n'avais concrètement aucun élément de comparaison, mais cette partie de son anatomie était plutôt grosse. Elle ne ressemblait en rien aux images qui avaient brûlé mon cerveau, Dieu merci. Kyle était proportionné et son membre m'attirait.

Sa voix me rappela à la réalité.

– Je croyais qu'on devait le faire ensemble.

– Désolée, dis-je, j'allais le faire mais je t'ai vu et…

Je ne pus finir ma phrase. Il releva la tête, roula des épaules, agita ses doigts, pour rassembler son courage. Il fit un pas vers moi et je m'efforçai de me détendre.

– Et si tu le faisais pour moi ? dis-je, un peu choquée par ma propre audace.

– J'aime bien cette idée.

Ses mains retrouvèrent leur endroit préféré, juste au-dessus de mes hanches.

Je portais des sous-vêtements en dentelle rouge assortis et les mains de Kyle dérivèrent dans le creux de mes reins, suivant le bord de l'élastique, caressant la dentelle. Je fis un effort pour respirer quand il fit glisser ma culotte le long de mes cuisses, m'obligeai à ouvrir les yeux pour croiser les siens quand il caressa mes fesses.

J'agitai légèrement mes hanches et mes cuisses, le petit bout de dentelle tomba au sol et nous fûmes tous les deux nus. Mon cœur jouait violemment du tambour dans ma poitrine, résonnait dans mes oreilles. Je tremblais de la tête aux pieds, de peur, d'excitation et de désir. Sa peau était chaude contre la mienne, ses mains caressaient mes hanches nues, mes côtes, ses cuisses étaient collées aux miennes. Le bout de mes seins frôlait son torse, provoquant des frissons foudroyants à travers tout mon corps. Ses mains cambrèrent mon dos puis s'aventurèrent jusqu'à mes fesses, les saisirent, les malaxèrent, un petit peu trop fort, mais je m'en moquais.

Mes mains à moi se baladaient selon leur gré, caressaient chaque muscle de son dos, suivaient les creux et les ondulations de sa colonne vertébrale. Il prit une inspiration quand je m'arrêtai sur ses fesses. Je fus émerveillée de leur douce fermeté. Je les saisis comme il l'avait fait pour les miennes, puis plantai mes ongles délicatement dans ses hémisphères musclés.

Je sentis quelque chose palpiter contre mon ventre. Je baissai les yeux et vis son sexe en érection ; le trou minuscule sur le bout laissait échapper un liquide transparent.

Je relevai les yeux vers lui et vis les siens s'écarquiller quand ma main plongea entre nous deux. Son souffle s'arrêta quand mes doigts le touchèrent.

– Nell, il faut que tu ralentisses… ça va trop vite.

Je relâchai ma prise et passai ma paume sur son torse, attrapai sa nuque et l'attirai contre ma bouche. Le feu lent de nos baisers habituels se consuma et explosa dans un incendie. Mon corps était collé au sien, sa fermeté contre ma douceur, et le feu brûla plus ardemment encore à la sensation de son corps musclé encastré contre le mien.

Il me repoussa vers le lit et je m'y allongeai, sentant les battements de mon cœur reprendre alors que Kyle s'approchait.

– Es-tu… ? commença Kyle.

Je l'interrompis.

– Oui, je suis sûre. Je suis nerveuse et j'ai peur, mais j'en ai plus envie que je ne suis effrayée.

Je me mordis la lèvre puis finis par admettre :

– Je prends la pilule. Depuis une semaine, juste au cas où.

Kyle fit les gros yeux.

– Ah bon ? Pourquoi tu ne m'as rien dit ?

Je haussai les épaules.

– Je ne sais pas. C'est juste que… ça n'avait jamais l'air d'être le bon moment. J'étais gênée, je crois.

Kyle se releva du lit, prit son portefeuille dans la veste de son costume, en sortit deux préservatifs et les posa sur la table de chevet à côté du lit.

– J'ai acheté ça.

– Et toi, tu es sûr ? lui demandai-je.

Il avait l'air nerveux désormais.

– Ouais, je suis sûr. Comme tu as dit, je suis un peu nerveux. Je crois que j'ai peur de te faire mal ou de pas savoir m'y prendre.

– Tu sauras t'y prendre. Tu ne me feras pas mal. Juste… on va aller doucement, d'accord ?

Il fit oui de la tête, puis déchira l'emballage du préservatif et le déroula sur lui.

Il s'agenouilla au-dessus de moi, ses mains de chaque côté de mon corps, ses genoux entre les miens, ses yeux plongés dans les miens, comme pour me sonder.

Je l'attirai vers moi, posai mes mains sur son dos, puis me redressai pour l'embrasser. La chaleur de notre baiser effaça nos peurs mutuelles ou du moins les apaisa. Il entra en moi, doucement.

Je me sentis m'étirer, puis perçus un pincement, aigu et rapide. Je fis une grimace, Kyle se figea. Il avait déjà le souffle coupé et je pouvais sentir la tension de ses muscles. Je me mordais violemment la lèvre désormais, sentant la douleur perçante se calmer et l'émerveillement d'une plénitude nouvelle m'envahir. Je caressai ses fesses, le serrant contre moi, l'encourageant à bouger.

Peu de temps après, ses muscles se contractèrent dans un soupir.

Il n'y eut pas de feux d'artifice, pas de cris, pas de mots crus, de sueur animale, mais ce fut tout de même incroyable.

Kyle se leva, disparut dans la salle de bains et revint. J'enfouis ma tête dans son torse. Les minutes passèrent en silence. Son corps était dur et chaud sous le mien et la sensation d'être tenue par lui de cette façon, peau nue contre peau nue, était presque plus agréable que ce qui venait de se passer.

Je sentis une larme couler sur ma joue et tomber sur la poitrine de Kyle. Je n'étais pas sûre de savoir d'où elle venait ni ce qu'elle signifiait. Je clignai des yeux, tentant de retenir les autres larmes qui menaçaient, ne voulant pas que Kyle croie que cela ne m'avait pas plu.

– Tu pleures ? demanda-t-il.

J'acquiesçai et laissai couler les larmes.

– C'est… je ne suis pas contrariée ni rien, c'est juste l'émotion.

– Quel genre d'émotion ?

Mes épaules se soulevèrent.

– C'est difficile à expliquer. Je ne suis plus vierge. On ne peut pas revenir en arrière maintenant. Non pas que j'aimerais revenir en arrière, parce que c'était merveilleux. Mais… ça compte, tu comprends ?

– Oui, je comprends.

Je relevai légèrement la tête pour le regarder.

– Je t'aime, Kyle.

– Je t'aime aussi.

La deuxième fois, ce fut incroyable. Je sentis une chaleur brûlante grandir dans mon bas-ventre, une sensation unique, comme si j'allais exploser ou imploser. J'avais déjà dépassé ce point par mes propres moyens auparavant, bien évidemment, mais là c'était différent.

Je me demandai ce que cela ferait d'être emmenée au-delà de ce point par Kyle.

4

Une demande, un arbre qui tombe

Août, deux ans plus tard

Si nos parents savaient que Kyle et moi faisions souvent et régulièrement l'amour, ils ne dirent, ni ne firent, rien à ce sujet. Nous étions prudents quant au lieu et à l'heure à laquelle nous le faisions, bien évidemment. La mère de Kyle s'était mise à fréquenter un club de scrapbooking deux ou trois soirs par semaine et son père vivait la majeure partie de l'année à Washington. Nous passions donc beaucoup de temps dans la chambre de Kyle. Ma mère était souvent à la maison, tout comme mon père, mais ils n'avaient pas l'air d'être à cheval sur la durée de mes visites chez Kyle. Bien sûr, nous prétendions étudier, faire nos devoirs ou regarder un film. Et en réalité, nous faisions toutes ces choses.

Nous avions tous les deux eu dix-huit ans la semaine précédente. Nos parents, plutôt que de nous organiser une fête extravagante, nous avaient autorisés à passer un week-end dans la maison de campagne de la famille de Kyle, au bord du lac, vers le nord. Nous avions insisté tout l'été pour que cela se fasse, ils avaient hésité, nous répétant qu'ils y réfléchiraient. Nous avions presque abandonné l'idée quand nos parents nous réunirent.

– Vous avez dix-huit ans désormais, vous êtes légalement des adultes, dit le père de Kyle en guise d'introduction. Vous sortez ensemble depuis quoi, deux ans maintenant ? On sait ce que signifie ce week-end pour vous et on le comprend. Nous aussi, nous avons eu votre âge.

Il y eut une gêne générale à l'idée de ce que cela impliquait.

– Bref, donc.

Le père de Kyle se racla la gorge et continua de sa voix sonnante de député.

– Nous avons décidé de vous autoriser à faire ce voyage ensemble. Maintenant, la partie difficile. J'ai conscience que tout cela est délicat et pénible pour tout le monde mais cela doit être dit. Nous vous avons bien élevés, pour que vous deveniez de jeunes gens intelligents capables de prendre de bonnes décisions. Je sais que nous vous avons parlé de ça individuellement par le passé, en tant que parents, mais je crois que nous devons vous en parler à vous deux ensemble, en tant que couple.

– Dis-le, qu'on en finisse, papa, soupira Kyle.

– Nous vous avons parlé de comment être prudent, comment vous protéger.

Kyle et moi échangeâmes un regard.

– Je suis une figure publique, tout comme l'est ton père, Nell. Il est impératif que vous preniez tout cela au sérieux. Je ne *peux* tout simplement pas me permettre un scandale à ce stade de ma carrière. On parle de me nommer candidat pour les présidentielles dans deux ans et je sais qu'il est inutile de vous rappeler à quel point l'image est cruciale dans ce genre de position.

– Papa, on fait attention, dit Kyle. Je te promets qu'on se protège.

Mes parents me fixaient avec insistance, je ressentis donc le besoin d'intervenir.

– Je prends la pilule. Je la prends depuis que… vous savez, depuis qu'on le fait. Et on utilise des préservatifs. Pas de grossesse non désirée pour nous. Maintenant est-ce qu'on peut arrêter de parler de ça, par *pitié* ?

– Mon Dieu, ça serait super, murmura Kyle.

– Et vous faites ça depuis combien de temps ? demanda mon père.

Kyle et moi nous regardâmes à nouveau en coin.

– Je ne sais pas si c'est important, dit Kyle.

– Bien sûr que c'est important, dit papa d'une voix bourrue et menaçante, fixant Kyle avec son regard de P-DG sévère. Il s'agit de ma fille. Depuis combien de temps ?

J'étais contente de ne pas être celle qu'il regardait comme ça, il faisait vraiment peur.

Kyle releva le menton et redressa les épaules.

– Je suis désolé, mais je pense vraiment que cela ne concerne que Nell et moi.

Kyle se leva, j'en fis autant et bien entendu tout le monde suivit. Kyle s'adressa à nouveau à mon père :

– Je n'ai parlé de ma relation avec Nell avec aucun de mes amis et, avec tout le respect que je vous dois, je ne le ferai pas non plus avec vous. C'est notre intimité.

Mon père acquiesça et tendit la main à Kyle.

– Bonne réponse, fiston. Je ne l'aime pas parce qu'elle signifie probablement que cela dure depuis plus longtemps que j'étais prêt à l'admettre. Mais je te respecte car tu gardes tes affaires privées.

Kyle acquiesça.

– J'aime votre fille. Je ne ferai jamais rien qui puisse la blesser ou l'embarrasser. Ni elle, ni vous ou mes parents.

J'entremêlai mes doigts à ceux de Kyle, fière de lui. Mon père pouvait être très intimidant. Je l'avais accompagné au travail deux ou trois fois ces derniers temps, vu que je voulais étudier le commerce à Syracuse, et je l'avais vu user de ce même regard noir et de cette voix rauque sur ses employés. Chaque fois, la personne à qui il s'adressait avait tremblé dans ses bottes et s'était plutôt empressée de faire ce que mon père lui avait demandé. Je jetai un œil à M. Calloway et pus voir que lui aussi était fier de Kyle pour la façon dont il avait géré la situation.

On discuta brièvement de questions d'organisation, puis on nous autorisa à aller faire nos bagages. Quand on fut seul dans sa chambre, Kyle s'écroula sur son lit et se frotta le visage.

– Putain de merde, Nell. Ton père est flippant.

Je m'agenouillai près de lui et me penchai pour l'embrasser.

– Je sais. J'ai vu des mecs balèzes manquer se faire pipi dessus quand mon père les regarde comme ça.

Je mordis légèrement son menton.

– Je suis fière de toi, bébé. T'as assuré.

Il attrapa mes fesses et m'attira à lui.

– J'ai droit à une récompense ?

Je ris et me dégageai.

– Quand on sera dans le nord.

On fit nos valises en vitesse, mettant toutes nos affaires dans un des sacs de sport de Kyle. N'avoir qu'un bagage pour deux, avoir mes affaires mélangées aux siennes, me donna l'impression d'être mature et adulte.

Je vis Kyle prendre quelque chose dans son tiroir à chaussettes et le fourrer dans la poche avant de son jean. C'était quelque chose de petit et je n'avais pas réussi à en voir la forme. Je regardai Kyle avec interrogation mais il se contenta de hausser les épaules et de me sourire. Je n'insistai pas. Il ne m'avait jamais menti ni caché quoi que ce soit, je n'étais donc pas inquiète.

On monta en voiture. Il conduisait tandis que je triais les papiers inutiles que j'avais accumulés dans mon portefeuille. J'en sortis des vieux reçus, des tickets de concerts et de cinéma. Je tombai sur la lettre que Kyle m'avait écrite plus d'un an et demi auparavant. Je la relus, souriant toute seule. Ça paraissait tellement loin désormais. Je me souvins de la fille que j'étais à l'époque, pleine d'appréhensions. Dans les mois qui avaient suivi, Kyle et moi avions pénétré un monde merveilleux de plaisir. Il avait appris à m'emmener au bord de ce point de frisson et même au-delà. J'avais découvert le confort heureux d'être dans ses bras juste après et cette sensation somnolente de faire l'amour durant la sieste un jour d'été, sur une couverture de pique-nique sur notre colline en dessous de notre arbre.

Kyle me jeta un coup d'œil et sourit quand il comprit ce que je regardais.

– Non mais tu vas finir par jeter ce vieux truc ? C'est niais au plus haut point, si je me souviens bien.

Je serrai la feuille contre ma poitrine et le regardai avec horreur.

– Je ne m'en séparerai jamais, espèce de brute sans cœur. Je l'aime, cette lettre. Elle est adorable et merveilleuse.

Il secoua la tête, me sourit et augmenta le volume de l'autoradio qui jouait *I and Love and You* des Avett Brothers. On se tenait la main, écoutant une chanson sur laquelle nous avions fait l'amour plus de fois que nous aurions pu compter. On se regarda, puis nos yeux se perdirent sur l'horizon, partageant les mêmes souvenirs de ce qu'on avait fait sur cette chanson.

La maison était à plusieurs heures de route et je finis par m'endormir, ne me réveillant que quand les lèvres de Kyle frôlèrent les miennes et que sa voix murmura à mon oreille :

– On est arrivé.

Kyle avait ouvert ma portière et se tenait penché au-dessus de mon siège, caressant délicatement ma joue. Je m'étirai langoureusement, finissant mon geste en posant mes bras autour de son cou.

– J'ai trop sommeil pour marcher. Porte-moi.

Les lèvres de Kyle embrassèrent mon cou tandis que je m'étirai, cela me fit des chatouilles, puis il me prit dans ses bras et me souleva sans effort de la voiture jusqu'en haut des marches du perron de la maison.

– Les clés sont dans ma poche, dit-il.

J'y plongeai la main, en sortis le trousseau et cherchai la bonne clé en suivant ses indications. J'ouvris rapidement la porte, toujours dans les bras de Kyle. Il ne montrait aucun signe de fatigue ou d'effort, à part ses lèvres pincées. Il me porta à travers le salon puis jusqu'en bas des escaliers.

– Accroche-toi, bébé, dit-il. On monte.

Je secouai mes pieds en essayant de descendre de ses bras.

– T'es fou, tu ne peux pas me porter jusqu'en haut !

Il me lâcha, mais dès que mes pieds eurent touché la marche, il se jeta sur moi et je tombai à la renverse. J'atterris sur les fesses, mais continuai, l'attirant vers ma bouche. Je m'abandonnai dans ses baisers et oubliai complètement la marche qui me transperçait le dos ou le fait que mes cheveux étaient coincés sous mon épaule. Avant même de m'en rendre compte, j'étais à nouveau dans ses bras et nous montions à l'étage. J'entendis qu'il respirait avec difficulté, mais il m'emmena jusqu'à la chambre principale et me coucha sur le lit. Il rampa contre moi, m'enleva mon tee-shirt, fit courir ses mains tremblantes sur mes flancs, saisissant mes seins. Je me cambrai sous ses caresses puis luttai avec les boutons de son jean.

Je peux vous dire qu'on l'a bien étrenné, ce lit.

Tandis que nous étions allongés et béats, Kyle traçait du doigt un chemin sur l'étendue de chair entre mes seins. Il tourna la tête pour me regarder d'un air grave :

– Est-ce que tu as pris ta décision pour la fac ?

Nous avions déjà plusieurs fois abordé le sujet. On avait tous les deux eu le baccalauréat et avions envoyé nos candidatures dans une douzaine d'universités chacun. Nous avions discuté d'où nous voulions aller et de ce que nous voulions faire. Ce dont nous n'avions pas discuté, c'était si nous allions étudier au même endroit. Nous semblions être tacitement d'accord pour dire que nous resterions ensemble et choisirions une université qui nous plairait à tous les deux.

Je haussai les épaules, ce n'était pas ma conversation préférée.

– Je pensais à Syracuse. Peut-être l'université de Boston. Quelque part sur la côte Est, je crois. Je veux étudier le commerce.

Il ne dit rien pendant quelques instants, je supposai qu'il n'avait pas aimé ma réponse.

– J'ai été accepté à Stanford. Ils m'ont offert une énorme bourse.

– Pour le football ?

– Ouais.

Il avait de bonnes notes mais pas suffisamment pour obtenir une bourse. Il avait été approché par plusieurs facultés différentes ces derniers mois. Il s'était cependant attendu à ce qu'il y en ait plus à la fin de l'année scolaire.

– Stanford, c'est en Californie.

Ma voix était horriblement neutre.

– Et Syracuse, à New York.

Sa main s'arrêta sur ma peau.

– J'ai eu une offre de Penn State, ajouta Kyle.

J'acquiesçai.

– Je suppose que la question désormais, c'est de savoir si on prend cette décision ensemble. Je veux dire… que va-t-il se passer si tu décides d'aller à Stanford et que je veux vraiment aller à Syracuse ?

– Je ne sais pas, répondit Kyle en soupirant à moitié. C'est ce que je me suis demandé. L'offre que Stanford a mise sur la table est véritablement alléchante. Penn State est pas mal non plus, mais Stanford, c'est… Stanford.

Il haussa les épaules, comme pour dire qu'il n'y avait pas de comparaison possible.

De longues minutes passèrent. Je ne savais pas quoi dire, comment nous sortir de cette impasse. Je finis par me relever.

– Je ne veux plus parler de ça. J'ai faim.

Kyle soupira, comme si l'arrêt de cette conversation lui ôtait un poids des épaules. On alluma le barbecue et on passa un délicieux moment à faire griller des burgers et des épis de maïs. Il y avait un pack intact de Budweiser dans le cellier que quelqu'un avait dû laisser après une fête durant l'été. On but de la bière ensemble. Aucun de nous n'était un véritable fêtard. On allait à des soirées organisées par nos amis où il nous arrivait de boire un verre ou deux mais on n'était pas du genre à se rendre malade. Je n'avais été ivre qu'une seule fois et c'était avec Kyle, l'été précédent. On avait convaincu Maria, la cousine de Becca, de nous acheter une bouteille de Jack Daniel's et on était allé sur le ponton tandis que nos parents étaient à une réunion politique.

Être ivre, ça avait été drôle jusqu'à ce que les *shots* aient raison de moi. J'avais fini par vomir et m'évanouir sur le ponton. Kyle m'avait portée jusqu'à mon lit et était resté avec moi jusqu'à être sûr que je n'allais pas m'étouffer en vomissant. Après cette expérience, j'avais décidé que me bourrer la gueule, ce n'était pas vraiment mon truc. J'avais des amis dont la seule raison de vivre semblait être les fêtes du week-end, se saouler et choper à tout-va.

Moi, j'avais Kyle et cela me suffisait.

Après le dîner, on fit un feu au bord du lac et on alla se baigner tout nus une fois le soleil couché, en riant et en se courant après sur la rive. Il y avait une île au milieu de la baie, à cinq cents mètres du rivage, un minuscule bout de terre avec des petits pins, des bosquets et un banc de sable. Kyle et moi avions l'habitude d'y nager depuis l'enfance. Cette fois-là, on y fit l'amour sur le sable, allongés nus dans la brise chaude de la fin de l'été, regardant les étoiles briller et scintiller, parlant de tout et de rien.

Parlant de tout, mais évitant soigneusement le sujet lourd de notre avenir et des universités. J'avais le cœur serré, car quelque chose me disait que la solution ne serait ni facile ni agréable. Kyle avait jeté son dévolu sur Stanford. Je le voyais dans ses yeux, l'entendais dans sa voix. Quant à moi, je voulais vraiment être sur la côte Est, près du quartier financier de Manhattan. Mon plan, c'était d'obtenir mon diplôme de commerce, de faire un stage qui déchire à New York puis d'obtenir un poste dans l'entreprise de mon père, mais de façon légitime, en grimpant les échelons un à un, sans piston, sans être l'objet d'aucun favoritisme.

Mon père, lui, voulait m'intégrer directement au comité d'actionnaires une fois mon diplôme en poche, mais j'étais déterminée à y arriver par mes propres moyens. Kyle avait le même genre de problème avec ses parents. Son père voulait qu'il suive ses traces et fasse un stage à Washington. Puis il aurait tiré quelques ficelles pour lui obtenir un super poste en politique. Seulement Kyle voulait rester dans le monde du sport. Jouer au football à la fac, tenter de passer pro et, si ce n'était pas possible, devenir entraîneur. C'était délicat mais Kyle était comme moi, déterminé à faire les choses à sa façon.

Je savais que je ne voulais pas demander à Kyle de faire un compromis sur son choix d'université juste pour moi. Je pouvais obtenir mon diplôme dans plein de facultés différentes et je savais qu'entre M. Calloway et mon père, je pouvais être pistonnée pour intégrer l'école que je voulais.

J'aimais suffisamment Kyle pour revoir mes plans. Kyle, lui, était forcé d'accepter les meilleures offres. Mais il avait l'embarras du choix, je n'étais donc pas inquiète.

J'étais assise près du feu, emmitouflée dans une serviette, et je regardai Kyle jouer négligemment de la guitare, le regard perdu. Il fallait que je prenne une décision. Devais-je suivre Kyle par amour ? Ou me conformer aux plans que j'avais en tête pour mon avenir ?

Je ne me doutais pas à cette seconde que le destin allait bientôt décider pour moi.

On paressa toute la journée du samedi sur le ponton à boire de la bière, manger des sandwichs, faire l'amour et écouter de la musique sur mon iPod. On évita toute conversation pesante et on profita simplement de la compagnie de l'autre, de l'ondulation bleue du lac, de l'immensité du ciel et de l'absence d'attentes de la part de l'autre.

Chez nous, nous étions tous les deux étouffés par l'image de nos parents. Mon père pensait à se présenter aux élections municipales. Kyle devait particulièrement faire attention à son comportement désormais : avec son père en passe d'être nommé candidat aux présidentielles, chaque aspect de la famille Calloway était quotidiennement scruté par les médias. Kyle et moi devions veiller à ne pas être surpris dans une quelconque situation compromettante, à ne pas faire ou dire quoi que ce soit qui pourrait nuire à l'image de M. Calloway.

Ici, dans le nord, ces pressions n'existaient pas. Nous étions juste nous.

Le temps tourna à l'orage le dimanche, on passa donc la journée à regarder des films. On alla dîner tôt dans le seul restaurant correct à cent kilomètres à la ronde, un italien assez huppé où les Calloway étaient connus. On accueillit Kyle en l'appelant par son prénom et on nous donna immédiatement une table, malgré la queue d'estivants qui attendaient.

Encore un dîner agréable mais un peu gêné – nous savions que nous finirions par devoir discuter. Je savais qu'il fallait que j'envoie mon formulaire d'inscription finale à Syracuse assez vite ou demander à nos parents de faire le nécessaire pour que je sois acceptée à Stanford avec Kyle. Le temps pressait. Nous avions trop attendu, au grand dam de nos familles, et l'heure était venue. On était au mois d'août, l'université commençait en septembre.

Je tentai plusieurs fois de lancer le sujet mais Kyle semblait s'arranger pour en dévier chaque fois, comme s'il savait de quoi j'allais parler. On rentra à la maison dans un silence tendu. Kyle avait la main dans la poche de son pantalon tout en conduisant et n'arrêtait pas de me jeter des regards. Son visage avait une expression grave et difficile à décrypter. On s'arrêta devant la maison et on resta dans la voiture pendant un moment, regardant les énormes gouttes de pluie s'écraser contre le pare-brise, écoutant le vent hurler à l'extérieur. Les pins énormes qui entouraient la maison penchaient et s'agitaient sous le vent, lequel se déchaînait. J'observais avec angoisse un arbre en particulier qui avait l'air de plier deux fois plus sous la rafale et je me surpris à me raidir à l'idée qu'il finisse par craquer et tomber. Au vu du sens du vent, si l'arbre tombait pour de vrai, il s'écraserait sur la maison et sur la voiture dans laquelle nous étions assis.

Kyle me regarda et je remarquai des perles de sueur couler sur son visage, malgré le froid qui régnait dans la voiture. Sa main attrapa le volant et caressa le cuir qui le recouvrait, un geste qu'il ne faisait que quand il était nerveux ou en colère. J'attendis, je savais qu'il parlerait quand il serait prêt.

Il me regarda à nouveau, prit une grande inspiration et sortit la main de sa poche. Mon cœur se mit à battre quand je compris. *Oh mon Dieu. Oh mon Dieu.* Il allait me demander en mariage. Non, non. Je n'étais pas prête.

Il ouvrit la main et, comme je m'y attendais, il tenait une petite boîte noire avec « Kay Jewelers » inscrit en lettres dorées dessus. Je mordis ma lèvre pour essayer de ne pas hyperventiler.

– Kyle ? Je…

– Nell, je t'aime.

Sa main tremblait légèrement quand il ouvrit la boîte, faisant apparaître un diamant taille princesse d'un demi-carat, simple et magnifique. Et terrifiant.

– Je ne veux pas passer un moment sans toi. Je me moque de la fac ou du football. Tu es la seule chose qui m'importe. On va trouver une solution ensemble.

Il saisit la bague entre son pouce et son index et me la tendit. La pluie frappait contre le pare-brise, le vent hurlait comme une *banshee*[1], soufflant si fort que la voiture remuait sur ses propres suspensions. Pourquoi maintenant ? me demandai-je. Pourquoi ici ? Dans une voiture, au beau milieu d'un orage ? Pourquoi pas au restaurant pendant le dîner ? Autour du feu où nous avions tant de souvenirs ? Mon cœur vibra dans ma poitrine et mes yeux me piquèrent, je voyais flou. Ma lèvre me faisait mal, je sentis le goût du sang. Je me forçai à desserrer la mâchoire avant de me la broyer complètement.

– Nell ? Veux-tu m'épouser ?

La voix de Kyle se brisa sur la fin.

– Oh mon Dieu, Kyle.

Je m'étouffai sur les mots, crachai le reste comme je pus.

– Je t'aime, je t'aime vraiment. Mais… maintenant ? Je… je ne sais pas… on a à peine dix-huit ans. Je t'aime et j'étais sur le point de te dire que j'allais te suivre à Stanford. Mon père peut m'y faire entrer à la dernière minute…

Je secouai la tête et fermai les yeux à la vue de ceux de Kyle, perdus et blessés.

– Attends…

Il secoua la tête, baissa sa main.

– Est-ce que tu es en train de dire non ?

– C'est trop tôt, Kyle. Ce n'est pas que je ne t'aime pas, c'est juste que…

Le doute m'envahit. Je n'étais jamais sortie avec quelqu'un d'autre. Ce n'était pas que je le voulais, nécessairement. Mais je me sentais si jeune parfois. Je n'avais

1. Créature de la mythologie celtique connue pour ses hurlements funestes.

jamais été loin de mes parents plus d'une semaine. Je n'avais jamais quitté la maison. C'était la première fois que j'allais quelque part sans eux. Je voulais profiter de la vie. Je voulais grandir un peu. Je n'étais pas prête pour me marier.

Mais je ne pus rien dire de tout ça. Tout ce que j'arrivais à faire, c'était secouer la tête alors que les larmes coulaient, imitant la pluie. J'ouvris la porte de la voiture et trébuchai dehors, ignorant Kyle qui me criait d'attendre. Je fus trempée jusqu'aux os en quelques secondes, mais je m'en moquai.

J'entendis Kyle courir derrière moi. Je n'étais pas en train de le fuir lui, je fuyais la situation. Je m'arrêtai : mes talons hauts glissaient et s'enfonçaient dans le gravier mouillé.

– Je ne comprends pas, Nell.

Sa voix était rugueuse, chargée d'émotions, mais la pluie cachait les traits de son visage, je n'aurais pas su dire s'il pleurait ou non.

– Je pensais… je pensais que c'était la prochaine étape pour nous deux.

– Ça l'est, mais pas tout de suite.

J'essuyai mon visage et fis un pas vers lui.

– Je t'aime. Je t'aime vraiment. De tout mon cœur. Mais je ne suis pas prête à me fiancer. *Nous ne sommes pas prêts*. Nous ne sommes encore que des gamins. On a eu le bac il y a deux mois.

– Je sais qu'on est jeune mais… c'est toi que je veux. Tu es tout ce que je veux. On pourrait vivre dans les bâtiments de la fac réservés aux jeunes mariés et être ensemble. Tout découvrir ensemble.

– On peut faire ça de toute façon. On pourrait prendre un appartement ensemble. Peut-être pas tout de suite mais bientôt.

Je tournai la tête, frustrée par mon incapacité à expliquer pourquoi je n'étais pas prête.

– Kyle... c'est juste trop tôt. Pourquoi n'arrives-tu pas à le voir ? Je ne veux pas qu'on soit séparé. J'irai à Stanford avec toi. J'irai où tu iras. Je t'épouserai, juste pas tout de suite. Donne-moi quelques années. Finissons l'université et commençons à travailler. Grandissons un peu.

Ce fut au tour de Kyle de tourner la tête. Il passa la main dans ses cheveux mouillés.

– On croirait entendre tes parents. On dirait ton père. Je lui ai demandé, tu sais. C'est pour ça qu'ils nous ont laissés venir ici. Il a dit qu'il n'était pas sûr qu'on soit prêt et qu'il pensait qu'on avait besoin de temps pour découvrir un peu plus la vie, mais que tu étais légalement une adulte et que si tu disais oui il n'avait aucune objection à ce que nous nous fiancions.

La pluie cessa à ce moment-là mais le vent soufflait plus fort que jamais. Les arbres autour de nous pliaient comme des brins d'herbe. Je pouvais entendre le craquement des troncs même à travers le hurlement rauque du vent. Un éclair illumina le ciel nocturne, puis un autre. Le tonnerre explosa au-dessus de nous, si fort que je le sentis dans mon ventre, et la pluie s'abattit à nouveau sur nous, froide et cinglante.

– Je t'aime, Kyle.

J'avançai vers lui pour le prendre dans mes bras.

– Ne m'en veux pas, s'il te plaît, c'est juste...

Il recula, pinçant l'arête de son nez.

– Je croyais... je croyais que c'était ce que tu voulais.

– Rentrons, d'accord ? On en parlera à l'intérieur. On n'est pas en sécurité ici.

Je tendis à nouveau mon bras vers lui mais il se dégagea.

La foudre éclata encore, plus proche cette fois, si proche que les poils de mes bras se dressèrent et que j'eus un goût d'ozone dans la bouche. Je sentais l'énergie crépiter tout autour de moi. Les arbres craquaient et se penchaient, le vent soufflait assez fort pour renverser la voiture ou me faire valser dans les airs.

Je secouai la tête et passai devant Kyle en direction de la maison.

– Je rentre. Tu peux rester ici et être stupide, si c'est ce que tu veux.

J'entendis alors un *crac* assourdissant, mais il ne s'agissait pas d'un éclair. On aurait dit le grondement d'un canon, comme si un feu d'artifice avait explosé à quelques mètres à peine. Mon estomac bouillonnait, mon corps s'emballa de peur. Je restai bloquée sur la première marche du perron, je levai les yeux au ciel et vis la mort s'approcher de moi.

Kyle cria derrière moi, mais ses mots se perdirent dans le vent, dans le brouillard de la terreur. J'étais paralysée. Je savais qu'il fallait que je bouge mais mes membres ne voulaient pas coopérer. Tout ce que je pouvais faire, c'était regarder l'arbre tomber. Je ne pus même pas crier.

Je sentis quelque chose de dur s'abattre sur moi par-derrière et je fus propulsée sur le côté, j'entendis l'impact de l'arbre sur le sol. Mes oreilles résonnèrent, je n'arrivais plus à respirer, je suffoquais. J'étais couchée sur le flanc, le bras tordu sous moi. C'est alors que la douleur envahit tout mon bras, j'étais à l'agonie. Je me dis qu'il était cassé. Je me retournai comme je pus. En me laissant retomber sur le dos, le choc fut si violent qu'il lança un autre flot de douleur dans mon corps et je ne pus réprimer un cri. Je baissai les yeux et vis mon bras collé à ma poitrine, vis le flot de sang se mélanger à la pluie, le rouge glisser le long de ma chair. L'avant-bras était plié en un angle totalement inhabituel et une pointe blanche dépassait au niveau du coude. À la vue de l'os, je dus me retourner une fois encore pour vomir.

C'est à ce moment que je repris mes esprits.

Kyle.

Je me tordis et me précipitai à genoux, le bras collé à mon estomac. Un autre cri résonna, perçant même au milieu du vent et de la foudre. L'arbre ressemblait à un géant tombé dans la clairière. La maison était écrasée, tout son côté droit était détruit par le tronc. La Camaro de Kyle était également écrasée, le pare-brise avait explosé, le capot, le toit et le coffre étaient aplatis. On aurait dit que les branches étaient comme des pics et des échardes qui transperçaient la terre, des aiguilles vertes qui obscurcissaient le sol, le ciel et tous les alentours.

Je vis une chaussure sans pied. Une chaussure noire de ville. La chaussure de Kyle qu'il avait dû perdre. Cette image, cette chaussure noire, trempée par la pluie, tachée de boue sur la pointe, allait marquer mon cerveau à jamais.

Kyle était sous le tronc de l'arbre, ses jambes tâtonnaient pour trouver une prise dans la boue et le gravier. Je hurlai à nouveau, je ne m'entendis même pas. Je sentis le cri dans ma gorge râper mes cordes vocales jusqu'au sang.

Je traversai en rampant l'allée de gravier, sur mes mains, mes genoux ; j'étais à l'agonie chaque fois que j'utilisais mon bras cassé pour me traîner jusqu'à Kyle. J'atteignis ses pieds, me hissai par-dessus le tronc entre de larges branches brisées, dardant des pointes aiguisées.

– Kyle ? *Kyle ?*

J'entendis les mots, son nom, tombés de ma bouche, des supplications désespérées.

Je vis sa poitrine bouger, vis sa tête tourner, il me cherchait. Il était sur le ventre. La boue recouvrait sa joue. Le sang coulait de son front, traçait un chemin autour de son nez et de sa bouche. Je me hissai au-dessus du tronc avec mon seul bras valide, luttai contre la morsure de l'écorce sous mes genoux nus, sentis les branches me matraquer les mollets et les cuisses. Ma robe s'accrocha à une branche et se déchira, exposant ma chair à la colère du ciel. Je me dégageai et tombai, atterris sur mon épaule et sentis autre chose craquer dans mon bras. La douleur m'empêcha de respirer, me laissant tremblante et incapable même de crier. Mes yeux se rouvrirent et croisèrent ceux de Kyle. Il les fit doucement cligner puis les ferma quand un filet rose de sang et de pluie goutta dans son œil. Il respirait péniblement, dans un étrange sifflement. Du sang coulait du coin de sa bouche.

Je tournai mon torse, tentant d'enlever mon poids de mon bras cassé. C'est là que j'ai vu. L'arbre ne lui était pas juste tombé dessus. Une branche avait traversé son corps. Un autre hurlement me déchira, s'évanouissant cette fois-ci dans un silence quand ma voix céda.

Je tendis mon bras et ôtai la pluie de son visage, le sang de sa joue et de son menton.

– Kyle ?

C'était un murmure, épuisé et à peine audible.

– Nell… je t'aime.

– Ça va aller, Kyle. Je t'aime.

Je me forçai à me lever, posai mon épaule contre l'arbre et me mis à tirer, à pousser.

– Je vais te sortir de là. Je vais t'emmener à l'hôpital. Tout va bien se passer… on va aller à Stanford tous les deux.

L'arbre bougea et Kyle poussa un gémissement de douleur.

– Arrête, Nell. Arrête.

– Non… non. Il faut que… il faut que je te sorte de là.

Je me remis à pousser, glissai dans la boue et mon visage cogna l'écorce de l'arbre.

Je rampai sur le sol à côté de Kyle. Je sentis sa main tâtonner à travers la boue et s'accrocher à la mienne.

– Tu ne peux pas, Nell. Tiens… tiens-moi juste la main. Je t'aime.

Ses yeux accrochaient mon visage comme s'il cherchait à se souvenir de chacun de mes traits.

– Je t'aime, Kyle. Tu vas t'en sortir. On se mariera… s'il te plaît…

Les mots trébuchaient, entrecoupés de sanglots.

Je fis un effort pour me lever et courus jusqu'à la voiture ; la peinture rouge et les bandes noires étaient rayées de partout. Je tendis le bras à travers la vitre cassée pour attraper mon sac. Un tesson de verre me dessina une longue ligne pourpre sur le bras, mais je ne sentis rien. Je maintins maladroitement mon sac contre ma poitrine avec mon bras blessé, saisis mon téléphone de l'autre, glissai frénétiquement mon doigt sur l'écran pour le déverrouiller et manquai de le faire tomber en appuyant sur l'icône vert et blanc du téléphone. Je lâchai mon sac qui vint s'écraser dans la boue sans que je m'en rende compte.

Une voix calme de femme me sortit de mon état de choc.

– Ici les urgences, que se passe-t-il ?

– Un arbre est tombé… mon petit ami est coincé dessous. Je crois qu'il est gravement blessé. Je crois qu'une branche… s'il vous plaît… s'il vous plaît, venez l'aider.

Je ne reconnaissais pas ma voix, elle était terrifiée, incohérente.

– Quelle est votre adresse, mademoiselle ?

Je tournai sur moi-même.

– Je ne… je ne sais pas.

Je connaissais l'adresse mais j'étais incapable de m'en souvenir.

– Neuf mille trois cent qua…

Je m'étouffai dans un sanglot, rejoignit Kyle et tombai sur le sol à côté de lui, les graviers mordant mes genoux et mes fesses.

– Quelle est votre adresse, mademoiselle ? répéta calmement l'opératrice.

– Neuf… mille… trois… cent… quarante… et… un… Rayburn… Road, murmura Kyle.

Je répétai l'adresse à l'opératrice.

– Quelqu'un sera là dès que possible, mademoiselle. Est-ce que vous voulez que je reste au téléphone avec vous ?

Je ne pouvais pas répondre. Je lâchai le téléphone, entendis sa voix répéter la question. Je fixai l'appareil sans rien voir. La pluie frappait et couvrait l'écran de gouttes, la barre rouge du « Terminer », les icônes blanches pour « Muet » et « Clavier », et tout le reste devint gris quand l'opératrice raccrocha ou que la communication se coupa. J'attrapai à nouveau mon téléphone, comme si cela allait aider Kyle. Je le saisis, mais avec la mauvaise main. Mes doigts ne fonctionnaient pas et le liquide rouge se mélangeait à la pluie sur l'écran, coulant de mon avant-bras et gouttant de mes doigts.

Je me tournai vers Kyle. Ses yeux étaient vitreux, distants. Je pris sa main dans la mienne, me laissai tomber en avant dans la boue pour m'allonger face à lui.

– Ne me quitte pas.

Ma voix était à peine audible.

– Je… je ne veux pas, murmura-t-il. Je t'aime. Je t'aime.

C'étaient les seuls mots dont il semblait se souvenir à ce stade. Il les répéta, encore et encore, et je les lui disais aussi, comme si ces trois mots pouvaient le retenir sur terre, le maintenir en vie.

J'entendis les sirènes au loin.

Kyle poussa un soupir de douleur et serra ma main, mais son geste était distant, faible. Ses yeux clignèrent, cherchant mon visage.

– Je suis juste là, Kyle. Les secours arrivent. T'en va pas. Ne lâche pas.

Je sanglotai quand ses yeux glissèrent sur moi sans me voir.

Je collai mes lèvres contre les siennes, sentis le goût du sang. Ses lèvres étaient froides. Mais nous étions sous la pluie, c'était normal qu'elles soient froides, n'est-ce pas ? Il avait simplement froid. Je l'embrassai à nouveau.

– Kyle ? Embrasse-moi. J'ai besoin de toi. Réveille-toi.

Je l'embrassai une troisième fois mais ses lèvres étaient froides et immobiles contre les miennes.

– Réveille-toi. Réveille-toi. Je t'en supplie. On doit se marier. Je t'aime.

Je sentis des bras me soulever et m'emmener. Entendis des voix me parler mais pas les mots qu'elles prononçaient. Quelqu'un criait. Était-ce moi ? Kyle était immobile, trop immobile. Il avait juste froid, il était juste gelé. Pas parti. Pas parti. Non. Non. Sa main était pliée comme si elle tenait encore la mienne mais j'étais loin, je glissais comme emportée par le vent. Emportée par le vent.

Je ne sentais plus rien. Aucune douleur, même quand mon bras cogna la civière sur laquelle on m'allongeait. Je vis Kyle, loin, toujours plus loin, entendis plus de voix encore me poser des questions, manipuler doucement mon bras. La douleur était comme le tonnerre, désormais lointaine. Comme la pluie, froide et oubliée.

Je t'aime. Je ne savais pas si je prononçais les mots à haute voix.

Je sentis une main insister pour que je desserre le poing. Je serrais quelque chose dans ma main blessée. Un visage adulte et rond flottait devant moi, prononçant des mots silencieux, remuant la bouche. Mes paupières se fermèrent doucement, m'enveloppant d'obscurité, et la lumière revint quand je les rouvris. Je pris une inspiration, expirai. Encore une fois. Je me demandai distraitement à quoi bon continuer de respirer. Kyle était parti. Pourquoi respirer ?

On plaça quelque chose de froid, de dur et transparent sur mon nez et ma bouche qui m'obligea à respirer à nouveau.

Je regardai mes poings serrés. Qu'est-ce que je tenais ? Je n'en savais rien.

Je forçai mes doigts à s'ouvrir, dévoilant un anneau en argent avec un diamant étincelant. J'essayai de l'enfiler à la main gauche, c'était sa place. Je le dirai à Kyle quand on me laisserait sortir de l'hôpital. *Je t'aime, oui, je veux t'épouser.* Mais d'abord il fallait que je porte la bague. Une main épaisse avec des poils noirs sur les phalanges me prit ma bague et la fit glisser autour de l'annulaire de ma main droite, la mauvaise main. Quelque chose de rouge vint tacher l'argent et j'essuyai ma main sur ma cuisse, sur ma robe mouillée. Voilà, le rouge était parti.

Un visage doux, des yeux bleu pâle enfoncés dans un visage poupin. Une bouche qui bougeait, mais aucun son. Il me tendit quelque chose. Un téléphone. Mon téléphone ? J'appuyai sur la touche circulaire avec le symbole carré. Kyle apparut, si beau, son visage pressé contre le mien tandis qu'on s'embrassait. Mon téléphone.

Je levai les yeux vers l'homme. Perdue. Il avait l'air de vouloir me dire quelque chose. Il pointa le téléphone et dit quelque chose.

Mes oreilles détonèrent et j'entendis à nouveau.

– Mademoiselle ? Y a-t-il quelqu'un que vous puissiez appeler ?

Sa voix était profonde et gutturale.

Je le fixai du regard. Appeler ? Qui devais-je appeler ? Pourquoi ?

– Vous m'entendez ?

– Ou-oui. Je vous entends.

Ma voix était faible, lointaine, basse.

– Comment tu t'appelles, ma grande ?

Mon nom ? Je le fixai à nouveau. Il avait un bouton sur le front, blanc et suintant, prêt à éclater.

– Nell, je m'appelle Nell. Nell Hawthorne.

– Est-ce que tu peux appeler tes parents, Nell ?

Oh. Il voulait que j'appelle mes parents.

– Pourquoi ?

Son visage se tordit, ses yeux se fermèrent lentement puis se rouvrirent, comme pour rassembler son courage.

– Il y a eu un accident, tu te rappelles ? Tu es blessée.

Je baissai les yeux jusqu'à mon bras qui palpitait doucement. Puis revins à l'homme.

– Un accident ?

Mon cerveau tourna dans tous les sens, brumeux et embrouillé.

– Où est Kyle ? Je dois lui dire que je l'aime. Je dois lui dire que je veux l'épouser.

Puis tout me revint. La chute de l'arbre. Moi, incapable de bouger, Kyle, son regard se figeant sous mes yeux.

J'entendis un hurlement et un sanglot. Le téléphone me tomba des mains et j'entendis une voix parler au loin.

L'obscurité m'envahit.

Ma dernière pensée fut que Kyle était mort. Kyle était mort. Il m'avait sauvée et maintenant il était mort. Les sanglots se firent écho l'un après l'autre, c'est à mon cœur brisé qu'on les arrachait.

5

Le liquide de mon cœur brisé

Deux jours plus tard

Je balayai la dernière mèche de cheveux vers l'arrière et l'attachai avec une barrette. J'avais du mal à me reconnaître dans le miroir. J'étais pâle comme un linceul avec des cercles noirs sous les yeux. Ces yeux me renvoyaient mon propre regard dans la glace, gris comme un ciel d'hiver et tout aussi vide.

– Nell ?

J'entendis la voix de ma mère derrière moi, douce, hésitante. Sa main entoura mon bras. Je ne bougeai pas.

– Il est l'heure, ma chérie.

Je fermai les yeux, comme pour retenir le néant. Je ne ressentais rien. Pas de larmes. J'étais vide à l'intérieur, parce que le vide valait mieux que la souffrance. J'acquiesçai et contournai ma mère, j'ignorai l'éclair de douleur quand mon plâtre cogna le cadre de la porte. Mon père tenait la porte d'entrée, me regardant avec attention, comme si j'allais exploser ou m'effondrer.

Les deux étaient possibles. Mais il n'en serait rien, parce que pour que ça arrive il aurait fallu ressentir quelque chose. Et je ne ressentais rien. Rien. Rien. Rien, c'était mieux.

Je descendis les marches du perron, traversai l'allée en bitume jusqu'au *crossover* Mercedes de mon père. Je glissai sur le siège arrière, tirai la ceinture autour de ma poitrine et attendis en silence. Ma mère s'arrêta sur le seuil de la maison, regarda mon père, je les vis échanger des regards inquiets qui me concernaient. Puis mon père ferma la porte à clé et ils montèrent tous les deux en voiture. On fit le trajet en silence.

Les yeux de mon père cherchèrent les miens dans le rétroviseur.

– Tu veux qu'on mette de la musique ?

Je secouai la tête mais impossible de trouver la voix pour parler. Il détourna son regard et continua à conduire. Ma mère se retourna sur son siège pour me regarder, ouvrit la bouche pour dire quelque chose.

– Laisse, Rachel, dit mon père en lui touchant le bras. Laisse-la tranquille.

Je cherchai le regard de mon père dans le rétroviseur, pour essayer d'exprimer ma gratitude en silence, avec mes yeux morts.

La pluie tombait. De grosses gouttes épaisses à travers l'air calme et tiède. Rien à voir avec l'orage qui avait emporté Kyle. Des nuages gris et lourds, un ciel bas comme un plafond cassé. Du ciment mouillé, de l'herbe scintillante et des flaques sur les trottoirs.

Je serrais un morceau de papier plié et froissé dans ma main. La lettre. Je la connaissais par cœur désormais. Je l'avais lue et relue tant de fois.

La veillée funèbre. Une petite pièce remplie de trop de personnes. Je me tins près du cercueil, refusant de regarder à l'intérieur. J'étais à côté d'un collage de photos de Kyle, assez bien fait, des photos de nous. À me voir moi heureuse et lui vivant, je me dis que ces gens sur les photos étaient désormais des inconnus.

Des paroles prononcées, des condoléances creuses. Des mains qui prenaient les miennes, des lèvres qui frôlaient ma joue. Des amis qui pleuraient. Des cousins. Becca, qui me serrait dans ses bras. Jason, debout devant moi, qui ne parlait pas, qui ne m'étreignait pas ; son silence était le plus beau cadeau qu'il avait à m'offrir.

Et puis, oh mon Dieu… M. et Mme Calloway, debout devant moi. Ils avaient toujours été là mais je n'avais pas pu les voir. Je n'avais pas pu me résoudre à croiser leur regard. Mais ils étaient là désormais, leurs mains serrées et cousues ensemble, deux paires d'yeux marron qui ressemblaient tellement à ceux de Kyle, qui me transperçaient, parcouraient mon visage. J'avais un peu raconté ce qu'il s'était passé. Il y avait eu un orage, un arbre était tombé. Kyle m'avait sauvée.

Rien à propos de la demande, de la bague autour de mon doigt, le mauvais doigt. Rien sur le fait qu'on se disputait. Que ça aurait dû être moi à sa place.

Que si j'avais fait… mon Dieu, tellement de choses différemment, leur fils serait toujours en vie.

Je n'avais rien dit sur le fait qu'il était mort par ma faute.

Si j'avais dit oui, il serait toujours en vie. On serait monté dans la chambre. On aurait fait l'amour. L'arbre serait tombé sur la maison, mais loin de nous.

Je les regardai au fond des yeux et essayai de trouver les mots.

– Je suis vraiment désolée.

C'était tout ce que je pouvais dire, et même ça, c'était à peine audible, des mots brisés qui tombaient de ma langue comme des morceaux de verre.

– Oh, Nell… moi aussi.

Mme Calloway me prit dans ses bras, pleura sur mon épaule.

J'étais figée, le contact physique, c'était trop. J'inspirai violemment par le nez et expirai par la bouche, soufflant dans la masse sombre de ses cheveux raides, tremblante et tendue. Je ne pouvais pas me permettre de ressentir quoi que ce soit. Si je le faisais, je risquais de m'effondrer.

Je ne crois pas qu'elle comprit que je la suppliais de me pardonner d'avoir tué son fils. Mais ces quatre mots étaient tout ce que j'avais pu déterrer de ma bouche. Son mari finit par l'attirer à lui. Il la serra contre lui tandis qu'elle frémissait.

Un tas de gens étaient là, qui vinrent me parler. Les visages défilaient devant moi dans le flou. J'acquiesçai parfois, marmonnant des choses. Juste pour qu'ils ne me croient pas catatonique, pour qu'ils voient que j'étais en vie, du moins physiquement.

Je ne l'étais pourtant pas. Je respirais. Mes neurones étaient en feu, le sang coulait dans mes artères. Mais j'étais morte, j'étais morte avec Kyle.

Papa glissa à mes côtés, passa son bras autour de mes épaules.

– C'est l'heure, Nell.

Je ne savais pas de quoi c'était l'heure. Je me tournai et le regardai les sourcils froncés.

Il vit ma question.

– De dire la messe. De fermer le cercueil et… de l'enterrer.

J'acquiesçai. Il me poussa vers une chaise et je m'assis. M. Calloway était debout, dos au cercueil, et parlait. J'entendis ses mots mais ils ne signifiaient rien. Des mots à propos de Kyle, de combien il était merveilleux, fantastique, de combien son avenir prometteur avait été interrompu. Interrompu. Des mots vrais mais creux au regard des choses. Plus rien n'importait. Kyle était parti et les mots n'avaient plus aucun sens.

Mme Calloway ne put pas s'exprimer. Jason lui parla de combien Kyle était un ami merveilleux et ces mots-là aussi étaient vrais.

Puis ce fut à mon tour. Tout le monde me regardait. Attendait. Je me levai et marchai vers l'endroit d'où tous avaient parlé, derrière un petit pupitre avec un micro débranché. Je plantai mes ongles, peints en prune par ma mère, dans le bois.

Je savais que j'avais changé. L'ancienne Nell aurait su quoi dire, aurait trouvé les mots justes et adéquats, aurait dit combien Kyle était incroyable, affectueux et attentionné, évoqué notre futur ensemble.

Mais rien de tout ça ne vint, parce que je n'étais plus cette Nell désormais.

– J'aimais Kyle.

Je fixai le bois blond du pupitre, la tête baissée. Les regards dans l'assemblée auraient craquelé mon armure de torpeur, ils auraient transpercé le magma de mes émotions enfoui tout au fond de moi.

– Je l'aimais tellement. Je l'aime toujours, mais… il est parti. Je ne sais pas quoi dire d'autre.

Je retirai la bague de ma main droite et la montrai à l'assemblée. Certaines personnes laissèrent échapper un petit cri.

– Il m'a demandé de l'épouser. Je lui ai dit que nous étions trop jeunes. Je lui ai dit… que j'irai en Californie avec lui. Il allait aller à Stanford pour jouer au football. Mais j'ai dit non, pas tout de suite… et maintenant il est parti.

J'étais sur le point de craquer mais résistai. Je ravalai l'explosion et l'aspirai jusqu'au plus profond de moi. J'enfilai à nouveau la bague à ma main droite et sortis de la pièce sans regarder le cercueil. Je savais, depuis la mort de grand-mère Calloway, que cette chose dans le cercueil n'était pas Kyle. C'était une coquille, une enveloppe, un vase d'argile vide. Je ne voulais pas voir ça. Je voulais garder une image de Kyle comme l'Adonis fort, triomphant et beau qu'il était, me souvenir de ses muscles en train de se tendre, la façon dont ses mains me touchaient et celle dont sa transpiration se mélangeait à la mienne.

Mais chaque fois que je fermais les yeux, la seule chose que je voyais, c'était cette chaussure, ses yeux qui me cherchaient tandis qu'il se vidait de son sang comme de sa vie, sa main qui serrait mes doigts et puis le vide quand on m'avait emmenée.

Je sortis du funérarium. M'éclipsant par une porte arrière, je marchai tout droit à travers l'herbe mouillée vers un immense chêne qui se trouvait derrière le bâtiment. Quand je m'appuyai enfin contre l'écorce rugueuse, ma robe était trempée et collait à ma peau. Mes cheveux pendaient dans mon dos par mèches dégoulinantes. Je tremblai, m'efforçai de tout garder à l'intérieur. J'essayai de respirer, m'étouffai avec ma langue en tentant littéralement de mordre chacun de mes sanglots.

Je tournai sur place, appuyai mon front sur l'écorce, serrant mes dents et respirant fort, gémissant à travers mes lèvres. Je ne pleurais pas, je ne pleurais pas. Parce que je ne pouvais pas. Je ne pouvais pas me le permettre.

Je sentis quelque chose de tiède tomber sur mes épaules, la soie douce d'une veste de costume. Je m'écartai de l'arbre pour me retourner et vis une paire d'yeux saphir me regarder, un bleu renversant, perçant, à couper le souffle. Le visage était envoûtant, fascinant, saillant et beau à en faire mal, comme celui de Kyle mais en plus abîmé. Plus vieux, plus dur. Plus rugueux. Moins parfait, moins sculptural. Des cheveux noirs mi-longs ébouriffés, décoiffés, épais, hirsutes et noir corbeau.

Colton. Le frère de Kyle, son aîné d'environ cinq ans.

Je n'avais pas vu Colton depuis très, très longtemps. Il avait quitté la maison quand Kyle et moi étions juste des enfants et n'était pas revenu depuis. Je n'aurais pas su dire avec certitude où il habitait, ni ce qu'il faisait. Je crois qu'il ne s'entendait pas très bien avec M. Calloway, mais je n'en étais pas convaincue non plus.

Colton ne dit rien, il ajusta seulement sa veste sur mes épaules et s'appuya contre le tronc, sa chemise blanche si trempée qu'on pouvait voir sa peau et l'encre noire d'un tatouage sur son bras et son épaule. Un motif tribal sans doute.

Je fixai Colton et il me regarda ; j'étais calme et posée mais toujours accablée de douleur. Il comprenait mon besoin de silence.

Je sentis quelque chose de dur dans sa poche intérieure, y fourrai ma main et en sortis un paquet de Marlboro et un Zippo. Colton leva un sourcil et me les arracha des mains. Il ouvrit le paquet, prit une cigarette et l'alluma. Je l'observai, parce qu'observer gardait le magma au loin.

Il mit le filtre entre ses lèvres, tira une bouffée et je sentis quelque chose d'étrange se passer en moi tandis que ses joues se creusaient. J'avais la sensation de le connaître, sauf que ce n'était pas le cas. Comme si j'avais passé ma vie à le regarder inspirer la fumée et la recracher doucement à travers ses lèvres serrées. Comme si je l'avais toujours regardé avec désapprobation sans jamais rien dire.

– Je sais, je sais. Ce truc me tuera.

Sa voix était rauque, rocailleuse et profonde mais aussi mélodique, d'une certaine façon.

– Je n'ai rien dit.

Mon petit discours excepté, c'était la phrase la plus longue que j'avais prononcée depuis quarante-huit heures.

– C'était pas nécessaire. Je peux le lire dans tes yeux. Tu n'approuves pas.

– Je suppose que non. C'est mauvais de fumer. Peut-être que c'est un dégoût héréditaire, je n'ai jamais connu de fumeur.

– Maintenant tu en connais un, dit Colton. Je ne fume pas beaucoup. En société généralement. Ou quand je suis stressé.

– Je crois que cette situation peut être considérée comme stressante.

– La mort de mon petit frère ? Ouais. C'est le genre d'occasion où on a le droit de fumer comme un pompier.

Il prononça ces mots nonchalamment, presque brutalement, mais je vis la douleur écrasante dans ses yeux quand il les détourna. Je fixai le scintillement orange de l'extrémité de sa cigarette.

– Je peux essayer ?

Il me jeta un coup d'œil, le sourcil levé, me demandant en silence si j'étais sûre. Il me tendit la tige blanche, le filtre serré entre ses deux doigts épais. Il avait de la graisse sous les ongles, le bout de ses doigts était calleux, la marque des joueurs de guitare.

Je pris la cigarette et la portai avec hésitation à mes lèvres, la laissai là pendant un instant puis inspirai. Je goûtai la fumée âpre, quelque chose comme de la menthe et puis j'avalai. Mes poumons brûlèrent et protestèrent, j'expirai en toussant. Colton rit, un gloussement faible.

La tête me tourna tellement que je manquai de tomber. Je m'appuyai contre le tronc de l'arbre pour reprendre mon équilibre. Colton posa sa main immense sur mon coude.

– La première bouffée fait toujours tourner la tête. Encore aujourd'hui, quand ça fait un petit moment que je n'ai pas fumé, ça me fait ça.

Il reprit sa cigarette et inspira, fit sortir la fumée par ses narines.

– Ne deviens pas accro, OK ? J'ai pas besoin de ces conneries, de savoir que je t'ai donné le goût de la cigarette. C'est une mauvaise habitude. Je devrais arrêter.

Une autre bouffée suivit, pour faire mentir ses mots.

Il était affalé contre l'arbre, voûté vers l'avant, comme si le poids de son chagrin était trop lourd à porter. Je connaissais ce sentiment. Je lui ôtai la cigarette des mains, ignorant l'étincelle de sensations étrange et malvenue qui parcourut mon bras quand mes doigts touchèrent les siens.

J'inspirai la fumée, la goûtai et la soufflai, toussai à nouveau, mais un peu moins cette fois. Je sentis les volutes me monter à la tête. La sensation me plut. Je pris une autre bouffée et lui rendis sa cigarette. Je vis ma mère me regarder, elle était sur le seuil de la porte par laquelle j'étais sortie.

Colton suivit mon regard.

– Merde. Je suppose qu'il faut qu'on y aille.

– Est-ce que je peux venir en voiture avec toi ?

Il était en train de se redresser et s'arrêta net. Il faisait au moins trente centimètres de plus que moi, ses épaules étaient larges comme celles d'un joueur de football américain, ses bras, épais comme de la corde. Je réalisai qu'il était immense. Kyle était mince et tonique. Colton était... autre chose. Puissant de toute évidence. Dur. Primitif.

– Avec moi ?

Il avait l'air décontenancé par ma demande.

– Jusqu'au cimetière. Ils vont... ils vont vouloir parler. Me poser des questions. Je ne peux... je ne peux juste pas.

Il prit une dernière bouffée, puis pinça la braise avec ses doigts pour qu'elle tombe, l'écrasa du pied et fourra son mégot dans sa poche.

– Bien sûr, viens.

Je le suivis jusqu'à une camionnette pick-up Ford F-250 avec des pneus énormes et des pots d'échappement diesel. Elle était couverte de boue. Il marchait à côté de moi, sans me toucher, juste là. J'entendis la voix de ma mère au loin mais l'ignorai. Je n'étais pas en mesure de gérer les questions que je savais qu'elle me poserait.

Colton ouvrit la portière passager, m'offrit sa main et m'aida à monter. Je sentis à nouveau un éclair d'énergie horrible et puissant me traverser à son contact. La culpabilité s'empara de moi.

Je le frôlai en m'installant dans la cabine. Il sentait la cigarette, le parfum et quelque chose d'indescriptible. Je le vis avaler difficilement sa salive et détourner les yeux, lâchant ma main aussi vite que possible. Il essuya sa paume sur la jambe de son pantalon, comme pour effacer le souvenir du frisson que lui avait procuré ce geste.

Il était assis à côté de moi quelques secondes plus tard, fit tourner la clé dans le contact et la camionnette démarra dans un grondement rauque. Le siège en cuir vibra sous mes cuisses, pas de façon désagréable. J'enlevai sa veste et la posai entre nous deux. Quand le véhicule démarra, les haut-parleurs se mirent à cracher de la musique, des voix d'hommes et de femmes s'élevèrent dans une harmonie envoûtante : « *If I die before I wake/I know the Lord my soul won't take/I'm a dead man walking/I'm a dead man walking…*[1] »

---

1. « Si je meurs avant de me réveiller/Je sais que Dieu ne voudra pas de mon âme/Je suis un condamné/Je suis un condamné… »

Quelque chose se brisa dans ma poitrine et je dus serrer les dents jusqu'à ce que ma mâchoire me fasse mal pour ne pas m'effondrer.

– Qu'est-ce que… qui c'est? demandai-je; les mots étaient rêches et râpeux.

– Les Civil Wars. La chanson s'appelle *Barton Hollow.*

– Elle est dingue.

– Tu n'en as entendu que trente secondes.

Je haussai les épaules.

– Elle… me parle.

Il toucha quelque chose sur le tableau de bord et la chanson recommença au début. J'écoutai, captivée. La chanson suivante s'empara également de moi. Colton conduisait sans un mot, me laissant écouter. La pression naissante dans ma poitrine diminuait à l'écoute de la musique.

Durant tout le trajet, je pouvais sentir la présence de Colton dans la camionnette comme une vague brûlante d'électricité. Sa chaleur remplissait la cabine à m'en rendre claustrophobe. Presque. Sauf que… sa présence était aussi, d'une certaine façon, une pommade sur la plaie ouverte de mon cœur.

Ce simple fait suffit à me noyer dans un océan de culpabilité. Je n'aurais pas dû ressentir ce genre de choses. Je n'aurais rien dû ressentir du tout. Il n'y aurait dû y avoir aucune pommade, aucun réconfort.

Je ne le méritais pas.

On avait installé un auvent au-dessus de la tombe ouverte et deux rangées de chaises autour. La pluie était désormais froide. Je tremblais en sortant de la voiture et Colton était à nouveau là, pour m'ouvrir la portière et me tendre la main.

Il avait l'air trop dur, trop grand, trop rugueux sur les bords pour être aussi attentionné. C'était une contradiction. De la graisse sous les ongles. Les mains dures et calleuses, comme du béton granuleux sous ma paume douce tandis que je descendais du véhicule.

Ses yeux glissèrent sur les miens, il soutint mon regard quelques secondes, hésitant comme s'il cherchait à mémoriser mes traits. Sa pomme d'Adam bondit quand il avala. Ses yeux se plissèrent et il lécha ses lèvres, lâchant ma main après l'avoir tenue un tout petit peu trop longtemps.

Il prit une profonde inspiration, fourra la main dans la poche de son jean et jongla avec ses clés.

– C'est parti, dit-il en soupirant.

Je le suivis. Je ne voulais pas y aller. Je voulais m'enfuir. Je ne voulais pas voir cette boîte qui contenait le corps de mon premier amour être mise en terre. Je faillis partir en courant.

Puis Colton s'arrêta, ses yeux bleus déstabilisants me transperçaient. Il se contenta d'un petit signe de tête, un léger mouvement de menton, mais il suffit à me faire mettre un pied devant l'autre pour me conduire jusqu'à la tombe. C'est comme s'il avait pu lire dans mes pensées. Il savait que je voulais m'enfuir. Mais comment aurait-il pu le savoir ? Il ne pouvait pas, ne me connaissait pas, c'était impossible. Je l'avais vu deux fois dans ma vie. C'était le grand frère de Kyle.

Je sentis le regard de ma mère sur moi quand je m'arrêtai face au cercueil en bois sombre. Je posai mon doigt sur mes lèvres comme pour garder le moindre son ou la moindre émotion à l'intérieur. Je sentis le regard de mon père. Je sentis le regard de M. et Mme Calloway. Le regard de tous ces gens. Je posai ma main sur le bois froid, puisque c'était apparemment ce qu'on attendait de moi. Je n'ai jamais autant voulu grimper dans la boîte avec lui, m'arrêter de respirer, le rejoindre dans l'autre monde, quel qu'il soit.

Je trébuchai en me retournant, mes talons hauts s'enfonçant dans l'herbe. Colton tendit la main et m'empêcha de tomber, une fois encore. J'ignorai l'électricité. Il me lâcha aussitôt et je m'assis. Un prêtre ou un curé dans un costume noir avec une chemise noire et ce petit truc blanc autour du col se tenait au-dessus de la tombe, psalmodiant des versets de la Bible et répétant des mots de prétendu réconfort.

Je n'arrivais pas à respirer. Je m'étouffais avec mes émotions enfouies. J'avais une fleur dans la main, je ne savais pas comment elle était arrivée là. On descendit le cercueil dans un horrible gouffre sombre. Je me tins au-dessus du trou et y jetai la fleur, puisque c'était ce que l'on attendait de moi.

– Je suis désolée, murmurai-je.

Personne n'entendit, mais c'était entre Kyle et moi de toute façon.

– Au revoir, Kyle. Je t'aime.

Je me retournai et me mis à courir. J'envoyai valser mes talons et courus pieds nus dans l'herbe, traversai le parking de gravier, ignorant les voix qui m'appelaient.

Le cimetière ne se trouvait qu'à quelques kilomètres de la maison de mes parents, de chez moi, de chez Kyle. Je suivis le chemin de terre, ignorant la douleur transperçante des pierres qui s'enfonçaient dans mes pieds. J'accueillis la douleur à bras ouverts, la douleur physique. Je ne faisais que courir. Courir. Déséquilibrée par mon plâtre. Chaque pas faisait sursauter mon bras cassé, intensifiant la douleur. Je rejoignis la rue et continuai de courir. J'entendis une voiture s'arrêter à côté de moi, la voix de mon père me supplier. La pluie bombardait mon front, encore la pluie, toujours la pluie, la pluie sans cesse depuis le jour où il était mort. J'ignorai mon père, secouai la tête, mes cheveux mouillés frappaient mon menton. Je crois que j'étais en train de pleurer, mais la pluie se mélangeait à mes larmes.

Une autre voiture, une autre voix, je l'ignorai. Cours, cours, courir. La robe mouillée contre ma peau, accrochée à mes cuisses. Mes pieds me faisant mal, brûlants, transpercés. Mon bras à l'agonie, secoué à chaque mouvement. Mes pas devinrent des foulées dévorant le bitume, rythmées, sans précipitation, comme un coureur. Je savais qui était derrière moi. Il n'essaya pas de me rattraper et je pus prétendre, juste pour une seconde, que c'était Kyle qui était derrière moi, qu'il me laissait courir devant lui pour mater mes fesses. Cette pensée, cette image, ce souvenir des grandes enjambées de Kyle derrière moi me coupa le souffle, je dus lutter contre la marée de larmes qui s'approchait.

Je courus plus vite et sa foulée s'accéléra derrière moi. Je secouai ma tête, mes cheveux mouillés claquaient contre ma bouche. Il fut à ma hauteur en quelques enjambées, il n'avait plus de cravate, sa chemise trempée et transparente était déboutonnée jusqu'à mi-poitrine. Il suivait mon rythme sans difficulté. Il ne parlait pas, ne me regardait même pas. Il se contentait de courir à côté de moi. Nos respirations s'accordèrent, on inspirait sur deux pas, expirait les deux suivants, un rythme qui ne m'était que trop familier.

À un peu plus d'un kilomètre de chez moi, je trébuchai sur une large pierre du chemin et me tordis la cheville. J'étais dans les bras de Colton avant de toucher le sol. Il ralentit jusqu'à marcher, me portant à la façon d'un pompier, un bras sous mes genoux, l'autre sous mes épaules. Il respirait fort, son pas avait quelque chose d'irrégulier.

– Je peux marcher, dis-je.

Colton s'arrêta et me remit à terre. Ma cheville lâcha aussitôt sous le poids et je dus la soulever pour tenir debout.

– Laisse-moi te porter.

– Non.

Je serrai ma main autour de son biceps, grinçai des dents et fis un pas. C'était douloureux, mais je pouvais y arriver.

On ne me porterait pas. Il y aurait eu trop de questions si j'avais débarqué à la maison dans les bras de Colton. On allait déjà m'en poser une flopée, je le savais.

En vérité, c'est parce que je m'y sentais trop bien, dans ses bras. C'était trop réconfortant, trop naturel, trop comme chez moi.

La culpabilité m'envahit à nouveau et je mis intentionnellement trop de poids sur ma cheville tordue afin de provoquer une vague de douleur le long de ma jambe. C'était bien, la douleur. C'était une distraction. Ça me donnait une raison de gémir à travers mes dents serrées et de balayer les larmes. Je pleurais pour la douleur de ma cheville et ça, ça passerait. Je ne pouvais pas pleurer pour la douleur de mon cœur parce qu'elle ne passerait jamais. Elle ne faisait que devenir plus lourde et plus aiguë, à chaque minute, chaque heure, chaque jour.

Je trébuchai et la main de Colton me rattrapa.

– Appuie-toi au moins sur moi, Nell. Ne sois pas bornée.

Je m'arrêtai, le pied légèrement levé. Hésitante. Pesant le pour et le contre.

– Non.

Je me dégageai de sa main, posai mon pied et fis un pas. Sans boiter, sans clopiner.

Ça me faisait tellement mal que je ne pouvais pas respirer, ce qui était une bonne chose. Ça écartait la culpabilité. Écartait la blessure de mon âme. Écartait ce cauchemar éveillé, savoir que Kyle était parti pour toujours. Parti. Mort. Perdu.

Tué en me sauvant.

Je fis un autre pas et la souffrance me balaya. Je penchai la tête pour que mes cheveux tombent sur mon visage, obstruant ma vision de chaque côté. J'entendis le pas de Colton à côté de moi, entendis sa respiration, sentis l'odeur âpre et passée de la fumée de cigarette, celle vague du parfum et celle entêtante de la sueur de l'effort. L'odeur d'un homme. Mais elle était trop réconfortante, trop familière.

Je mis très, très longtemps à parcourir le kilomètre qui me séparait de la maison, ma cheville était enflée, une douleur lancinante remontait le long de ma jambe jusqu'à ma hanche. J'ouvris la porte, ignorai mes parents dans le salon qui se levèrent d'un bond et m'appelèrent. Colton m'avait suivie jusqu'à l'intérieur.

– Elle s'est tordu la cheville, leur dit-il. Je crois qu'elle est foulée.

– Merci de l'avoir accompagnée, dit papa.

J'écoutais du haut de l'escalier et entendis la suspicion dans son ton.

– Pas de problème.

J'entendis le pas de Colton craquer sur le marbre, puis la porte s'ouvrir.

– Toutes mes condoléances, Colton.

La voix de ma mère.

– Ouais.

C'était tout de sa part, juste ce mot, puis la porte se referma. Et il était parti. Je boitai jusqu'à ma chambre, me l'autorisant maintenant que j'étais seule. Je fermai la porte et enlevai ma robe, ma culotte trempée de pluie, puis j'entourai mon plâtre de film plastique et entrai dans la douche. L'eau chaude brûlait le creux de mes reins, chassant la douleur mais pas la culpabilité.

Quand l'eau devint tiède, je sortis, me séchai avec une serviette, enfilai mon peignoir et me pelotonnai dans mon lit sous une pile de couvertures. Le silence de ma chambre était profond.

Je fermai les yeux et vis Kyle, écrasé sous l'arbre, empalé, se vidant de son sang, le sifflement de sa respiration, j'entendis sa voix murmurer: «Je t'aime… je t'aime…» encore et encore jusqu'à ce qu'il n'ait plus de souffle et que les sirènes au loin ponctuent sa mort.

J'entendis ma porte s'ouvrir, sentis le matelas s'enfoncer quand maman s'assit à côté de moi. Je fermai les yeux; quelque chose de chaud et de mouillé coula le long de ma joue. Ce n'était pas une larme. J'avais décidé de ne pas pleurer. Je ne pouvais pas. Si je me laissais aller, j'ouvrirais mon âme. Cela ne s'arrêterait jamais. Je me briserais, j'exploserais tout simplement en mille morceaux. Le liquide sur ma joue, c'était le sang de mon cœur déchiré en lambeaux.

– Nell… ma chérie.

La voix de maman était douce, timide. Je la sentis soulever les couvertures pour tâter ma cheville.

– Oh mon Dieu, Nell. Il faut que tu voies un médecin. Ta cheville est enflée et elle vire au violet.

Je secouai la tête.

– Il suffit de mettre un bandage. Ou de la glace. Elle n'est pas cassée.

Elle soupira, resta assise en silence pendant une longue minute, puis se leva et revint avec un sachet de glace et une bande élastique. Elle s'occupa de ma cheville et s'assit à nouveau.

– Je ne savais pas que tu connaissais Colton.

– Ce n'est pas le cas.

– Tu as fumé.

Je ne répondis pas. Je n'avais aucun compte à lui rendre.

– Parle-moi, ma chérie.

Je secouai la tête.

– Pour dire quoi ?

Je tirai la couverture au-dessus de ma tête.

Maman la descendit et balaya mes cheveux mouillés hors de mes yeux.

– Je ne peux pas te dire que ça arrêtera de faire mal un jour. Ça deviendra juste plus facile à gérer.

Son grand frère était mort dans un accident de voiture quand elle était à l'université. Elle s'étouffait encore de sanglots quand elle en parlait. Je crois qu'ils avaient été très proches.

– Je ne veux pas que ça devienne plus facile.

– Pourquoi ?

Elle saisit la brosse sur ma table de nuit et m'aida à m'asseoir. Puis elle me coiffa lentement, doucement, me rappelant l'époque où j'étais une petite fille. Elle me chantait des chansons et peignait mes cheveux avant que je m'endorme.

– Parce que si ça devient plus facile… je vais l'oublier.

J'avais toujours la lettre serrée dans ma main plâtrée. Je me servis de ma main libre pour l'ouvrir et la lus. Le papier était humide, l'encre bleue s'était estompée mais c'était toujours lisible.

J'entendis ma mère soupirer, quelque chose qui ressemblait à un sanglot.

– Oh, ma chérie. Non, je te promets, tu ne l'oublieras jamais. Mais il faut que tu te laisses guérir. Ce n'est pas trahir sa mémoire que de laisser la douleur s'en aller. Il aurait voulu que tu sois heureuse.

Je m'étranglai avec quelque chose d'épais et de chaud dans ma gorge. C'était exactement ce que j'avais pensé. Si j'arrêtais de m'en souvenir, si j'essayais de me séparer de la douleur, ce serait le trahir. Nous trahir.

– Ce n'est pas ta faute, Nell.

Je tremblai et eus le souffle coupé.

– Chante-moi des chansons. Comme quand j'étais petite.

Je devais bien la distraire, je n'avais pas la force de lui dire combien *c'était* ma faute. Elle aurait juste essayé de me convaincre du contraire.

Elle soupira, comme si elle avait vu clair dans mon jeu. Elle prit une inspiration tout en caressant mes cheveux avec la brosse et chanta. Elle chanta *Danny's Song* de Kenny Loggins. C'était sa chanson préférée et je connaissais les paroles par cœur pour l'avoir écoutée me la chanter de nombreux soirs quand j'étais petite.

Maman posa la brosse et se leva.

– Il faut dormir maintenant, Nell.

J'acquiesçai et m'allongeai. Je finis par dormir. Et rêver. Des rêves hantés, des rêves torturés. Les yeux de Kyle sur moi, en train de mourir ; les yeux de Colton sur moi, qui savaient.

Je relus la lettre sept fois de suite. J'en récitais les mots à voix basse comme un poème pour moi-même.

Quand je me réveillai, l'horloge indiquait 3 h 48. Je n'arrivais pas à respirer, j'étais étouffée par le chagrin. Les murs de ma chambre se resserraient sur moi, ils appuyaient sur mon crâne. J'enlevai le sac de glace fondue et le réarrangeai autour de ma cheville, puis j'enfilai mon jogging préféré et un sweat à capuche. Le sweat de Kyle. Il avait son odeur et ça ne fit que renforcer la pression sur ma poitrine. D'un autre côté, l'odeur me réconfortait. Elle perçait à travers la torpeur et atteignait mon cœur, le pinçant avec ses doigts brûlants. Je descendis doucement, lentement, maladroitement, incapable de me servir véritablement de mon pied. Je sortis par la porte arrière et marchai péniblement jusqu'au chemin pavé qui mène au ponton.

Quelques accords de guitare tranquilles flottèrent du ponton des Calloway jusqu'à moi. Je savais qui c'était. L'herbe sous mon pied était trempée de rosée et de la pluie précédente, froide, saisissante. La brise nocturne était légère et fraîche, le ciel, une couverture noire parsemée d'argent. Mes pieds nus ne faisaient pas un bruit sur le bois du ponton lissé par l'usure. Les cordes de la guitare ne faiblirent pas, mais je savais qu'il savait que c'était moi.

Il était couché dans un fauteuil en bois, ses jambes tendues devant lui, la guitare posée sur son ventre. Une bouteille d'alcool fort à côté de lui.

– Tu devrais mettre des chaussures, dit-il, tout en entamant un air doux et mélodieux.

Je ne répondis pas. Une seconde chaise se trouvait à côté de celle de Colton ; il tint sa guitare par le manche et tendit le bras pour la rapprocher. Je m'y laissai doucement tomber, je pouvais voir sa tension, sa main prête à bondir au cas où j'aurais eu besoin d'aide.

– Comment va ton pied ?

Il monta la bouteille à ses lèvres, prit une grande gorgée et me la tendit.

– Fait mal.

Je pris une gorgée en hésitant. Le whisky me brûla la gorge.

– Oh mon Dieu, qu'est-ce que c'est que ce truc ? sifflai-je en grinçant des dents et en toussant.

Colton gloussa.

– Du whisky irlandais Jameson, bébé. Le meilleur whisky qui soit.

Il passa son bras de l'autre côté de la chaise et me tendit une bière.

– Tiens, t'as qu'à faire passer avec ça.

Je m'en saisis, la décapsulai et pris une gorgée.

– T'essaies de me saouler ?

Il haussa les épaules.

– Tu peux toujours refuser.

– Est-ce que ça aide ? demandai-je.

Il but sa bière à lui.

– Je ne sais pas. Je ne suis pas encore assez bourré.

Il prit un autre *shot* de Jameson.

– Je te dirai.

– Peut-être que je vérifierai moi-même.

– Peut-être, oui. Tu ne dis juste pas à nos parents que c'est moi qui t'ai fourni l'alcool. Tu n'as pas l'âge[1].

– Quel alcool ?

J'avalai une autre gorgée brûlante de whisky.

Je sentis la tête me tourner, étourdie. Le poids de la culpabilité et du chagrin ne se dissipait pas mais il semblait s'écraser un peu sous celui du whisky.

– Si tu n'as pas l'habitude de boire, je te conseille de t'arrêter là. Ça a tendance à être traître.

Je lui rendis la bouteille et serrai la bière fraîche dans ma main.

– Comment sais-tu que je n'ai pas l'habitude de boire ?

Colton rit ouvertement.

– Eh bien, je suppose que j'en suis pas sûr à cent pour cent. Mais tu n'as pas l'habitude.

---

1. Aux États-Unis, l'âge légal à partir duquel on peut boire de l'alcool a été fixé à vingt et un ans.

– À quoi le vois-tu ?

– Tu es une petite fille sage. Kyle ne serait jamais sorti avec une fêtarde.

Il souleva ses hanches pour plonger une main dans la poche de son jean, attrapa ses cigarettes et son briquet.

– En plus, ta tête quand tu as pris ta première gorgée était assez révélatrice.

– T'as raison, je suis pas une grande buveuse. Kyle et moi, on s'est bourré la gueule une fois. C'était horrible.

– Ça peut être drôle si tu fais ça bien. Mais les gueules de bois, c'est toujours l'horreur.

Il expira une volute de gris qui se dissipa dans le ciel étoilé.

On resta assis en silence pendant un moment et Colton continua à boire. Je laissai l'ivresse m'envahir, l'aidai avec une deuxième bière.

– Tu ne pourras pas toujours te retenir, dit Colton de nulle part.

– Si, je peux.

Je n'avais pas le choix.

– Tu deviendras folle. Faudra bien que ça sorte, d'une façon ou d'une autre.

– Je préfère être folle que brisée.

Je ne savais pas exactement d'où ça m'était venu, je n'y avais pas pensé ou en tout cas je n'avais pas prévu de le dire à haute voix.

– Tu n'es pas brisée. Tu souffres.

Il se leva en titubant et marcha jusqu'au bord du ponton. J'entendis sa fermeture Éclair puis du liquide couler.

Je rougis dans la pénombre.

– Il fallait vraiment que tu fasses ça juste devant moi ? demandai-je, la voix secouée d'irritation et de rire.

Il remonta sa braguette et se tourna vers moi, se balançant sur place.

– Désolé, je suppose que c'était pas très poli, hein ? J'ai pas réfléchi.

– Tu m'étonnes que c'était pas très poli.

– J'ai dit que j'étais désolé. Je te croyais pas du genre délicat pourtant.

– Je ne suis pas délicate. Il faut juste que je fasse pipi aussi et ce n'est pas aussi simple pour moi.

Il gloussa.

– Oh… eh bien… Je ne sais pas quoi te dire. Tu pourrais essayer de t'accroupir tout près du rebord du ponton ?

Je pouffai de rire.

– Ouais. Ça va super bien marcher. Je vais tomber ou me faire pipi sur les chevilles. Les deux probablement.

– Je ne te laisserai pas tomber.

– Je n'en doute pas.

Je me levai, luttant pour trouver mon équilibre sans mettre trop de poids sur ma cheville. La main de Colton se posa sur mon épaule pour me stabiliser.

– Tu montes ? demanda Colton.

J'acquiesçai.

– Tu reviens ?

Je haussai les épaules.

– Probablement. Je ne pourrai pas me rendormir, de toute façon.

Colton s'éloigna pour revisser le bouchon sur la bouteille de Jameson. J'attendis qu'il soit à nouveau à côté de moi et on se mit à remonter le chemin pavé. Quand je tournai à gauche vers chez moi, Colton tira sur mon bras.

– Mes parents ont des toilettes au sous-sol. On y a directement accès d'ici, tu n'auras pas d'escaliers à grimper.

Je savais ça, je le savais des années passées à faire la navette entre chez moi et chez Kyle, mais je ne dis rien.

Il me devança et alluma la lumière. Il m'attendit dehors et m'aida à redescendre jusqu'au ponton. Il m'offrit son silence. Et sa main quand mon pied glissa dans l'herbe mouillée.

On se réinstalla dans nos chaises, il attrapa sa guitare, gratta quelques cordes, puis se mit à jouer une chanson. Je la reconnus après seulement quelques accords : *Reminder* des Mumford & Sons. Je pensais qu'il ne faisait que jouer, je fus donc ébahie quand il prit une inspiration et se mit à chanter les paroles d'une voix grave, mélodieuse et éraillée. Il ne se contentait pas de jouer la chanson cependant. Il l'avait modifiée, changée, se l'était appropriée. C'était déjà une chanson magnifique et envoûtante, mais la version de Colton toucha quelque chose dans mon âme.

Je fermai les yeux et écoutai, sentis la pression s'alléger un peu, juste un peu. Je n'ouvris pas les yeux quand il termina.

– Tu ne veux pas jouer autre chose ? S'il te plaît ?

– Bien sûr. Qu'est-ce que tu veux écouter ?

Je haussai les épaules, reposai ma tête contre le fauteuil. Colton gratta quelques accords puis s'éclaircit la gorge. Je l'entendis déglutir quand il avala une autre gorgée de la bouteille. Je sentis le verre froid me toucher la main, je la pris et bus sans ouvrir les yeux. J'accueillais désormais la brûlure à bras ouverts. J'étais gagnée par une certaine paix, ivre et flottante. La culpabilité et le chagrin étaient toujours là, des charbons brûlants sous la brume de l'alcool.

Colton entama une autre chanson et je la reconnus aussi.

– Ça, c'est *Bridge Over Troubled Water* de Simon & Garfunkel.

La façon dont Colton annonça le titre et l'artiste me fit penser qu'il avait déjà fait ça avant, que c'était une habitude. Est-ce qu'il donnait des concerts ? Une fois encore, il semblait trop grand, trop massif, trop primitif et dur pour s'asseoir dans des cafés derrière un micro et chanter de la folk. Pourtant… l'entendre jouer les notes aiguës de l'introduction semblait parfaitement naturel.

J'étais ébahie par la beauté brute de sa voix. Il fit de la chanson un poème. À cet instant précis, je voulais désespérément trouver mon propre pont au-dessus des eaux agitées[1] de ma peine.

Mais il n'y en avait aucun. Juste les flots rugissants de mes larmes non versées.

Quand la chanson finit, Colton enchaîna avec une autre, une que je ne connaissais pas et qu'il n'annonça pas, chaloupée, grave et douce, une mélodie circulaire qui couvrait toutes les tessitures. À certains moments, il fredonnait, une vibration de basse profonde. Quelque chose dans cette chanson frappa à travers l'alcool et l'armure d'indifférence de mon chagrin. Il n'y avait pas de paroles, pourtant c'était une élégie. Je n'aurais pas su l'expliquer, mais la chanson transpirait la tristesse, elle parlait de deuil.

Je sentis une chaleur épaisse au fond de ma gorge et je sus que je ne pourrais pas me contenir cette fois. J'essayai. J'essayai de l'étrangler comme on fait pour le vomi mais elle remonta quand même, giclant à travers mes dents dans un gémissement épuisé. Je m'entendis

1. *Bridge Over Troubled Water* peut se traduire par « Un pont au-dessus des eaux agitées ».

suffoquer, puis il y eut ce gémissement long et torturé, affûté et aigu dans ma poitrine.

Colton frappa sa main sur les cordes de sa guitare pour la faire taire.

– Nell ? Ça va ?

Sa voix fut l'élan qui me poussa par-dessus bord. Je bondis hors du fauteuil et parcourus le ponton sur un pied. Je courus en boitant désespérément. J'atteignis l'herbe et continuai. Je ne visais ni la maison ni la route, je ne faisais que… avancer. Loin. N'importe où. J'atteignis le sable dans lequel mes pieds s'enfoncèrent profondément et glissèrent. Je tombai à genoux, les sanglots s'entrechoquaient dans ma gorge, tremblaient dans ma bouche.

Je rampai à travers le sable, me tirai jusqu'au bord de l'eau qui clapotait doucement. La douleur remonta le long de mon bras alors qu'il glissait dans le sable. Un liquide froid caressait le bout de mes doigts. Je sentis des larmes courir le long de mes joues, mais j'étais toujours silencieuse. J'entendis les pas de Colton craquer, vis ses pieds nus s'arrêter à quelques centimètres de moi, les orteils enfoncés dans le sable ; il s'appuya lourdement sur ses talons et s'accroupit à côté de moi.

– Laisse-moi tranquille.

Je réussis à faire grincer les mots à travers mes dents serrées.

Il ne répondit rien mais ne bougea pas pour autant. Je prenais de grandes respirations, luttant pour tout garder à l'intérieur.

– Arrête, Nell. Il faut que ça sorte.

– Je ne peux pas.

– Personne ne saura. Ce sera notre secret.

Je ne pus que secouer la tête, goûter le sable sur mes lèvres. Ma respiration se fit désespérée, épuisée, fumant dans la poussière de la plage. Sa main toucha mon omoplate.

Je me dégageai mais sa main resta en place comme si elle avait été attachée. Cette caresse simple et innocente me brûla la peau, me consuma et ouvrit les vannes de mon chagrin.

Il y eut un simple sanglot au début, rapide et hystérique. Puis un autre. Et je ne pus plus m'arrêter. Des larmes, un déluge de larmes. Je sentis le sable devenir froid et boueux sous mon visage, sentis mon corps trembler de façon incontrôlable. Il ne me dit pas que ça allait aller. Il n'essaya pas de m'attirer contre lui ou sur ses genoux. Il garda sa main sur mon épaule et resta assis en silence à côté de moi.

Je savais que j'étais incapable d'arrêter. Je m'étais laissée aller et maintenant la rivière ne serait plus jamais tarie.

Non. Non. Je secouai la tête, serrai les dents, me relevai et me laissai tomber violemment. La douleur envahit de nouveau mon bras. Elle était comme une drogue et je l'accueillis avec avidité. C'était un barrage qui contenait la marée de mes larmes. Je haletai, une plainte stridente venant de ma poitrine. J'essayai de me lever, m'agitant dans le sable comme une folle, les cheveux en bataille et couverte de poussière. Colton se mit debout, m'attrapa par l'autre bras et me souleva. J'atterris violemment, trop violemment et je ne pus retenir le cri de douleur quand ma cheville trembla. Je trébuchai sur Colton.

Il me rattrapa, bien sûr.

Il sentait l'alcool, le parfum et la cigarette. Ses bras entourèrent mes épaules et me serrèrent. Les sanglots montaient et descendaient en moi, soulevés par la culpabilité d'avoir du plaisir et du réconfort à être dans ses bras, étouffés pour la même raison.

Je laissai mon front posé sous son menton, juste une seconde. Seulement une seconde. Juste jusqu'à ce que je reprenne mon souffle. Ça ne voulait rien dire.

C'est juste pour me réconforter, Kyle. Je me surpris à lui parler, comme s'il pouvait m'entendre. *Ça ne veut rien dire. Je t'aime. Je n'aime que toi.*

Mais Colton bougea et me regarda. Donc, bien évidemment, je dus relever la tête et nos regards se croisèrent. Foutu regard, ses yeux étaient si doux, si pénétrants, si brillants, si bleus et magnifiques. Ses yeux… je m'y noyais. Ils m'attiraient comme un aimant. Des saphirs sombres entrelacés de bleuet, de bleu ciel, de bleu glacé, de tant de nuances de bleu.

Je fus happée en lui. Je sentis le goût de Jameson dans son haleine, la chaleur sur mes lèvres, une chaleur humide et douce et la puissance décapante de ses lèvres à lui. Cela ne dura qu'un instant, un bref instant de contact. Un baiser, une seconde de faiblesse, comme l'attraction inévitable de la gravité.

Mes esprits me revinrent et me transpercèrent le cœur comme un poignard.

Je bondis en arrière, me dégageant de son étreinte, m'éloignant du confort attirant de ses bras, de ses lèvres.

– Qu'est-ce que je suis en train de faire ?

Je trébuchai en arrière, encore et encore.

– Qu'est-ce que je suis en train de faire ? Putain, qu'est-ce que je suis en train de faire ?

Je me retournai et m'éloignai aussi vite que je pus en boitant, j'étais à deux doigts de devenir folle, la culpabilité était sur le point de me dévorer vivante.

Colton me suivit, courut jusqu'à me dépasser et m'arrêta en posant ses mains sur mes épaules.

– Attends, Nell. Attends. Juste une seconde.

Je me dégageai.

– Ne me *touche* pas. C'était… c'était mal. Tellement mal. Je suis désolée… tellement désolée.

Il secoua la tête, les yeux bouillants d'émotions.

– Non, Nell. C'est arrivé, c'est tout. Je suis désolé aussi. C'est juste arrivé. Ça va.

– Non, ça ne va pas !

Je hurlais presque.

– Comment je peux t'embrasser alors qu'il est mort ? Alors que l'homme que j'aime est parti ? Comment je peux t'embrasser alors que je… alors que Kyle…

– Ce n'est pas ta faute. J'étais là, moi aussi. Ce n'est pas ta faute. C'est juste arrivé.

Il répétait sans cesse la même chose, comme s'il pouvait voir la culpabilité, le poids d'un terrible secret.

– Arrête de dire ça !

Les mots s'arrachèrent de ma bouche avant d'avoir eu le temps de les arrêter.

– Tu ne sais pas ! Tu n'étais pas *là* ! Il est mort et je…

Je m'étouffai avec les deux derniers mots.

Les penser, savoir qu'ils étaient vrais, c'était une chose ; les dire à haute voix au frère de Kyle que je venais d'embrasser, c'en était une autre.

Il était de nouveau près de moi sans que je sache comment. Il ne me touchait pas, mais trois centimètres à peine nous séparaient. Le couloir d'air entre nous crépitait, étincelait et crachait.

– On ne parle plus du baiser, n'est-ce pas ?

Sa voix était grave, chargée d'électricité, de compréhension.

Je secouai la tête, ma seule réponse à tant de questions.

– Je ne peux pas… Je ne peux pas… Je ne peux pas…

Je ne pouvais que me retourner et cette fois-ci Colton me laissa partir. Il m'observa, je pouvais sentir son regard sur moi. Je pouvais le sentir deviner mes pensées, plonger profondément dans mon âme secrète où la culpabilité et le chagrin pourrissaient comme un abcès.

Je réussis à rejoindre ma chambre, mon lit. Les yeux fermés, tout ce que je pouvais voir, c'était Kyle en train de mourir, encore et encore. Entre les images de son dernier soupir, je vis Colton. Son visage s'approchait, sa bouche contre la mienne.

Je voulus pleurer, hurler, m'effondrer. Mais je n'y arrivai pas. Parce que si je commençais, je ne m'arrêterais plus jamais. Jamais, jamais. Il n'y aurait plus qu'un océan de larmes.

Le sang chaud de mon cœur coulait sur mon visage. De mes yeux, de mon nez, de ma bouche. Ce n'étaient pas des larmes. Non, c'était impossible, si cela avait été des larmes, elles ne se seraient jamais arrêtées. Ça, c'était le liquide de mon cœur brisé qui suintait de mes pores.

La montagne de pression, le poids du chagrin et de la culpabilité… c'était tout ce que je pouvais ressentir. C'était tout ce que je ressentirais à présent. Je le savais. Je savais également que j'apprendrais à redevenir normale, un jour. À vivre, à exister, à avoir l'air d'aller bien.

Enfin, ça ne serait jamais qu'en surface.

La lettre était sous mon oreiller. Je la dépliai et la scrutai.

Et maintenant on apprend à tomber amoureux ensemble. Je me moque de ce que disent les autres. Je t'aime. Je t'aimerai toujours, peu importe ce qui se passe dans le futur. Je t'aime maintenant et pour toujours.

Je vis la tache à l'endroit où ma larme était tombée, transformant l'encre bleue en dessin abstrait, comme ceux du test de Rorschach. Une autre goutte humide éclata sur le papier, juste en dessous de l'écriture cette fois. Je la laissai se répandre en regardant la tache grandir. La hampe oblique du *y* de son prénom griffonné devint floue et sale.

L'écoulement finit par s'arrêter et je m'endormis. Je rêvai d'yeux marron et bleus, d'un fantôme à côté de moi qui m'aimait, d'un homme en chair et en os assis sur un ponton, buvant du whisky, jouant de la guitare et je me souvins d'un baiser interdit. Dans mon rêve, il se demandait ce que cela signifiait. Dans mon rêve, il se faufilait dans ma chambre et m'embrassait à nouveau. Je me réveillai en sueur, tremblante et nauséeuse de culpabilité.

Seconde partie

Le présent

Colton

6

Ce bon vieux Jack

Deux ans plus tard

Je joue de la guitare, assis sur un banc dans une rue qui longe Central Park. Mon étui est posé au sol à côté de mes pieds, quelques dollars comme fond de caisse pour attirer les gens, le vert éclatant des billets contre le marron du velours. Ça fait des mois que je n'ai pas joué dans la rue. J'ai été trop occupé au garage, trop de commandes, trop de réparations et trop de prestations sur mesure. Mais ces moments-là, quand je suis en plein air et que personne n'attend rien de moi, c'est là que je me sens chez moi. Là où mon âme s'envole. C'est comme mon concert hebdomadaire au Kelly's, ça n'a rien à voir avec l'argent, même si je me fais en général un bon paquet de petits billets.

Il s'agit de laisser la musique sortir de mes veines pour se glisser dans la guitare, de la laisser couler à travers mes cordes vocales.

Je règle une corde, prépare les arrangements de ma prochaine chanson. J'ai la tête baissée, penchée sur le côté, je tends l'oreille à la recherche du son parfait. Je l'ai, agite ma tête, satisfait.

Je commence avec *I and Love and You* des Avett Brothers. Cette chanson attire toujours les foules. C'est la chanson plus que moi, franchement. C'est un morceau tellement brillant. Les paroles sont truffées de métaphores. Je relève les yeux après le premier couplet pour scanner le trottoir en face de moi. Un homme âgé en costume, un téléphone collé à l'oreille, un autre attaché à sa ceinture en cuir hors de prix. Une jeune femme avec les cheveux teints en blond tirés en un chignon décoiffé, un petit garçon au visage sale accroché à sa main, les deux se sont arrêtés pour écouter ; un couple d'homos, des jeunes garçons qui se tiennent la main, flamboyants, les cheveux gonflés et des écharpes colorées ; trois adolescentes qui gloussent, qui chuchotent derrière la paume de leur main, qui pensent que je suis mignon.

Et elle.

Nell.

Je pourrais écrire une chanson qui n'aurait pour musique que son nom. Je pourrais chanter, jouer de la guitare, et son corps serait la seule mélodie. Elle est debout derrière le reste de la foule, partiellement cachée, adossée à un horodateur, son sac à main en tissus bariolés sur une épaule, sa robe vert pâle caressant ses genoux et embrassant ses formes, ses cheveux blond vénitien noués dans une natte toute simple qui repose sur l'une de ses épaules. La peau pâle comme de l'ivoire, parfaite et suppliant qu'on la caresse. Qu'on l'embrasse.

Je ne suis pas un saint. J'ai couché avec d'autres filles depuis, mais ce n'était jamais suffisant. Jamais ce qu'il fallait. Elles n'ont jamais fait long feu.

Et maintenant la voilà. Pourquoi ? J'ai tellement essayé de l'oublier, mais son visage, ses lèvres, son corps que j'avais deviné sous sa robe noire trempée continuent de me hanter.

Elle se mord la lèvre, la serre anxieusement entre ses dents, ses yeux gris-vert me scotchent à mon banc. Pour une raison que je n'arrive pas à m'expliquer, cette habitude, celle de se mordre la lèvre... ça me rend dingue. J'ai envie de jeter ma guitare, de me diriger vers elle, de prendre cette lèvre inférieure parfaitement charnue dans ma bouche et de ne jamais la lâcher.

Je manque de bafouiller quand ses yeux croisent enfin les miens, mais je m'en sors. Je soutiens son regard, finis ma chanson.

J'entame le dernier couplet, je ne chante plus que pour elle.

– *I... and love... and you.*

Elle le sait. Elle le voit dans mes yeux. C'est une véritable folie de chanter cette chanson pour elle, mais je ne peux plus m'arrêter maintenant. Je regarde ses lèvres bouger, suivre les paroles. Ses yeux sont tristes, hantés.

La personne debout devant elle se déplace et je découvre un étui de guitare, par terre, posé contre ses cuisses, elle tient le manche dans ses mains. Je ne savais pas qu'elle en jouait.

La chanson se termine et la foule s'en va, quelques personnes me lancent des billets d'un ou de cinq dollars. L'homme d'affaires, toujours au téléphone, me lance un billet de cinquante et sa carte de visite disant qu'il est producteur d'une maison de disques. Je lui fais signe de la tête et il me fait ce geste universel avec sa main libre qui signifie « Appelle-moi ». Je l'appellerai peut-être. Ou pas. La musique, c'est de l'expression, pas du commerce.

Elle plie les genoux, soulève son étui à guitare, puis s'approche et se glisse sur le banc à côté de moi. Ses yeux ne quittent jamais les miens alors qu'elle s'assied, ouvre son étui et en sort une superbe Taylor acoustique classique. Elle se mord à nouveau la lèvre, fait vibrer quelques cordes, joue et entonne *Barton Hollow*.

Je ris doucement et réalise que la douleur ne l'a jamais quittée. Elle l'a gardée avec elle tout ce temps-là. Je mêle mes accords aux siens et je me mets à chanter. Les paroles sortent de ma bouche avec aisance, mais j'arrive à peine à m'entendre. Elle joue bien et avec une certaine facilité mais on sent qu'elle ne le fait pas depuis très longtemps. Elle regarde encore ses doigts chaque fois qu'elle change de corde et elle fait quelques fausses notes. Mais sa voix… c'est de la magie pure, suave, métallique, cristalline et douce.

On attire plein de monde à nous deux. Des douzaines de personnes. On ne peut pas voir la rue au-delà du trottoir tellement il est noir de monde et je peux sentir que tant d'attention la met mal à l'aise. Elle croise les jambes, bondit en rythme, baisse la tête comme si elle aurait aimé avoir les cheveux détachés pour pouvoir se cacher derrière. Elle glisse sur une corde et perd le rythme. Je me tourne sur le banc, cherche ses yeux, les trouve et lui fais signe de la tête. Je ralentis et accentue le rythme de mes accords. Elle inspire profondément, ses seins se gonflent derrière sa Taylor et elle se cale à nouveau sur mon tempo.

La chanson se termine, trop tôt à mon goût. Je m'attends à moitié à ce qu'elle se lève, range sa guitare et disparaisse à nouveau sans que l'on échange un seul mot, qu'elle parte aussi mystérieusement qu'elle est apparue. Elle ne le fait pas, cependant. Dieu merci. Elle jette un œil à la foule, mâche sa lèvre, me regarde. J'attends, la paume à plat sur ma guitare.

Elle prend une grande inspiration, gratte quelques accords négligemment, comme si elle réfléchissait, puis elle fait un léger signe de tête pour elle-même, comme pour dire : « Ouais, je vais le faire. » Puis elle se met à jouer un air que je n'arrive pas à remettre. Et elle chante. Une fois encore, la médiocrité de son jeu de guitare disparaît, remplacée par la beauté bouleversante de sa voix. Elle chante *Make You Feel My Love* d'Adele. L'originale est simple et puissante, juste le piano et la voix si unique d'Adele. Quand Nell la chante, elle s'en empare et la tord, la rend envoûtante et triste, elle lui donne presque un air de musique country. Elle la chante assez grave pour sa tessiture, on dirait qu'elle murmure les paroles.

Et elle me la chante à moi.

Ce qui n'a absolument aucun sens. Mais peu importe, elle me regarde quand elle chante et je peux voir les années de douleur et de culpabilité dans ses yeux.

Elle s'en veut toujours. J'ai toujours su qu'elle pensait que c'était sa faute, j'espérais que le temps la guérirait mais je peux voir, sans même lui avoir parlé, qu'elle porte toujours ce fardeau. Il y a quelque chose de sombre chez cette fille désormais. J'ai presque envie de ne pas m'en mêler. Elle va me faire souffrir. Je le sais. Je le sens venir. Elle a tellement de souffrance en elle, tellement de fêlures, de crevasses, de fragments et d'aspérités dans son âme. Elle va me taillader si je ne fais pas attention.

Je ne peux pas la réparer. Ça, je le sais aussi. Je ne vais pas essayer. J'ai couché avec trop de filles bien intentionnées qui pensaient qu'elles pouvaient me réparer.

Je sais aussi que je ne vais pas garder mes distances. Je vais m'accrocher à elle et la laisser me taillader. Je suis doué pour la douleur, doué pour saigner, tant physiquement qu'émotionnellement.

Je la laisse chanter. Je ne l'accompagne pas, c'est son moment, qu'elle se l'approprie. La foule siffle et applaudit, lance des billets dans son étui à guitare ouvert.

Et maintenant elle attend en observant. À moi. Je sais que je dois choisir ma chanson avec précaution. On noue un dialogue, là. On a une conversation en musique, une discussion en cordes de guitare, et notes chantées, et titres de chanson. Je gratte n'importe quoi et fredonne, je réfléchis. Et puis ça me vient : *Can't Break Her Fall*[1] de Mat Kearney. Elle me parle et elle est unique, les gens se souviendront de cette chanson. Et je sais que Nell comprendra, qu'elle entendra ce que je ne dis pas en la chantant. Mi-chant, mi-rap. Les couplets racontent une histoire si forte, si vive que d'un coup je nous vois elle et moi dans les paroles.

Elle écoute attentivement. Son regard gris-vert se durcit, ses dents accrochent sa lèvre et la mordent avec force. *Yes.* Elle a compris le message. Je vois le frisson dans sa main quand elle range sa guitare dans son étui, la ferme et tente de ne pas trébucher alors qu'elle s'enfuit en courant. Sa tresse flotte au vent derrière elle, tapant de temps en temps contre ses omoplates, et ses mollets étincellent de pâleur dans la lumière du soleil new-yorkais. Je la laisse s'en aller, finis la chanson, encore deux accords, puis je ferme l'étui de ma guitare et lui cours après. Elle traverse la rue, les taxis jaunes klaxonnent avec impatience, le bruit de la ville, elle s'enfonce dans une bouche de métro, fait glisser sa carte de métro et se débat avec le tourniquet en tenant maladroitement l'anse de son étui de guitare. Elle glisse la carte à nouveau, mais le tourniquet ne bouge pas et je la vois jurer dans sa barbe. Une queue se forme derrière nous, les gens attendent mais elle les ignore, eux comme moi qui suis à quelques centimètres d'elle. Elle laisse tomber sa tête en

1. *Can't break her fall* peut se traduire par « ne pas pouvoir arrêter sa chute », « ne pas pouvoir l'empêcher de tomber ».

arrière, abandonne, prend une grande respiration. J'en profite pour passer mon bras autour d'elle et faire glisser ma carte puis la pousse délicatement à travers les portes battantes. Elle s'exécute, hébétée, elle ne dit rien quand je saisis sa guitare et enfile la sangle sur mon épaule, tout en tenant la mienne par la poignée. Je pose ma main libre dans le creux de ses reins et la presse de monter dans la rame qui est à quai. Elle ne se retourne pas pour me regarder, n'a aucun doute que c'est moi. Elle le sait, c'est tout. Elle respire toujours profondément, comme pour se reprendre. Je la laisse faire, je laisse le silence s'installer. Elle refuse de se retourner pour me regarder, mais elle se penche en arrière, juste un petit peu, son dos effleure le devant de mon corps. Elle ne s'appuie pas sur moi, elle autorise à peine un léger contact entre nous.

Elle descend après quelques stations et je la suis. Elle change pour une autre ligne et on continue en silence. Elle n'a pas croisé mon regard depuis qu'elle s'est enfuie du banc de Central Park. Je suis resté derrière elle, je me suis contenté de la suivre. Je lui emboîte le pas jusqu'à l'immeuble où se trouve son appartement dans Tribeca, la suis tandis qu'elle grimpe les escaliers qui résonnent, m'efforçant de ne pas mater son cul qui balance tandis qu'elle monte les marches. C'est difficile de ne pas le faire cependant. Elle a un cul tellement splendide, rond et ferme et qui remue de façon aguicheuse sous la finesse du coton de sa robe d'été.

Elle ouvre la porte de l'appartement 314, la pousse avec son pied et se dirige droit dans la cuisine, ne regardant même pas si je la suis sans y être invité, ce que je fais. Je ferme la porte derrière moi, pose la guitare par terre sous l'interrupteur, tout de suite dans l'entrée, à côté d'une petite table recouverte de partitions, de manuels de guitare et de sachets de cordes en Nylon. Mon étui est posé contre moi sur le sol dans l'entrée qui donne sur une cuisine ouverte. Je la regarde ouvrir violemment un placard à côté du réfrigérateur, prendre une bouteille de Jack, enlever le bouchon et le jeter sur le comptoir. Son poing tremble, elle porte la bouteille à ses lèvres et avale trois gorgées de suite, des énormes gorgées. Bordel. Elle repose violemment la bouteille, pose ses mains sur le comptoir et laisse tomber sa tête entre ses bras tendus, une jambe tendue en arrière, le genou de l'autre plié contre le comptoir, comme dans un étirement de coureur. Elle frémit dans un soupir, se redresse, essuie ses lèvres avec le dos de sa main. Je traverse l'espace qui nous sépare, et la façon dont elle se crispe à mon approche ne m'échappe pas. Elle retient sa respiration quand mon bras plonge derrière son épaule et que ma main attrape la bouteille, la porte à mes lèvres, et je l'imite en avalant trois longues gorgées. Ça brûle, une douleur familière.

Elle finit par se retourner, s'appuie contre le rebord du comptoir et cherche mon regard, les yeux ébahis. Elle ressemble à un personnage de dessin animé tout à coup, ses yeux si grands, remplis d'émotions sans profondeur. J'ai tellement envie de l'embrasser, mais je m'abstiens. Je ne la touche pas, même si je ne suis qu'à quelques centimètres d'elle. Je tiens la bouteille, mon autre main est appuyée sur le comptoir, juste derrière son coude.

– Qu'est-ce que tu fais ici ? demande-t-elle.

Sa voix n'est qu'un sifflement dur, brûlée par le whisky.

Je laisse un sourire en coin recourber mes lèvres.

– Ici dans ton appartement ? Ou ici à New York ?

– Dans mon appartement. À New York. Dans ma vie. Ici. Qu'est-ce que tu fais ici ?

– Je vis à New York, j'y vis depuis que j'ai dix-sept ans. Je suis ici dans ton appartement parce que je t'ai suivie depuis Central Park.

– Mais pourquoi ?

– Parce qu'on n'avait pas fini de discuter.

Elle se frotte le nez de confusion, un geste adorable et si absurde que mon souffle frissonne dans ma poitrine.

– Discuter ? Aucun de nous deux n'a prononcé un mot.

– C'était quand même une conversation.

Je penche la bouteille sur mes lèvres et prends une autre gorgée, je la sens atteindre mon estomac.

– À quel sujet ?

– À toi de me le dire.

– Je ne sais pas.

Elle me prend la bouteille des mains, boit, la referme et la range.

– À propos de cette nuit sur le ponton.

Je hausse les épaules, balance la tête.

– Un peu, mais pas vraiment.

– Alors de quoi crois-tu que nous parlions ?

– De nous.

Elle me contourne, penche la tête sur le côté et défait sa tresse tout en envoyant valser ses sandales.

– Il n'y a pas de nous. Il n'y en a jamais eu et il n'y en aura jamais.

Je n'ai aucune réponse à ça parce qu'elle a raison. Et en même temps tellement tort. Il y aura un nous. Elle ne l'a juste pas encore compris. Elle va tenter d'y résister, parce que ce serait mal à tellement de niveaux. Je suis le frère aîné de son défunt petit ami. Et elle ne sait rien de moi. Je suis mauvais pour elle. Elle n'est pas en âge de boire et je ne devrais pas l'y encourager. Il est évident qu'elle se sert de ce bon vieux Jack pour survivre et je suis le premier à comprendre ça. Mais elle n'a que vingt ans, elle est bien trop jeune pour boire comme ça, directement au goulot, comme un ivrogne désabusé.

Elle finit de défaire sa tresse et secoue ses cheveux, les peigne avec ses doigts.

– Tu devrais t'en aller, dit-elle en disparaissant dans sa chambre.

J'entends des habits se froisser et tomber au sol.

– J'ai cours.

Je suis un connard sans vergogne. Je le sais, parce que seul un connard sans vergogne contournerait le comptoir pour la regarder dans sa chambre. Et c'est exactement ce que je fais. Elle porte un soutien-gorge assorti à sa culotte, rose à pois noirs. Elle me tourne le dos, son petit cul ferme et bombé si parfait dans sa culotte boxer. Oh mon Dieu, oh mon Dieu. Elle sent ma présence et se tort le cou pour me fixer.

– T'es un connard.

– T'aurais dû fermer la porte.

– Je t'ai dit de partir.

Elle ouvre un tiroir, prend un jean et l'enfile.

Regarder une fille s'habiller, c'est presque aussi excitant que de la voir se déshabiller.

– Mais je ne l'ai pas fait et tu le savais.

– Je ne pensais pas que tu me materais sans aucun scrupule. Putain de pervers.

Je lui souris. Il a un nom, ce sourire. Mes potes l'appellent : le sourire qui fait tomber les culottes.

– Je ne suis pas un pervers. Juste un amateur d'art.

Elle sourit faussement.

– La classe, Colton. La grande classe.

Ça m'amuse. Personne ne m'appelle Colton. Personne. Pour tout le monde, je suis Colt.

– Ce n'était pas un compliment pourri, Nell. C'était la vérité.

J'accentue le sourire qui fait tomber les culottes à son maximum tout en marchant lentement vers sa chambre.

Elle se tend, sert les bords de son tee-shirt bleu pâle si fort dans ses poings que ses articulations deviennent blanches.

– Qu'est-ce que tu fais ?

Je ne réponds pas. Je continue d'avancer vers elle, pas délibéré à pas délibéré. J'ai l'impression d'être un prédateur, un lion qui encercle sa proie. Ses yeux s'écarquillent comme ceux d'une biche. Ses narines tremblent, ses mains tordent son tee-shirt, ses seins se gonflent au fur et à mesure que sa respiration s'accélère, se gonflent jusqu'à ce qu'ils menacent de déborder. Dieu, comme j'aimerais qu'ils le fassent. Comme je l'ai dit, sans vergogne. Elle se tient là sur le seuil de sa chambre minuscule. Il y a à peine la place pour un lit et une commode. Je suis à nouveau à quelques centimètres d'elle et je pourrais probablement voir ses tétons si je baissais les yeux. J'aurais au moins droit à un énorme décolleté plongeant couleur porcelaine. Je croise son regard et, tout en tendant les bras vers elle, je laisse transparaître dans mes yeux mon désir brut, l'accumulation bouillante de mes émotions. Ma main effleure son épaule juste à côté de la bretelle de son soutien-gorge et je m'agrippe à la porte. Je suis si près maintenant. Ses seins touchent ma poitrine, mon bras touche son épaule et son oreille. Elle ferme les yeux, rompant le lien, et je l'entends reprendre sa respiration. Elle abandonne pendant une seconde, je sens la tension s'évaporer et elle incline sa tête puis la pose sur mon bras.

Ses yeux s'ouvrent d'un coup, brillants d'une détermination nouvelle et elle se redresse pour ne plus me toucher. Je ferme la porte de la chambre entre nous deux. Juste avant de quitter son appartement, je sors une carte de visite de mon portefeuille et la pose sur la table, au-dessus d'un sachet de cordes de guitare. Je claque délibérément la porte pour qu'elle sache que je suis parti.

Le chemin jusqu'au métro est long, tout comme le trajet de retour jusqu'à mon appartement du Queens. Ce qui me laisse trop de temps pour me demander dans quelle merde je suis en train de me fourrer exactement. Nell est un oiseau de mauvais augure. Elle a d'énormes blessures, elle traîne des casseroles sur un kilomètre. Et moi aussi.

Je jette ma guitare sur le lit et descends au garage. J'installe mon téléphone sur les baffles et lance *Stillborn* de Black Label Society assez fort pour noyer mes pensées tandis que je me plonge dans le moteur V8 que je suis en train de réparer. C'est pour une Camaro 69 classique. Voiture qui ne signifiait rien pour moi jusqu'à ce que Nell se pointe dans ma vie. À partir de ce moment-là, je n'ai plus pensé qu'à une chose, la Camaro de Kyle, qui n'était qu'un tas de ferraille rouillée et que j'ai restaurée à un état nickel.

J'adorais cette voiture et ça m'a fait mal de la laisser derrière moi quand j'ai emménagé ici, mais c'est mon père qui l'avait payée, alors je n'ai pas pu la prendre. Peu importe que chaque cent dépensé pour les pièces détachées vienne de ma poche ou que j'aie passé des heures de sueur, de sang et de larmes à la réparer. L'apport initial venait de mon père et si je déménageais à New York au lieu d'intégrer Harvard, je n'avais rien le droit de prendre sauf ce que j'avais acheté moi-même. C'était le deal.

J'avais pouffé de rire quand j'avais entendu mon père me parler d'aller à Harvard. Comme si ça allait arriver. Putain de ridicule. Encore aujourd'hui, presque dix ans plus tard, je n'arrive pas à comprendre ce qui lui était passé par la tête. J'aurais été comme un éléphant dans un magasin de porcelaine.

Je pense à nouveau à Nell. Décaper des segments de piston, c'est un boulot long et ennuyeux, alors je pense à elle. À sa voix douce et cristalline, à ses yeux gris-vert pénétrants et à son magnifique, magnifique corps. Putain, je suis dans la merde. Particulièrement quand je pense à la douleur ancrée dans son regard, à la façon désespérée qu'elle a eu de boire ce whisky, comme si la torpeur était son amie, comme si la brûlure était un instant de répit bienvenu dans l'horreur de sa réalité. Cette douleur m'est familière et je veux la lui enlever. Je veux connaître ses pensées, savoir ce qui la hante.

Je veux dire, bien évidemment je sais. Kyle est mort et c'est arrivé sous ses yeux. Mais il ne s'agit pas seulement de ça. Il y a quelque chose d'autre qui la torture. Quelque chose d'autre qui la dévore, une culpabilité. Et je veux savoir quoi, pour pouvoir l'en absoudre. Ce qui, bien entendu, est impossible, stupide et dangereux.

Je pose le papier de verre 400 et inspecte le segment, le trouvant suffisamment poli à mon goût. Les collecteurs externes sont à la suite du programme du jour et ils ne demandent, eux aussi, qu'une faible attention de ma part. Mes pensées sont donc libres de vagabonder à nouveau. Je pense à la façon dont elle a posé sa tête sur mon bras pendant une nanoseconde, comme si elle aurait aimé pouvoir se laisser aller, s'autoriser à se pencher plus. Mais elle ne l'a pas fait et j'avoue la respecter pour ça, même si je sais que sa force n'est pas réelle, qu'elle ne tient qu'aux poutres branlantes soutenues par ce bon vieux Jack.

Un jour bientôt, ces poutres vont s'effondrer et son monde tombera en ruine. Et je sais qu'il faut que je sois là quand ça arrivera.

7

Les coupures – de la douleur pour la douleur

Une semaine plus tard

Perché sur un tabouret d'un bar perdu en plein Midtown, je gratte ma guitare et joue une composition originale. Personne ne m'écoute mais je m'en fous. Ça me suffit de jouer pour l'amour de la musique, pour la chance de sentir les notes voler et rebondir contre les esprits et les cœurs. Je retire ce que je viens de dire, il y a une personne qui écoute : la barmaid, une fille que je connais depuis longtemps et avec qui j'ai fini par coucher une ou deux fois, il y a quelques mois. On n'était pas vraiment compatible et le truc s'est transformé en une amitié un peu étrange, dans laquelle elle me fait jouer les jeudis soir en échange de cent dollars, de consos gratuites et d'un badinage inoffensif qui ne va jamais plus loin. Kelly, c'est son nom. Belle fille, bonne au lit, drôle et qui prépare un foutu bon whisky Coca. Ça l'a juste pas fait entre nous au plumard. On n'a jamais véritablement réussi à savoir pourquoi, on savait juste que… ça le faisait pas vraiment. Mais chacun apprécie la compagnie de l'autre et on a de bonnes crises de rire ensemble, ça fait du bien. Elle écoute donc, et je joue pour elle. C'est une chanson sur elle d'ailleurs, ça parle d'une fille avec de longs cheveux bruns, de grands yeux marron, une peau couleur café, un sourire adorable et un corps de malade qui ne sera jamais plus qu'une amie. C'est une chanson un peu étrange, un peu solitaire et triste mais avec une touche d'humour au fond.

C'est alors qu'*elle* entre. J'en fais une fausse note et Kelly me regarde en fronçant les sourcils de derrière le bar. Puis ses yeux suivent mon regard et s'écarquillent, elle fait un petit sourire pour dire qu'elle a compris. Nell est accompagnée, quatre filles qui pourraient être des sœurs, des quadruplées ou un truc comme ça, avec leurs cheveux du même blond tirés en queue-de-cheval et cette stupide bosse sur le dessus, leurs pantalons de yoga et leurs sacs Coach. Chaque fille a un garçon à son bras ; eux aussi, on dirait qu'ils sont assortis, des stars de la gonflette sous stéroïdes avec ces tatouages tribaux complètement idiots, leurs yeux de poissons morts et leur démarche arrogante.

Nell a un type à son bras elle aussi et ça me met hors de moi. Il est énorme. Je veux dire, je suis plutôt un mec baraque, mais lui il est massif. Et ses yeux ne sont pas ceux d'un poisson mort. Ils sont vifs, alertes et remplis d'agressivité latente. Il a la fille la plus sexy du bar à son bras et il le sait. Et il n'attend qu'une chose, que quelqu'un l'approche pour pouvoir le démolir.

Sa main est posée dans le creux de ses reins, sur son cul, pour être sincère ; il entoure sa hanche pour la guider vers le comptoir. Je vois du vert, puis du rouge. Ce qui est stupide.

C'est la merde.

Je vais finir en prison. J'arrive à aller au bout de la chanson, mais non sans difficultés. Kelly m'envoie une serveuse avec un *shot* de Jameson. Je le descends et fais un signe de tête à la barmaid. Elle lance ses deux pouces vers le haut en guise de question. *Tout va bien ?* Je fais oui de la tête. Je mens.

Je ne suis pas un mec bien. Je suis même un sale type. Je vais provoquer une bagarre ce soir. Je vais me blesser et Nell sera en colère et Kelly sera en colère.

Je devrais partir. Je ne dois rien à Nell. Je ne la possède pas. Je n'ai aucun droit sur elle. Certes, elle n'avait pas mentionné qu'elle avait un mec, mais en même temps on n'a pas vraiment discuté et je ne lui ai pas posé la question. Ça ne m'est pas venu à l'esprit.

J'entame une reprise de *Come On Get Higher* de Matt Nathanson parce que je peux jouer cette chanson sans même réfléchir. Je regarde, j'attends. Elle va réaliser qui chante dans les secondes qui viennent et c'est là que ça va devenir intéressant.

Il la pousse avec impatience vers le bar, elle se dégage de sa prise et se retourne pour lui clouer le bec. Je ne peux pas lire sur ses lèvres, mais je peux imaginer. Elle s'éloigne de lui, mais il la suit, passe son bras autour de sa taille, la serre contre son flanc et se penche pour lui murmurer quelque chose à l'oreille. Je ne sais pas ce qu'il lui dit mais elle se raidit et acquiesce. Elle reste collée contre lui. Je regarde son visage et elle n'est pas contente, mais d'une façon plus générale. Ce n'est pas nouveau.

Pourtant, ça ne fait qu'amplifier ma colère.

Je finis cette chanson et décide de prendre les choses en main. Je me racle la gorge dans le micro et fais une introduction. En général je ne fais que jouer sans toutes ces fioritures, surtout quand personne ne m'écoute véritablement, mais la situation est particulière.

– Salut tout le monde. J'espère que vous passez un bon moment. Je sais que moi, oui. Je m'appelle Colt et je vais jouer un mélange de reprises et de compositions originales ce soir.

Elle se tourne vers ma voix comme tirée par un fil. Ses yeux s'écarquillent et elle arrête de respirer.

– À propos, ce que je viens de chanter, c'était du Matt Nathanson. Si vous ne connaissez pas sa musique, vous devriez l'écouter. Il est génial. Je vais faire une autre reprise. *I Won't Give Up* de Jason Mraz.

La chanson est un peu aiguë pour ma tessiture, mais je m'en sors. Je ne la quitte pas des yeux et c'est là, maintenant que j'ai vraiment une raison de chanter, que le public se met à écouter. Peut-être que quelque chose a changé dans ma voix, en tout cas les bavardages cessent et les têtes se tournent vers moi.

Je ne suis pas sûr qu'elle respire du tout. Ce connard d'armoire à glace la tient toujours serrée contre ses côtes et je peux voir qu'elle s'énerve de plus en plus. Elle s'agite pour se dégager mais il résiste. Elle finit par lui donner un violent coup de coude et il la lâche, en fronçant les sourcils. Elle disparaît aux toilettes. Quand elle revient, elle est en train d'essuyer ses lèvres avec le revers de sa main et je sais exactement ce qu'elle a fait là-dedans. Je ne la quitte jamais des yeux durant toutes les chansons qui suivent. Je finis par devoir prendre une pause, donc je remercie le public et descends de la scène. Elle n'a fait qu'essayer de m'ignorer, enchaînant les *shots* de Jack et les rinçant avec des pintes de Rolling Rocks. De toute évidence elle a une fausse carte d'identité ou alors elle est plus âgée que je ne croyais. Puis tout le groupe de filles et leurs mecs l'entourent et lui chantent «Joyeux anniversaire, Nell» de façon horriblement fausse. L'ogre qui lui sert de mec l'attire contre lui et l'embrasse, elle se laisse faire, mollement, les bras le long du corps, elle ne lui rend pas son baiser. Elle finit par le pousser et se retourner vers le comptoir. Je ne suis pas très loin d'elle, je la vois s'essuyer la bouche de dégoût et réprimer un frisson. L'ogre ne voit rien, vu qu'il est trop occupé à reluquer la serveuse, qui le lui rend bien en se penchant en avant pour qu'il puisse voir son décolleté.

Je suis ébahi par cet échange, particulièrement quand je le vois glisser sa main, celle qui n'est pas sur la hanche de Nell, le long des reins de la serveuse jusqu'à son cul. Je suis encore plus perdu quand Nell se retourne et découvre toute la scène, avec une pointe d'amusement dans ses yeux et de dégoût sur sa bouche.

Elle se tourne à nouveau et secoue la tête mais elle laisse sa main à lui sur son corps à elle. Elle croise mon regard et je lève un sourcil. Ses yeux s'emplissent pendant une seconde d'une expression de culpabilité qui disparaît aussitôt. Je fais signe de la main à Kelly pour qu'elle nous serve deux *shots* de Jameson, un pour moi et un pour Nell.

Quand Nell a son *shot* dans la main, je porte le mien à ma bouche et le descends d'un coup. Nell en fait autant. L'ogre observe et son visage s'assombrit. Il se penche et murmure à son oreille. Elle hausse les épaules. Il saisit son biceps et je le vois serrer avec sa main, je vois Nell grimacer.

Et puis merde.

Je pose mon verre sur le bar et zigzague vers eux à travers la foule. Nell me regarde en secouant la tête. J'ignore ses avertissements. L'ogre se redresse quand il me voit approcher et un sourire apparaît immédiatement sur son visage. Il contracte son poing et contourne Nell.

– COLT !

La voix de Kelly hurle sur ma gauche, de derrière le bar.

– Je ne crois pas, non. Pas dans mon bar, putain.

Je me retourne vers Kelly qui me fusille du regard. Elle connaît un peu mon histoire, elle connaît les gens avec qui j'avais l'habitude de traîner. Elle sait ce que je peux faire et elle ne veut pas que ça arrive ici. Je la comprends, faut dire.

Elle plonge sous le comptoir et se relève avec une de ces matraques de flic rétractables. D'un coup de poignet, elle la déplie. Elle la pointe en direction de l'ogre et de ses amis.

– Dehors. Vous tous. Maintenant.

Elle sort son portable de son sac à main et compose un numéro puis brandit l'écran vers eux.

– Je vais vous défoncer et ensuite je vais appeler la police et ils vous embarqueront, parce qu'on a ce genre d'accord, eux et moi. Donc vous dégagez.

On déconne pas avec Kelly. Elle connaît les gens avec qui je traînais parce qu'elle traînait elle-même avec eux. Ce qu'elle ne dit pas, c'est que le bandana rouge qui retient ses dreadlocks en arrière, ce n'est pas une coquetterie. C'est un signe d'appartenance. Le genre de signe qui dit qu'il suffit qu'elle passe un coup de fil pour faire disparaître l'ogre et ses amis. De façon sanglante.

Nell me lance un dernier regard et se dirige la première vers la sortie, après avoir jeté un billet sur le bar. Ses amis insipides et son connard de mec la suivent. L'ogre s'arrête quand même sur le seuil de la porte et se retourne pour me fusiller du regard. Je fais de même jusqu'à ce qu'il se barre.

Je remonte sur scène et traîne pour accorder ma guitare.

Kelly sort de derrière le comptoir et s'approche.

– C'était quoi, ce délire, Colt, putain ?

Je hausse les épaules.

– Quelqu'un que je connais.

– T'étais à deux doigts de te jeter sur lui.

– Il lui faisait mal.

– Elle le laissait faire.

– Ça n'est pas une raison.

Je sors mon capo de mon étui et l'ajuste sur les cordes.

Kelly me regarde avec circonspection.

– Non, ce n'est pas une raison, mais si elle le laisse faire c'est son affaire. Je n'ai pas besoin d'ennuis dans mon bar. Tu n'as pas besoin d'ennuis tout court.

La main de Kelly touche mon bras, un rare moment de contact entre nous – une des clauses de notre contrat d'amitié post-coïtum, c'est : pas de contact.

– Colt… tu assures ces temps-ci. Ne fous pas tout en l'air, OK ?

– Comment le pourrais-je ?

Kelly me lance son regard de « Non mais t'es complètement con ou quoi ? », la main sur son déhanché.

– Je ne t'ai jamais vu aussi énervé, Colt. Tu ne t'énerves jamais. Ce qui signifie qu'elle signifie quelque chose pour toi.

– C'est compliqué.

Je gratte mon médiator le long d'une des cordes, sans regarder Kelly.

– C'est toujours compliqué. Ce que je veux dire, c'est… ça va bien pour toi en ce moment. Tu as laissé tout ça derrière toi (elle agite la main vers le bar, vers la rue derrière, désignant notre passé violent à tous les deux) et t'as pas besoin de te foutre dans la merde pour une fille.

– C'est pas juste une fille.

Eh ben merde. C'est *pas* ce que je voulais dire.

Kelly plisse les yeux en me regardant.

– C'pas c'qu'j'ai dit.

Son accent de la rue revient, je sais les efforts qu'elle fait pour le camoufler.

– J'dis jusse… Je dis juste. Ne déconne pas. Fais c'que t'as à faire mais… tu sais quoi, peu importe. Fais ce que tu veux.

Je soupire et la regarde enfin dans les yeux.

– J'entends ce que tu me dis, Spécial K.

Je souris en prononçant son vieux surnom. Kelly fait ce mouvement circulaire avec son cou, celui qui veut dire « Je ne crois pas, non ».

– Tu n'as pas osé m'appeler comme ça.

– Oh si, j'ai osé, ma sœur.

Je lui lance mon sourire qui fait tomber les culottes, ça marche chaque fois.

Kelly fait semblant de tomber en pâmoison puis me tape violemment le bras. Suffisamment pour que ça fasse un peu mal.

– Ferme-la et chante une chanson, trouduc.

Elle part en se dandinant et je ne suis pas contre la regarder faire. On ne couche peut-être plus ensemble mais ça ne veut pas dire que je n'apprécie pas le spectacle.

Aussitôt après cette pensée, je suis pris d'une piqûre étrange de culpabilité. Le visage de Nell apparaît dans mon esprit, comme si je lui devais une quelconque fidélité. Ce qui n'est pas le cas. Mais je n'arrive pas à me défaire du sentiment. Alors je joue de la musique et j'essaie d'oublier Nell, l'ogre, Kelly, les ennuis et les souvenirs des vieilles bagarres.

Je marche beaucoup dans les rues. Depuis toujours. Quand j'étais ce môme de dix-sept ans en colère qui n'avait nulle part où habiter, perdu dans les rues dangereuses de Harlem, c'était tout ce que je pouvais faire.

Je ne savais rien de la vie dans la rue, alors je marchais. Je marchais pour éviter les ennuis, pour rester éveillé, pour avoir chaud. Puis, quand j'ai rencontré T-Shawn, Split et les gars, les rues sont devenues notre métier, notre vie, notre territoire. J'ai alors marché dans les rues pour faire du business. Maintenant je le fais parce que c'est familier, rassurant. Quand je dois réfléchir parce que c'est la merde, je marche. Je glisse ma guitare dans son étui souple, j'enfile mes Timberland et je marche. Il m'arrive de partir de mon appartement au-dessus du garage dans le Queens et de me retrouver à Harlem, Astoria ou Manhattan. Je marche pendant des heures, pas d'iPod, pas de destination, juste kilomètre après kilomètre de trottoirs bondés, de bitume fissuré, d'immenses gratte-ciel, de pâtés de maisons remplis d'appartements et de ruelles où de vieux amis traînent, fument et boivent toujours. Des vieux amis, des vieux ennemis, des gens que je ne vois plus. Mais ils me laissent tranquille ; amis ou ennemis, ils me laissent marcher.

Il est deux heures du matin, je suis sobre, à peu près, je n'ai rien à faire et je marche. Je ne suis pas prêt pour mon appartement froid et silencieux, pas prêt pour finir le V8. J'essaie de me convaincre qu'il faut que j'oublie Nell. C'est ce que j'ai fait depuis deux ans, sauf que maintenant c'est encore plus difficile parce que j'ai des images toutes fraîches d'elle, le parfum de son shampoing dans mes narines, le souvenir récent de sa beauté envoûtante, de l'abîme de douleur dans son cœur.

Je ne suis donc pas surpris quand je réalise qu'à trois heures du matin j'approche de son immeuble à Tribeca. La porte d'entrée n'est pas verrouillée, bizarrement. Pour des raisons que je ne préfère pas analyser, je la pousse et monte les escaliers. C'est sa voix à elle que j'entends en premier.

– Dan, je rentre. Seule. Je suis fatiguée.

Sa voix à lui est basse mais on distingue ses paroles.

– Allez, bébé. Regarde un film avec moi.

Elle soupire d'exaspération.

– Je ne suis pas débile, tu sais. Je sais ce que tu veux. Et la réponse est non. Ça n'a pas changé.

– Et pourtant je continue d'espérer.

Sa voix est amusée mais agacée.

– Pourquoi on se voit alors ?

– C'est à toi de me le dire. Je ne t'ai jamais encouragé. Je n'ai jamais dit qu'on sortait ensemble. On ne sort pas ensemble. Mais tu refuses de disparaître. Je ne vais pas coucher avec toi, Dan. Pas ce soir, ni demain soir.

– Qu'est-ce que je peux faire pour te convaincre ?

– Être quelqu'un d'autre ?

Sa voix est tranchante et sarcastique.

Je suis au pied des escaliers, la main sur la rampe, la tête levée, comme si je pouvais les voir à travers les marches.

Il pouffe de rire à sa vanne.

– T'es vraiment une putain d'allumeuse, Nell.

Sa voix n'a plus rien d'amusé.

– Non.

– Oh si. Tu m'embrasses, tu me laisses te peloter, tu sors avec moi et toutes ces conneries, mais dès qu'on arrive ici tu me fermes la porte au nez.

Il lève la voix, se met en colère.

– Ça fait trois mois que je supporte tes conneries. Ça commence à me fatiguer.

– Eh ben arrête de les supporter alors. Laisse-moi tranquille. Je ne t'ai jamais rien promis. T'es un type plutôt gentil. Tu peux même être drôle quand tu ne te comportes pas comme un trou du cul. Mais on n'a pas d'avenir, toi et moi, depuis le début.

Le silence est palpable. Il est en colère, même moi, je peux le sentir de l'étage du dessous. J'entends la clé dans le verrou, une poignée qui se tourne.

– Au revoir, Dan.

Puis elle laisse échapper un sifflement, comme une douleur contenue.

– Je ne crois pas, bébé. Je n'ai pas bossé pendant trois mois, payé tes verres, tes déjeuners et tes cafés, pour que tu me largues aujourd'hui en échange de rien.

– Désolée, Dan. Je ne t'ai jamais demandé de faire tout ça. En fait, je t'ai même dit de ne pas le faire et tu as insisté.

– Ça s'appelle être galant.

– Non, ça s'appelle s'attendre à ce que je couche en échange de boissons gratuites. Maintenant lâche-moi.

J'entends un pied cogner violemment contre le bois et les gonds de la porte grincer en s'ouvrant, des pas qui tâtonnent.

– Comme je l'ai dit, Nell, je ne crois pas, non. J'ai envie de regarder un film. Je te laisse même choisir lequel.

– Dis vraiment ce que tu penses, Dan.

Sa voix est ferme mais je peux entendre qu'elle a peur.

– C'est ce que tu veux ? Très bien, alors, bébé. On va rentrer et on va bien s'amuser toi et moi. Tu vas me montrer combien ton corps est appétissant et combien tu peux être gentille.

– Non. Dehors.

Une lutte. Le bruit d'une gifle.

Le rire de Dan, amusé et cruel.

– Me gifler va pas aider, salope.

Un gémissement de douleur et de peur, et là je vois rouge, je grimpe les escaliers en silence. On ne se défait pas de ses vieilles habitudes, j'ai déjà enfilé mon poing américain. Je l'ai toujours sur moi, car on ne sait jamais ce qui peut arriver dans les rues de New York, même à quelqu'un comme moi.

Je suis devant sa porte, elle est fermée. J'entends des bruits de lutte étouffée.

– Arrête de résister, je serai doux.

Cet enculé est mort.

La poignée tourne sans faire un bruit dans ma main, les gonds grincent mais le son est recouvert par les gémissements de Nell et les rires de Dan alors qu'il la bloque et fouille violemment sous sa jupe et dans sa culotte.

Elle me voit et ses yeux s'écarquillent. Dan voit sa réaction, se tourne et se contracte à temps avant que mon poing ne s'abatte sur lui. Il est costaud, ce fils de pute. Je peux lui accorder ça. Peu de mecs peuvent tenir debout après que je les ai frappés, surtout avec la force ajoutée du poing américain. Son visage est en sang et on voit le blanc d'un os sur son front. Sa bouche s'élargit dans un rictus de jubilation primitive.

– Colton ! NON ! Il va te tuer !

Nell est paniquée, elle hurle.

Il essuie ses yeux avec son bras et fait un pas vers moi, il se met en position de combat.

– Tu ne regardes pas l'UFC[1], hein ?

Il me sourit et je sais que j'ai peut-être eu les yeux plus gros que le ventre en m'attaquant à lui. Je le reconnais maintenant. Dan Sikorsky, champion poids lourd d'UFC. Une brute épaisse. La rumeur veut qu'il ait tué

---

1. UFC signifie *Ultimate Fighting Championship*. C'est la fédération d'un sport décrié appelé en français « le combat ultime », sorte de mélange entre art martial et combat libre, d'une extrême violence.

un mec dans une ruelle sombre lors d'un match de boxe à mains nues.

Je lui rends son sourire. J'ai été approché par l'UFC, moi aussi. J'ai refusé. Je ne me bats plus pour l'argent. Le poing américain retourne dans ma poche.

Je jette un coup d'œil à Nell.

– Je vais m'en sortir. Mais putain, qu'est-ce que tu fous avec un mec comme ça ?

Elle n'en revient pas. Comme si elle n'arrivait pas à croire mon air nonchalant face à un colosse comme Dan. Je lui lance un sourire confiant que je n'ai pas le temps de finir.

Il se jette sur moi et Nell hurle. Il est lent et maladroit, il annonce qu'il va frapper avec ses yeux et son attitude tout entière. Il a l'habitude d'écraser l'autre au premier coup et rien d'autre. Moi aussi, donc je connais le sentiment quand ça n'arrive pas. J'ai pris quelques dérouillées avant d'apprendre à gérer.

J'esquive… *bam*. Je ne me bats pas à la régulière. On n'est pas à l'UFC là. Je lui plante mon genou dans le diaphragme, attrape sa tête dans mes mains et la tire vers le bas en remontant mon genou. Je le jette en arrière. Lui fous un coup de pied dans les couilles, puis deux, violemment. Je lui écrase les reins avec deux crochets, réduis en purée son nez déjà cassé avec mon front.

Il réussit à glisser son poing sous ma chemise et je sais que je vais souffrir. C'est un fou furieux. Je bloque les premiers coups ; ils n'arrivaient pas super vite, mais putain le mec peut frapper fort. Nell hurle toujours. L'homme-ogre est une épave sanglante et moi aussi maintenant. Comme il carbure à la colère et à la rage furieuse, ça va se tasser dans pas longtemps. Moi, je suis déjà dans la phase de colère froide. J'ai mal mais je me suis pris des raclées pires en gagnant quand même le combat. Je veux dire par là que je suis parti sur mes deux jambes.

Ça ne sera pas son cas.

J'arrive enfin à dégager son poing de ma chemise, en l'arrachant moi-même.

Je lance un regard furtif à Nell.

– Nell, tais-toi.

Elle s'exécute immédiatement et prend une inspiration comme si elle réalisait tout juste où elle était et ce qui était en train de se passer. Puis elle tourne les talons, fouille dans un tiroir de la cuisine et glisse furtivement derrière Dan, un couteau immense à la main. Elle appuie la lame contre la gorge de Dan.

– Ça suffit.

Elle n'a pas besoin de crier. Le couteau parle de lui-même.

Dan se fige.

– Tu ne veux pas faire ça, Nell.

Ses yeux sont assassins. Sa robe est déchirée sur tout le devant, sa culotte, à moitié baissée. Elle saigne de la lèvre, elle a des bleus sur les bras et sur la gorge.

Je ne veux pas qu'elle le tue. C'est des emmerdes dont ni elle ni moi n'avons besoin.

– Bizarrement, je suis d'accord avec l'ogre sur ce coup-là, dis-je. Laisse-moi régler cette histoire.

Nell ricane en entendant le surnom.

– L'ogre. Ça lui va bien.

Elle croise mon regard et relâche le couteau.

Erreur. À l'instant où la lame se dégage, Dan se retourne et lui assène un coup de poing qui l'envoie valdinguer.

– Salope, grogne-t-il, puis il se tourne vers moi.

Bien entendu je ne suis pas resté les bras croisés. Le poing américain est à nouveau enfilé et je ne me retiens plus. À la seconde où j'ai vu les bleus sur elle, j'avais déjà explosé.

Je suis un voyou de la rue à nouveau, un tueur à gages. Sauf que c'est différent, il a fait du mal à Nell.

Il n'a aucune chance. En quelques secondes, il est en sang, cassé en deux sur le parquet de Nell, il ne ressemble plus à rien. J'ai quelques côtes fêlées, le nez cassé, les lèvres fendues, des coupures sur le visage et une dent branlante. Il y a du sang partout.

Je sors mon téléphone, compose un numéro, essuie mon visage avec une feuille de Sopalin propre.

– Salut Split, c'est Colt. J'ai un problème.

Je le lui explique et lui lâche l'adresse.

– Ouais, dans Tribeca. Tais-toi, enculé. Viens juste me chercher ce connard et assure-toi qu'il ne l'ennuie plus. Merci.

Nell se tient debout, elle se tamponne la bouche, en chancelant. Je la vois trébucher et me précipite pour la rattraper.

Je la soulève et l'assieds sur le comptoir comme une enfant, je mets de la glace dans un torchon et le pose aux endroits de son visage où il l'a frappée. Par chance, il n'a pas été assez stupide pour la frapper avec toute sa force, juste un petit coup pour la faire taire. Elle aura un bleu mais c'est tout. Elle est dans les vapes, je la vois tourner de l'œil mais elle revient vite à elle.

Dan gémit derrière moi, la rappelant à la réalité. Elle se redresse au son de sa voix, effrayée, et jette un coup d'œil par-dessus mon épaule au tas de bidoche sanglante qu'est Dan Sikorsky.

Ses yeux reviennent lentement vers moi.

– Qu'est-ce que tu as fait ?

Je baisse la tête, gêné.

– J'ai un peu pété les plombs.

– Est-ce qu'il va mourir ?

Elle le dit avec calme. Je hausse les épaules.

– Pas dans ton salon.

Ses beaux yeux se plissent en me regardant.

– Qu'est-ce que ça veut dire ?

Un léger coup sec sur la porte la fait se blottir contre moi.

– Qui c'est ?

Je tente de fermer les lambeaux qui restent de sa robe.

– Un ami. Va prendre une douche, OK ?

– Un ami ?

Elle glisse pour descendre du comptoir et va ouvrir la porte. Je l'arrête.

– Je m'en occupe, d'accord ?

Ses yeux se plissent à nouveau, elle disparaît dans sa chambre et ferme la porte derrière elle. Je laisse entrer Split. Ce n'est pas un gars très costaud mais il fait peur. Taille moyenne, fin et sec, peau noire comme l'ébène, des dents blanches éclatantes et des yeux d'un marron si clair qu'ils sont presque kaki. Des yeux que vous ne pouvez pas regarder trop longtemps sinon vous vous pissez dessus. Des yeux qui voient vos secrets et menacent de faire de vos pires cauchemars une réalité. Il irradie d'intensité et suinte la menace. Je suis content qu'il soit mon ami, principalement parce que j'ai vu ce qui arrivait à ses ennemis : ils disparaissent.

Il regarde Dan sur le sol.

– 'Tain, qu'est-ce qui lui est arrivé ?

Nell ressort avec un tee-shirt propre et un pantalon de yoga.

– Colton m'aidait.

– T'es qui ? dit Split.

– Nell Hawthorne. On est chez moi.

Elle tend la main à Split. Il regarde sa main tendue comme si c'était un insecte et se fend d'un sourire inhabituel en la lui serrant.

– Split.

Il examine le visage de Nell, le bleu qui tourne au violet, les traces de doigts sur sa gorge, la façon qu'elle a de ramener ses bras sur sa poitrine.

– Il a essayé de te violer ?

Nell acquiesce.

– Il s'appelle Dan Sikorsky, dis-je, en sachant que Split fera le lien tout seul.

Ses yeux s'agrandissent légèrement, ce qui équivaut à suffoquer de surprise chez n'importe qui d'autre.

– Je l'ai vu se battre contre Hank Tremaine il y a quelques semaines à Harlem. Il l'a défoncé comme il faut. C'est toi qu'as fait ça ?

Il s'agenouille, retourne Dan sur le dos, examine ses blessures d'un œil professionnel.

– Tu l'as pas loupé, Colt. Il a besoin d'un docteur, ou il va pas s'en sortir.

– Il a essayé de la violer, Split. Puis il l'a frappée.

– À sa décharge, intervient Nell, il ne m'a frappée qu'après que je lui ai mis un couteau sous la gorge.

Split s'étouffe dans un rire.

– T'as quoi ? Meuf, t'es ouf. Faut pas mettre un couteau sous la gorge de Dan Sikorsky et ne pas le tuer ensuite. C'est les emmerdes assurées, de faire un truc comme ça.

– Elle vient de la banlieue chic de Detroit, Split. Là où j'ai grandi. C'est une fille sage.

Il acquiesce.

– J'te capte. J'dis juste : si jamais ça arrivait à nouveau. Ne menace pas c'que tu finis pas. Pas avec des enculés comme Sikorsky. Il te tuera, même si t'es une garce blanche et riche.

– Pardon ?

Nell se redresse pour protester. Split me jette un coup d'œil. Je ris.

– Il veut juste dire une fille blanche. Quelqu'un qu'est pas du ghetto.

– Du ghetto ?

Elle le prononce comme si c'était un mot étranger.

– Et toi, tu es du ghetto, peut-être, Colton ?

Split rit à nouveau.

– *Colton ?*

Il dit mon nom sur le même ton qu'elle, en prononçant clairement chaque syllabe.

– Mec, c'est quelque chose, cette fille. Tu l'as trouvée où ?

Il regarde Nell.

– Ouais, du ghetto. Mon pote Colt est un gangsta de la vieille école.

On peut voir la confusion envahir le visage de Nell.

– Gangsta ?

Split siffle un rire à travers ses lèvres.

– T'es pas comme les autres, toi.

Il sort un téléphone et envoie un texto, puis regarde Nell à nouveau.

– Ça va, tu tiens le coup, p'tite Blanche ?

Le visage de Nell est impassible.

– Je vais bien.

Split acquiesce, mais je peux voir qu'il la croit aussi peu que moi. Je m'approche de Nell et ne peux m'empêcher de remarquer qu'elle se raidit, même s'il s'agit de moi.

– Va prendre une douche, Nell. Ça va aider.

– Je n'ai pas besoin d'aide.

Sa voix est dure, têtue. Je ris, mais sans méchanceté.

– Tu veux le gérer toute seule alors ?

Je fais un geste en direction de Dan qui est en train de s'étouffer dans son sang. Split le retourne à nouveau afin qu'il puisse baver sur le parquet.

Nell pâlit, tremble.

– Peut-être qu'une douche me ferait du bien.

– Ouais. Tout ça sera parti quand tu en sortiras.

Je vois la panique traverser son visage.

– Tu ne seras pas parti, toi, hein ?

– Tu veux que je parte ?

Elle secoue la tête, un mouvement minuscule et vulnérable qui me fait saigner le cœur pour elle encore un petit peu plus.

– Alors je serai là. Juste… va prendre une douche chaude.

Elle acquiesce et disparaît dans sa chambre. J'entends la douche couler et m'efforce de ne pas l'imaginer dessous. Ce n'est pas ce dont elle a besoin à cette minute.

Split s'accroupit aux pieds de Dan.

– Prends-le par les épaules, Colt.

Je me penche et le soulève ; on le porte dans les escaliers jusqu'à la voiture de Split garée devant. Un couple passe à côté de nous, ils nous regardent d'un air bizarre, mais vu que c'est New York, ils ne disent rien. On le jette sans la moindre délicatesse sur la banquette arrière et on claque la portière. Split ouvre celle du conducteur et s'y glisse mais sans la fermer.

– Elle n'appartient pas à ce monde, Colt.

Il ne me regarde pas en disant ça.

– Je sais.

– Toi non plus. Tu n'en as jamais fait partie.

– Ça aussi, je le sais.

– Je t'aime bien, petit Blanc. Ne te fais pas embarquer

à nouveau. Tu finiras mort, et qui réparera ma bagnole quand elle déconnera ?

Split démarre la voiture et le moteur vrombit. C'est une Bonneville de 73 vert citron avec un moteur d'origine, retapée par votre serviteur lui-même. C'est une beauté et j'ai toujours été un peu jaloux. Il l'a achetée à une petite vieille de Rochester pour mille dollars, lui et moi on a passé l'été à la restaurer. Ça n'a pas pris longtemps, vu que la petite vieille s'en était à peine servie depuis la mort de son mari.

Il me l'apporte quand elle a besoin d'un réglage ou autre, mais en vrai, c'est sa façon de venir prendre de mes nouvelles.

– Je me laisserai pas avoir, Split.

– Qu'est-ce que tu veux que je fasse de ce connard de Dan ?

– Je ne sais pas et je ne veux pas savoir. Il mérite de mourir étouffé avec ses propres dents, mais je ne veux pas de ça sur la conscience.

– Sans déconner. Tu l'as fait assez saigner, cette salope.

Je ris.

– Merci de me le rappeler.

– Je ne fais que dire la vérité.

Il ferme sa portière et baisse la fenêtre.

– Je passerai au garage pour te dire s'il s'en est sorti.

– Non. Assure-toi juste qu'il ne l'approche plus jamais.

Split me sourit, un éclair de dents blanches sur sa peau noire.

– Je ne crois pas que ce sera un problème.

Il enclenche le levier de vitesses mais s'arrête.

– Le souci, c'est qu'il est censé se battre contre Alvarez la semaine prochaine et j'ai parié mille dollars sur son concurrent.

Je ris.

– Alvarez n'avait aucune chance, je t'ai fait économiser mille dollars. C'est un connard mais il est balèze, cet enculé.

– Tu as loupé ta vocation, Colt. T'aurais tout nettoyé en UFC.

Je secoue la tête.

– Je suis bien mieux sans toutes ces conneries.

– Je sais, je sais. Je disais juste ça comme ça.

Il me tend son poing et je pose le mien dessus.

– Appelle-moi, mec. Ça fait un bail qu'on doit s'en envoyer quelques-unes.

– Ça marche. Peut-être jeudi.

– Je dois être libre jeudi. J'ai des conneries à faire dans la journée mais c'est tout.

J'acquiesce et il démarre. J'ouvre la porte de Nell et entre, je chante une chanson pour qu'elle sache que c'est moi. La douche coule toujours, je me dis qu'elle est probablement en train de frotter sa peau aussi fort que possible pour oublier toute cette merde. Qu'elle essaie de faire partir cette sensation. Elle va y rester jusqu'à ce qu'il n'y ait plus d'eau chaude. J'ai vu trop d'amies traverser ce genre de trucs, des amies que je n'étais pas là pour sauver.

Je prends un nouveau rouleau de Sopalin sous l'évier et une bouteille de produit à vitre. Par chance, elle a du parquet. C'est plus facile d'enlever le sang sur du bois que sur de la moquette. Je savonne le sang, vaporise et frotte le sol plusieurs fois. J'essuie les murs et tout le reste.

Tout est propre quand j'entends l'eau s'éteindre. Nell sort avec les cheveux raides et trempés, elle porte juste un grand tee-shirt Disney qui lui arrive à peine à mi-cuisses. Je serre la mâchoire et pense à des petits chiots morts, à des bonnes sœurs et à cette fois où j'ai surpris ma grand-mère sous la douche quand j'étais enfant.

Ça n'aide que partiellement. Nell a l'air plus vulnérable que jamais, en une seconde j'ai traversé la pièce et mes bras l'entourent avant que je ne m'en rende compte.

Elle ne se raidit pas, cette fois. Elle respire profondément, de longs soupirs réguliers.

– Tu peux pleurer, tu sais, dis-je.

Elle secoue la tête.

– Non, je ne peux pas.

– Tu viens juste de te faire agresser. Tu as le droit.

– Je sais. Mais je ne veux pas. Je ne peux pas.

Elle se dégage de mon étreinte et va dans la cuisine.

Je lui prends la bouteille de Jack des mains avant qu'elle n'ait eu le temps d'en boire une gorgée.

– Je suis pas sûr que ça soit la meilleure solution.

Elle me l'arrache et la soulève, mais je la lui reprends.

– Ça ne partira pas pour toujours. Ça reviendra, tout simplement.

– Je sais.

Elle tend le bras et je lève la bouteille hors de sa portée. J'attrape deux petits verres à *shots* et les remplis de façon généreuse.

– J'ai besoin de plus que ça.

– Non, tu n'en as pas besoin.

Elle se tourne face à moi, ses yeux sont tout gris maintenant, comme des nuages avant l'orage, en colère.

– Ne me dis pas ce dont j'ai besoin ! Tu ne me connais pas.

– Mais je sais que tu noies ton chagrin dans le whisky. Ça cesse de fonctionner au bout d'un moment. Et alors tu te rends compte qu'il n'y aura jamais assez de whisky au monde.

– On ne vient pas de te violer.

– D'essayer de te violer. Je l'en ai empêché. Je suis désolé de ne pas avoir été là plus tôt, mais il y a quand même une grande différence entre un viol et une *tentative* de viol.

Ses yeux brûlent et je lève les mains en l'air.

– Je ne dis pas que c'est bien. Ce n'est pas bien. Tu as le droit de ressentir ce que tu ressens. Je dis juste que siffler du whisky ne va pas effacer ce qui s'est passé.

– Qu'est-ce que t'en sais ?

Elle descend le *shot* d'un coup et presse le verre contre son front, puis me le tend pour que je le remplisse.

C'est là que je vois les cicatrices. Un motif hachuré de stries et de traits blancs sur ses poignets et ses avant-bras. Cicatrices ni masquées, ni cachées. Des vieilles, des moins vieilles. Des récentes. Si récentes qu'elles ont encore des croûtes.

Elle voit que je vois, relève le menton comme pour me défier de lui poser la question. Je ne la pose pas. Je suis toujours torse nu donc je pointe du doigt mon torse, mes pectoraux, mon sternum et mon ventre, lui montrant un champ de cicatrices comme les siennes, comme des épis de blé emmêlés par le vent. J'ai des tatouages sur certaines d'entre elles, j'en ai même intégré certaines à des tatouages, laissé d'autres nues et visibles. Des courtes, comme des encoches. Certaines sont des encoches : le nombre de jours où j'ai survécu au trou, les combats que j'ai gagnés. Nell suit les cicatrices du doigt ; les longues ont été faites juste pour souffrir, la douleur comme un soulagement.

Ouais. C'est pour ça qu'elle se coupe. J'aimerais juste en connaître la raison. Elle est cachée au plus profond d'elle et il faudra du temps et de la patience pour que ça sorte. Je finirai sûrement par lui dire mes raisons à moi aussi.

Ce que je ne veux vraiment pas faire.

Elle me regarde, son regard est doux, plein de compréhension.

– Tu te coupes ?

– Je me coupais.

– Pourquoi ?

Je secoue la tête.

– Ça, c'est une histoire pour un autre soir, et elle a un prix.

Elle se tend.

– Un prix ?

– Celui de ton histoire à toi.

Elle soupire de soulagement.

– Tu la connais, cette histoire.

– Pas entièrement. Pas les détails profonds, la merde tapie dans l'obscurité des ombres de ton cœur.

– Personne ne connaît ça.

Sa voix est presque un soupir et c'est à la fois séduisant, sensuel et touchant.

– Eh ben, personne ne connaît ça non plus.

Je tape ma poitrine avec le pouce.

– Un prix. Un échange.

Elle ne bouge pas, à deux centimètres de moi ; chacune de ses respirations fait que ses seins effleurent mon torse, les cicatrices, l'encre.

J'opine de la tête.

– Mais pas maintenant. Maintenant tu prends un dernier *shot* avec moi et on regarde une connerie débile à la télé. Et puis tu t'endors et tu restes à la maison demain.

– Je ne peux pas. J'ai cours. J'ai du travail.

– Annule. Dis que tu es malade.

– Je…

Je lui coupe la parole.

– Annule, Nell.

– Tu ne peux pas rester ici avec moi toute la nuit.

– Pourquoi pas ?

Elle fixe ses orteils, son vernis rose est écaillé.

– Tu ne peux pas, c'est tout.

– Je serai sur le canapé. Tu seras dans ta chambre avec la porte fermée.

– Non.

Encore un murmure.

– Pourquoi pas ?

– C'est… ça fait partie de l'échange.

Du secret, elle veut dire.

– Très bien, je vais dormir sur le sol devant ta porte d'entrée alors. Tu ne vas pas rester seule ce soir.

– Je vais bien, Colton.

– Foutaises. Tu ne vas pas bien.

Elle hausse les épaules.

– Non. Mais je vais bien.

Je ris de sa phrase.

– Regarde-moi.

Elle fait non de la tête, mord sa lèvre et j'ai envie de prendre cette lèvre dans ma bouche et de la sucer jusqu'à ce que les traces de ses dents s'effacent. Je veux goûter sa langue. Je veux faire courir mes mains sous son tee-shirt débile *Lilo et Stitch* et sentir sa peau, et ses formes, et sa délicieuse douceur.

Je ne fais rien de tout ça. Je me contente de la regarder, puis je touche son menton avec mon index, relève son visage pour qu'elle me regarde. Elle ferme les yeux et je peux voir qu'ils sont mouillés. Elle respire fort à nouveau et je remarque que chacune de ses mains s'accroche au poignet opposé, les ongles plantés profond dans la peau, grattant violemment. La douleur pour remplacer la douleur. J'use de ma force la plus douce pour desserrer ses doigts, je tourne ses mains pour qu'elles s'accrochent à mes avant-bras.

Je l'attire contre moi, nos bras tendus à la verticale entre nous deux et ses ongles plantés dans mes bras. Elle lâche au bout d'un moment et serre juste mes avant-bras avec ses mains.

– Ce n'est pas pareil. Te faire souffrir toi n'apaise pas ma souffrance à moi.

Elle murmure les mots contre mon épaule, la droite, celle qui a un dragon japonais qui crache du feu sur un kanji.

– Ce n'était pas le but. Je voulais juste que tu arrêtes de te faire du mal.

– Ça aide…

– Non, ça n'aide pas. Ça éloigne juste la peine temporairement. Comme l'alcool.

– Mais j'ai besoin…

– Tu as besoin de t'autoriser à ressentir tes émotions. Les ressentir, te les approprier. Et puis passer à autre chose.

– Ça a l'air si facile quand tu le dis.

Chaque syllabe est teintée d'amertume.

– Ça ne l'est pas. C'est la chose la plus difficile qu'une personne puisse faire.

Je dégage une mèche mouillée de son visage pour l'éloigner de sa bouche.

– C'est la chose la plus difficile au monde. C'est pour ça qu'on boit, qu'on se drogue et qu'on se bagarre. C'est pour ça que je joue de la musique et que je répare des moteurs.

Elle se redresse.

– Tu répares des moteurs ?

Je ris.

– Ouais. La musique, c'est un passe-temps. Une passion. Je répare des moteurs et restaure des vieilles voitures. C'est comme ça que je paie mes factures. Te méprends pas, j'adore les voitures. Mais c'est pas pareil.

– Tu travailles pour quelqu'un ?

– Non. J'ai mon propre garage, dans le Queens.

– Sérieux ?

Elle a l'air surprise, ce que je trouve en réalité un peu insultant mais je ne dis rien.

– Sérieux.

– Je peux voir ton garage ?

Sa voix est claire et pleine d'espoir.

– Maintenant ?

– Oui, maintenant. Je ne peux pas rester ici. J'arrête pas de voir Dan. Je n'arrête pas de... Je n'arrête pas de sentir ses mains sur moi, de le voir là sur le sol, en sang.

Elle montre du doigt l'endroit où il était allongé. Elle reste silencieuse pendant un long moment et je connais la suite.

– Est-ce qu'il est... est-ce qu'il est mort ?

– Non. Ne t'en fais plus pour lui. Il n'a eu que ce qu'il méritait.

– Tu l'as vraiment amoché.

– J'aurais dû le tuer. J'aurais pu. S'il avait...

Je secoue la tête.

– C'est du passé. Oublie.

– J'aurais dû m'y attendre.

Les mots ne me surprennent pas mais ils me mettent hors de moi. Je me redresse et la regarde.

– Ah non, je t'interdis, putain, Nell Hawthorne. Je t'interdis de te mettre ça sur le dos. Personne ne devrait s'attendre à ce genre de conneries.

Elle recule, ébahie et apeurée par l'intensité que je sais dégager.

– Colton, je voulais juste dire qu'il s'est toujours comporté...

– Arrête. Arrête tout de suite. OK, tu n'aurais jamais dû traîner avec un connard comme lui, mais ça n'excuse pas ce qu'il a fait.

Je l'attire à nouveau contre moi. Elle résiste.

– T'as peur de moi maintenant ? je demande pour changer de sujet.

– Un peu. Tu faisais… peur. Tu l'as… tu l'as juste *démoli*. Même après qu'il t'a frappé. Et je l'ai déjà vu se battre.

Je la regarde, sous le choc.

– Tu veux dire à la télé ?

Elle secoue la tête.

– Non, les autres combats. Les illégaux. Ceux dont ton pote parlait. À Harlem.

– Tu as été à ces combats ?

Je suis choqué. Ébahi. Horrifié. Ces combats sont d'une brutalité abominable et vicieuse. Des hommes en colère et sans âme se massacrant entre eux. Je sais de quoi je parle.

– Ouais. Ça ne m'a pas trop plu.

– J'espère bien que non. C'est le mal incarné.

J'essaie de garder une voix neutre. C'est un échec total, je vois à un éclair qui traverse son visage qu'elle a compris.

– Tu as participé à ces combats toi aussi.

– C'est du passé.

– Pourquoi ?

Sa voix est toute petite. Je secoue la tête.

– Ça fait partie de l'échange, bébé.

Elle tremble.

– Ne m'appelle pas bébé.

Sa voix est calme mais intense.

– Désolé.

– Ça va. C'est juste ce que Dan…

– Je sais. J'ai entendu.

Je recule afin qu'on se regarde droit dans les yeux.

– Réponds à la question quand même. Est-ce que je te fais peur ?

– J'ai déjà répondu. J'ai dit un peu. J'ai peur de ce dont tu es capable. Mais je me sens en sécurité avec toi. Je sais que tu ne me feras jamais de mal.

Je prends son visage entre mes mains. Ça a l'air trop familier, trop affectueux, trop tôt. Je n'arrive pas à m'en empêcher pourtant.

– C'est tout le contraire. Je te protégerai. Des autres et de toi. Toujours.

– Pourquoi ?

On l'entend à peine.

– Parce que j'en ai envie. Parce que…

Je lutte pour trouver les mots justes.

– Parce que tu le mérites et que tu en as besoin.

– Non, ce n'est pas vrai.

– Si, c'est vrai.

Elle secoue la tête.

– Non. Je ne le mérite pas.

Je soupire, sachant déjà que je ne vais réussir à rien en discutant.

– Ferme-la, Nell.

Elle rit, un gloussement qui me chatouille et m'arrache un sourire qui se perd dans ses cheveux.

– Alors, tu me le montres, ce garage ?

– Il est quatre heures du matin. On est à Tribeca et mon garage est dans le Queens. Tout au bout du Queens. Et en plus je ne suis pas venu en voiture. J'ai marché du bar à ici.

– T'as marché jusqu'ici ? T'es dingue ! Il y a quoi, vingt kilomètres ?

Je hausse les épaules.

– J'aime bien marcher.
– On n'a qu'à prendre un taxi.
– Tu veux voir mon garage à ce point ?
– Oui. Et je n'ai vraiment pas envie de rester ici.
Elle tremble à nouveau, elle se souvient.
– OK, alors tu vas avoir besoin d'un pantalon.
Elle glousse à nouveau, je décide d'appeler ça le gloussement de la fée Clochette.
– Nan. Les pantalons, c'est pour les tapettes.
Elle se dégage et disparaît dans sa chambre.
– Et on ne mate pas cette fois, Pervers Pépère.
– Eh ben ferme ta porte, alors.
La porte claque en guise de réponse et je ris. Je suis content qu'elle réussisse à rire. Ça veut dire qu'elle gère pour de vrai. Je sais qu'elle garde beaucoup à l'intérieur, cependant. Elle me fait son petit numéro. Elle aura bientôt de nouvelles cicatrices sur ses poignets.
Elle ressort avec un jean et un tee-shirt en V violet. Je dois balader mes yeux pour éviter de la fixer. Elle n'a pas besoin de mon désir en ce moment. Peut-être même qu'elle n'en aura jamais besoin. Elle attrape son sac sur le comptoir, là où je l'avais posé après avoir nettoyé.
Je lui tends la main.
– On y va, fée Clochette.
Elle prend ma main, puis a un temps d'arrêt en entendant son surnom.
– Fée Clochette ?
– Ton rire. Ce petit gloussement que tu fais. Ça me rappelle le bruit que fait la fée Clochette.
Je hausse les épaules. Elle glousse par mégarde, recouvre sa bouche avec sa main.
– Merde. Maintenant tu vas me donner des complexes. Tu peux quand même m'appeler fée Clochette.
– N'aie aucun complexe. Je trouve ça adorable.

Elle agite son nez à la manière de Clochette tout en fermant la porte derrière nous.

– « Adorable » ? C'est une bonne chose ?

Je soulève un sourcil en la regardant.

– J'ai plein de mots qui me viennent à l'esprit quand je pense à toi. On va se contenter d'adorable pour l'instant.

– Qu'est-ce que ça veut dire ?

Elle tient ma main, de façon platonique, paume contre paume. Je hèle un taxi et on se glisse dedans. Je lui donne mon adresse et le regarde l'enregistrer dans son GPS. Une fois en route, alors que les sonorités tremblantes de la musique arabe du chauffeur flottent au-dessus de nous, je me retourne vers Nell.

– Est-ce que tu es sûre de vouloir savoir ?

Elle relève le menton.

– Oui.

– Tu es plein de choses, Nell Hawthorne. Tu es complexe. Tu es mignonne. Tu es adorable. Tu es drôle. Tu es forte. Tu es belle.

Elle semble lutter avec ses mots et ses émotions. Je continue.

– Tu es torturée. Tu souffres. Tu es incroyable. Tu es talentueuse. Et tu es foutrement sexy.

– « Foutrement sexy » ?

Elle penche la tête, un petit sourire se dessine au coin de ses lèvres.

– Ouaip.

– C'est plus ou moins que « sexy en diable » ?

– Plus. Beaucoup plus.

Elle se contente d'acquiescer.

– T'es gentil. Mais on ne doit pas voir la même personne quand on me regarde.

– Tu as probablement raison.

Je regarde nos mains enlacées, puis elle à nouveau.

– Comment tu te vois quand tu te regardes ?

– Faible. Apeurée. Ivre. Moche. Fuyante.

Elle se détourne de moi en le disant, regarde à travers la fenêtre.

– Je ne vois rien. Personne.

Je sais qu'il n'y a pas de mots pour changer ce qu'elle ressent, alors je ne lui en offre aucun. Je me contente de tenir sa main et laisse le silence nous envahir à chaque pâté de maisons qu'on passe.

Elle finit par se retourner vers moi.

– Pourquoi tu ne débats pas avec moi quand je dis ça ? Pourquoi tu n'essaies pas de me convaincre de ma valeur et toutes ces conneries ?

– Ça marcherait ?

Elle plisse les yeux, puis secoue la tête. Je hausse les épaules.

– Eh bien voilà. Voilà pourquoi. Je peux te dire ce que je vois. Je peux te dire ce que je sais de toi. Je peux te dire ce que je ressens. Je peux te montrer qui tu es vraiment. Mais ça ne mènerait à rien de débattre avec toi. Je crois qu'on a tous les deux eu notre dose de gens qui ont essayé de nous réparer. Ça ne marche pas. On ne peut que se réparer soi-même. S'autoriser à guérir.

– Mais je ne suis rien de ce que tu as dit. C'est comme ça. Et je ne peux pas me guérir moi-même. Je ne peux pas… On ne peut pas me réparer.

– Tu comptes être brisée toute ta vie ?

– Putain, Colton. Pourquoi tu fais ça ? Tu ne me connais pas.

– J'en ai envie.

C'est ma réponse à sa question et à son affirmation.

8

Du chagrin caillé

On arrive à mon garage, un vieil atelier qui donne sur une allée déserte, au-dessous d'un petit appartement. J'attrape mes clés, ouvre la porte latérale et allume les lumières.

Le sol en béton est fissuré et taché. Des tubes phosphorescents clignotent derrière des grilles déformées. Des kilomètres d'étagères sur lesquelles sont posées des tonnes de boîtes à outils rouges et argent recouvrent les murs. Il y a aussi des rayonnages de matériel sur des crochets. Des moteurs sont suspendus à des chaînes qui pendent du plafond. La carrosserie d'une Mustang Shelby GT 66, deux énormes poubelles en plastique gris, des cendriers qui débordent, des cartons à pizza abandonnés et des cadavres de bières…

– C'est pas grand-chose, mais c'est à moi.

Je ris.

– C'est vraiment, vraiment pas grand-chose. J'arrive pas à croire que j't'ai amenée ici. C'est tellement sale et moche.

C'est comme si je voyais l'endroit pour la première fois, d'une certaine façon. Je n'ai jamais amené de fille ici avant. Enfin, j'ai déjà ramené des filles chez moi, mais aucune d'entre elles n'a jamais voulu voir le garage. Seul mon lit semblait les intéresser. Je regarde autour de moi, j'essaie de m'imaginer ce qu'elle doit voir, elle.

C'est là qu'elle me surprend.

– J'adore. On se croirait… à la maison. On voit que c'est un endroit que tu aimes.

Je la fixe.

– C'est ma maison ici. Je dors peut-être en haut, mais ce garage, c'est chez moi. Bien plus qu'on ne pourrait le croire.

Je repense à toutes les fois où j'ai dormi dans un sac de couchage sur le sol, là où se trouve désormais la Mustang, avant que l'appartement du haut ne soit rénové et donc habitable. J'ai acheté cet endroit une bouchée de pain, parce que c'était un taudis. Un endroit laissé pour compte, abandonné et dont personne ne voulait. Comme moi. Je l'ai retapé. J'en ai fait mon chez-moi.

Elle lâche ma main pour se balader dans le garage. Elle ouvre des tiroirs et examine des outils. Ils ont tous l'air volumineux, grossiers et sales dans ses mains propres et délicates.

Elle repose chaque fois les outils exactement où ils étaient. Je me demande si elle a compris à quel point je suis psychorigide sur la question ou si elle est juste bien élevée.

– Montre-moi ce que tu fais, dit-elle.

Je hausse les épaules. Je pointe le moteur du doigt.

– Tu vois ce moteur ?

Je m'approche et passe mon doigt sur l'ouverture d'un piston.

– Je l'ai acheté à une casse, il y a quelques semaines. Il était rouillé, sale et quasi foutu. Il venait d'une vieille voiture écrasée dans un carambolage, une Barracuda de 77, la carrosserie arrière était pliée en deux, complètement défoncée. J'ai pris le moteur, réparé ce qui était réparable et remplacé ce qui ne l'était pas. Je l'ai complètement démonté, pièce par pièce.

Il y a une grande table dans un coin. Je m'approche et soulève la bâche qui la recouvre, dévoilant ainsi un moteur disséqué ; chaque pièce est étalée selon un ordre spécifique.

– Comme celui-là. Puis je remonte tout, jusqu'à ce que ça donne ça. Il est presque fini. Faut juste que j'installe quelques pièces supplémentaires et terminé : il sera prêt à être mis sous un capot.

Elle regarde la table puis se tourne vers le moteur assemblé.

– Donc tu as fait de ça (elle pointe les pièces sur la table)… *ça* ?

Je hausse les épaules.

– Ouais. Les deux sont des moteurs complètement différents mais oui.

– C'est incroyable. Comment sais-tu où va chaque pièce ? Ce qu'il faut réparer ?

Je ris.

– Beaucoup d'expérience. Je le sais parce que je l'ai fait un million de fois. Tous les moteurs sont en substance les mêmes, il y a juste quelques petites différences qui les rendent uniques. J'ai démonté mon premier moteur quand j'avais quoi ? treize ans. Bien sûr, au début, une fois démonté, j'étais pas foutu de le remonter, mais ça fait partie de l'apprentissage. J'ai bidouillé ce moteur défoncé pendant des mois, en essayant de comprendre comment ce truc fonctionnait, quelle pièce allait où, à quoi elle servait et comment la remonter. J'ai fini par tout assembler à nouveau et ça fonctionnait, mais ça m'a pris, je sais pas, plus d'un an de bricolage pour être capable de le faire sans m'arrêter pour réfléchir à chaque mouvement.

Elle penche légèrement la tête.

– Où t'étais-tu procuré le moteur ?

Je lève les yeux au plafond, j'essaie de me souvenir.

– Humm... Je crois que je l'ai acheté au prof de mécanique du lycée. J'avais économisé des mois d'argent de poche.

Elle a encore l'air perdu et je ris.

– Quand j'étais au collège, j'avais un tuteur qui m'aidait pour mes devoirs. Un jour, je suis passé devant l'atelier. J'ai aperçu le moteur et quelque chose en moi s'est illuminé quand j'ai vu M. Boyd, le prof de mécanique, le bricoler. C'est devenu un de mes meilleurs amis, jusqu'à ce que je déménage ici.

Nell me fixe, comme si elle me voyait pour la première fois.

– Tu avais un tuteur ?

Je grimace, j'aurais aimé qu'elle ne relève pas ce détail-là.

– Ouais, j'étais pas très doué pour cette histoire d'école.

Je me retourne, lance la bâche par-dessus la table et la conduis vers l'escalier privé qui mène à mon appartement. C'est ma façon de lui dire poliment que je ne veux pas en parler et je crois qu'elle comprend le message.

Dire que je n'étais pas très doué à l'école est un gros euphémisme, mais elle n'a pas besoin de le savoir. J'espère éviter le sujet aussi longtemps que possible.

Mon appartement n'a rien de grandiose. Une cuisine de fortune dans laquelle je tiens à peine. Je ne peux pas ouvrir le four et les portes du placard qui lui fait face en même temps. Certes, c'est pas comme si je m'étais déjà servi du four, mais quand même... Un salon dans lequel je peux toucher les quatre murs si je me tiens debout au milieu les bras tendus. Et une chambre dans laquelle il y a mon lit double standard et rien d'autre. Tous mes habits sont rangés dans l'armoire du salon, laquelle sert également de meuble télé. Non pas que je la regarde souvent.

Je désigne l'appartement d'un geste.

– C'est encore plus petit que le garage, mais c'est chez moi. Je pourrais te faire faire le tour du propriétaire mais ça risquerait de nous prendre moins d'une seconde.

Elle rit, encore – la fée Clochette –, et mon cœur se serre. Mais malgré tous ses efforts pour avoir l'air normal, ses questions, sa curiosité, je vois bien qu'elle lutte pour donner une image sereine. Elle le cache bien, comme une pro. Tout ça est enterré profondément en elle, enfoui sous la surface.

Je respecte vraiment le mal qu'elle se donne à essayer d'aller bien. J'aimerais juste qu'elle me laisse lui montrer comment s'abandonner, comment s'autoriser à avoir mal. Je veux lui prendre sa douleur.

Elle est affalée sur le canapé. Je peux voir qu'elle est épuisée à ses yeux, à la façon dont elle se tient. Je la laisse assise là, tête renversée et jambes écartées, pour aller m'assurer que ma chambre n'est pas une porcherie sans nom. Je change les draps, ajoute une couverture puis retourne lui dire qu'elle peut aller s'allonger dans mon lit. Elle s'est déjà endormie, elle n'a pas changé de position. Je la soulève sans le moindre effort. Elle est aussi légère qu'une plume, comme si elle était vraiment une fée, faite de verre, de magie, de porcelaine délicate, une fée qui aurait l'air plus solide qu'elle ne l'est vraiment. Je la couche sur le lit, je lui enlève ses chaussures, puis je débats avec moi-même sur le fait de lui enlever ou non son pantalon.

De façon assez égoïste, je décide de le lui enlever. C'est vrai que, personnellement, je déteste dormir en pantalon, j'imagine donc qu'elle n'aime pas ça non plus. J'ouvre le bouton, fais glisser sa braguette, agrippe son jean au niveau des hanches et tire. Elle gigote, soulève ses hanches et je le descends jusqu'à ses genoux. La vue de ses cuisses, de sa peau pâle et laiteuse est presque insoutenable, surtout avec son petit string jaune qui recouvre son tendre V dans lequel j'aimerais désespérément plonger mon visage, mon corps. Je ne peux pas m'empêcher de tracer doucement une ligne avec mes doigts le long de sa cuisse, un geste bref, mais c'est déjà trop. Et tellement pas assez.

Je m'arrête et passe mes mains sur mon visage, dans mes cheveux, je lutte pour me contrôler.

Je tourne la tête, ferme les yeux et lui enlève complètement son jean.

Je suis en train de dégager ses pieds quand elle se met à parler, endormie et dans les vapes. Putain, c'est pas possible d'être aussi adorable.

– Tu m'as déjà vue en culotte. Alors pourquoi tu fais ton timide ?

Je remonte la couverture jusqu'à son cou et elle pose ses coudes par-dessus, en me regardant avec ses longs cils qui s'agitent et ses cheveux blond vénitien emmêlés qui caressent ses traits parfaits. Je recule avant de céder à la tentation de dégager ses cheveux de son visage avec le bout calleux de mes doigts. Je n'arrive pas à lire l'expression sur son visage. Elle a l'air si vulnérable, comme si toute la douleur qui bouillait en elle remontait et que, maintenant que le sommeil l'envahissait, elle avait du mal à la contenir.

– C'est nul ce que je viens de faire, dis-je. Je n'aurais pas dû. Tu dormais, je ne voulais pas…

– C'était gentil, dit-elle en me coupant la parole.

– Je suis beaucoup de choses, fée Clochette, mais la gentillesse ne fait pas partie de mes qualités.

Je passe la main dans mes cheveux, par nervosité.

– J'ai fermé les yeux pour me retenir de te caresser pendant que tu dormais.

Ses yeux s'agrandissent.

– Tu avais envie de me caresser ?

Je n'arrive pas vraiment à étouffer un rire incrédule, elle ne comprend pas à quel point j'ai envie d'elle. Tant mieux. Il ne faut pas qu'elle sache.

J'avance vers elle, vers le lit et je n'arrive pas à trouver la force de résister. Une mèche de ses cheveux recouvre sa pommette sculptée. Je la dégage. Maudite soit ma faiblesse.

– Tu n'as pas idée, Nell.

Je recule avant que ma bouche ou mes mains ne me trahissent encore plus.

– Dors et pense à du bleu.

Elle grogne :

– « Pense à du bleu » ?

– C'est une technique que j'ai apprise pour éviter les cauchemars. En m'endormant, je pense à quelque chose de bleu. Pas des objets bleus, juste… un sentiment de bleu infini et absolu. Le bleu de l'océan, le bleu du ciel.

– Le bleu de tes yeux.

Sa voix est d'une douceur impénétrable. Je secoue la tête en souriant.

– Si c'est ce qui te calme, alors oui. L'idée, c'est de penser à une couleur apaisante. De l'imaginer flotter à travers toi, en toi, autour de toi, jusqu'à être toi-même cette couleur.

Je hausse les épaules.

– Ça m'a aidé.

– Tu rêves de quoi ?

Ses yeux sont réveillés et perçants. Je vais éteindre la lumière et dis sans la regarder :

– Rien d'important. Des mauvaises choses. Des choses du passé.

Je me retourne pour l'observer et ses yeux sont à nouveau tristes.

– Dors, Nell.

Je ferme la porte derrière moi et me réfugie dans la cuisine. Il est presque cinq heures du matin et je suis plus que fatigué. J'étais debout à sept heures hier pour finir de réparer un Hemi et les gars seront là pour bosser sur la Mustang vers huit heures. Je finis par écrire un mot qui dit que je serai absent aujourd'hui et le scotche sur la porte du garage. Ils savent quoi faire. C'est l'avantage d'être le patron, je suppose. Je me traîne en haut des escaliers et m'écroule sur le canapé, les yeux lourds mais le cerveau à plein régime.

Je ne vais jamais réussir à m'endormir à ce rythme-là. Je jure dans ma barbe en essayant de refouler l'image des cuisses nues de Nell, me suppliant de les caresser. Ça ne marche pas.

Aux grands maux, les grands remèdes. Dans le tiroir du haut de ma commode, il y a une petite trousse à pharmacie. Je la garde pour ce genre de situations, quand je n'arrive pas à dormir, quand je n'arrive pas à m'arrêter de cogiter. C'est un reliquat des mauvais jours. Je ne me souviens même pas de la dernière fois où je m'en suis servi, sincèrement.

J'ai laissé tomber les beuveries, les cigarettes, la beuh, et tout un tas d'autres conneries le jour où j'ai décidé de reprendre ma vie en main. Mais de temps en temps, rarement, on a tous besoin d'un petit peu de *weed*. J'éteins le pétard et range la trousse. Je suis enfin allongé sur le canapé, en train de m'endormir, quand je l'entends soudain.

Un son aigu et strident. Un bruit étrange, effrayant, stressant. Comme si elle luttait avec chaque fibre de son corps pour ne pas pleurer, les dents serrées. Je peux presque la voir se balancer d'avant en arrière, ou pliée en position fœtale.

Trois secondes plus tard, je suis dans la chambre et je la serre contre moi. Elle tient parfaitement sur mes genoux, contre mon torse, dans mes bras. Elle frissonne, tremble, tous ses muscles sont tendus. Je coiffe ses cheveux en arrière avec mes doigts, prends sa joue dans ma main et sens la tension de sa mâchoire. Le bruit vient de loin au fond d'elle, il remonte du tréfonds de son âme. Ça me brise le cœur. Ça me fend l'âme.

– Nell. Regarde-moi.

Je lui prends le menton et elle se dégage. Elle s'enfouit dans mon torse, comme si elle voulait grimper entre mes côtes et se blottir dans cet espace entre mon cœur et mes poumons.

– OK. Très bien. Ne me regarde pas. Mais écoute-moi.

Elle secoue la tête et ses doigts serrent si fort mon biceps que j'en aurai un bleu demain.

Elle a une force incroyable.

– Tu ne vas pas bien, lui dis-je.

Ça l'interpelle, elle ne s'attendait pas à ça.

– Tu n'as pas à aller bien.

– Qu'est-ce que tu veux de moi ?

Sa voix est éreintée, désespérée.

– Je veux que tu t'autorises à exploser en mille morceaux. Que tu t'autorises à souffrir.

Elle secoue de nouveau la tête.

– Je ne peux pas. Si ça sort, ça ne s'arrêtera jamais.

– Si, ça s'arrêtera.

– Non, ça ne s'arrêtera pas. Ça ne s'arrêtera pas. Il y a trop de choses.

Elle frissonne, prend une courte inspiration et secoue la tête, enfermée dans son déni.

– Ça n'arrêtera jamais de sortir, et je serai vide.

Elle essaie de se dégager de mon étreinte, je la laisse faire. Elle trébuche hors du lit, tombe à quatre pattes sur le sol, s'éloigne en rampant et finit par se ruer dans la salle de bains. Je l'entends vomir, avoir des haut-le-cœur et réprimer ses sanglots. Je me lève et m'arrête sur le seuil de la porte, je la regarde. Elle agrippe son avant-bras, les ongles plantés si profond que des filets de sang coulent sous ses griffes.

La douleur pour remplacer la douleur.

Je m'approche d'elle, prends son menton dans ma main et la force à me regarder. Elle ferme les yeux et se dégage. La vue du sang me fait paniquer. Je ne peux pas la regarder se faire du mal. Je lutte avec sa main, mais elle se défend et si je la force, elle va se faire encore plus mal.

Il faut que je sache ce qui torture cette fille. Ce qui la dévore.

– Dis-moi.

Je murmure les mots, rauques et bruts dans la salle de bains sombre. L'aube grise perce à travers les vitres sales.

– Il est mort.

– Ça ne suffit pas.

– C'est tout en général.

Je soupire profondément, je lance un regard noir au-dessus de sa tête. Elle le sent et finit par me regarder avec ses yeux rouge sang. Ses yeux tristes, hantés et en colère.

– Putain, arrête de me mentir, Nell.

Les mots sont grinçants et trop durs. Je les regrette mais j'enchaîne.

– Dis-moi.

– Non !

Elle me pousse si fort que je tombe.

Elle plonge en arrière, se recroqueville en boule devant les toilettes, à côté de la baignoire. Je m'agenouille, je rampe vers elle comme si je m'approchais d'une hirondelle blessée et paniquée. C'est ce que je fais en substance, à dire vrai. Elle griffe ses cuisses de bas en haut, ça laisse des traces d'ongles rouges et irrégulières. J'attrape ses mains et les immobilise. Dieu qu'elle est forte. Je laisse échapper un autre soupir, puis je la soulève à nouveau dans mes bras et la porte jusqu'à la chambre.

Je la berce contre moi tout en m'installant sur le lit. Je glisse avec elle jusqu'à ce que sa tête soit nichée dans ma poitrine. Je la serre fort contre moi, tenant fermement ses deux poignets dans une de mes mains.

Elle est gelée, contractée. Je respire lentement et avec régularité, caresse ses cheveux de ma main libre. Elle se détend peu à peu. Je compte ses respirations, elle se calme et se liquéfie dans mes bras, endormie. Son corps sursaute encore un peu tandis qu'elle sombre dans le sommeil.

J'attends, je reste éveillé, je sais ce qui va se passer.

Elle se remet à gémir, se tord, commence à sangloter et puis elle se réveille et fait à nouveau ce bruit horrible avec sa gorge. Je la serre fort, je ne veux pas la lâcher. Elle se débat tout en se réveillant.

– Lâche-moi ! grogne-t-elle.

– Non.

– Putain, lâche-moi, Colton.

Sa voix est à la fois minuscule, effrayée, vulnérable et violente.

– Toi, lâche-toi.

– Pourquoi ?

Elle a la gorge nouée.

– Parce que te raccrocher à ça est en train de te tuer.

– Tant mieux.

Elle se débat encore, elle essaie de se défaire de mon étreinte.

– Il y a si peu de poitrines parfaites en ce monde, ce serait dommage d'abîmer la tienne.

Elle arrête de s'agiter et se met à rire.

– Tu viens quand même pas de citer *Princess Bride* ?

– Peut-être.

Elle rit et son rire se transforme en un sanglot qu'elle étouffe aussitôt.

Je soupire.

– Très bien. Et si je commençais, moi ?

Je n'en ai vraiment pas envie.

– J'avais dix-sept ans quand je suis arrivé à New York. J'avais cinq dollars en poche, un sac à dos rempli de fringues, un paquet de biscuits salés, une canette de Coca et rien d'autre. Je ne connaissais personne. J'avais eu mon bac de justesse et je pouvais réparer n'importe quel moteur qu'on aurait posé devant moi. En descendant du car, j'ai passé ma première journée à chercher du boulot dans un garage. Personne ne m'a laissé ne serait-ce que postuler. Je n'avais pas mangé depuis deux jours et j'ai dormi sur un banc de Central Park cette nuit-là. Enfin jusqu'à ce que les flics viennent me dire de dégager.

J'ai enfin son attention. Elle est toujours dans mes bras, les yeux levés vers moi. Je parle en regardant le plafond parce que ses yeux sont trop perçants.

– J'ai failli mourir de faim, pour de vrai. Je ne connaissais rien à rien. J'avais grandi à l'abri du besoin, tu connais mon père, tu sais que mes parents ont de l'argent. Je n'avais jamais eu à me cuisiner un repas, à laver mes vêtements. Et tout à coup, me voilà seul dans cette ville de dingues où personne n'en a rien à foutre de personne. L'homme est un loup pour l'homme, etc.

– Comment as-tu fait pour survivre ?

– Je me suis retrouvé dans une bagarre.

Je ris.

– J'avais trouvé un petit coin tranquille sous un pont pour dormir et ce vieux clodo débarque et me dit que c'est son coin et qu'il faut que je dégage. Et vu que ça faisait des jours que je n'avais pas vraiment dormi, je n'avais aucune intention de bouger. Alors on s'est battu. C'était vraiment n'importe quoi. Un triste spectacle. J'étais affamé, fatigué et effrayé et il était vieux, costaud et violent. Mais j'ai gagné. Un type a vu toute la scène. Il est venu me voir après ma victoire et m'a demandé si je voulais me faire cent dollars en quelques minutes. Je n'ai même pas hésité. Il m'emmène dans un vieux hangar d'un quartier pourri, je ne sais où. Une ruelle de Long Island peut-être. Il me donne à manger et une bière fraîche. J'étais un autre homme après ça. Il me conduit à la cave du hangar où un groupe de personnes en cercle hurlent et applaudissent. J'entends des mecs qui se battent.

Nell retient son souffle et je sais qu'elle comprend où toute cette histoire mène.

– Ouais. J'ai gagné. Le mec contre qui je me suis battu était baraque mais lent. J'avais eu mon lot d'emmerdes au lycée, donc je savais me battre. Ce mec était juste grand et costaud, mais il n'avait aucune technique. J'ai fait trois combats ce soir-là, tous à la suite. J'ai pris une sacrée raclée pendant le dernier, mais j'ai gagné. Je me suis fait quatre cents dollars et c'est comme ça que j'ai commencé. Et puis j'ai rencontré Split. Il avait assisté à un des combats et m'a proposé un boulot, enfin en quelque sorte. Il a dit qu'il avait besoin de quelqu'un pour jouer les gros bras, collecter des dettes, faire peur aux gens. Faire peur aux gens, ça, je savais le faire. J'ai donc suivi Split et je… bon, c'était pas du combat à mains nues. Surtout de l'intimidation. Les gens lui étaient redevables, pour un service, pour de la drogue… je réglais le problème. C'est comme ça que j'ai connu Split, comme ça que je me suis retrouvé avec les Five-One Bishops.

– Un gang ?

– Oui, Nell. Un gang, dis-je en soupirant. Ces gars-là, c'était ma famille. Mes amis. Ils m'ont nourri, m'ont donné un lit dans lequel dormir. Ils m'ont donné de l'alcool à boire, de la *weed* à fumer et des filles à emballer. Désolé, mais c'est vrai. Je suis pas fier de certains trucs que j'ai faits, mais ces mecs, c'était ma famille. Des types bien à leur manière, pour la plupart d'entre eux. Ils ne m'auraient jamais trahi, quoi qu'il arrive. Ils étaient toujours de mon côté, sans jamais poser de questions. Aujourd'hui encore, alors que ça fait des années que je suis plus dans le circuit, que je suis *clean*, que j'ai ma propre affaire, si je les appelais, ils débarqueraient dans la seconde et feraient ce que je leur dirais sans sourciller.

– Comme Split ce soir.

J'acquiesce dans ses cheveux.

– Exactement.

– Dis-moi la vérité, Colton. Où est-ce qu'il a emmené Dan ?

Je hausse les épaules.

– Sincèrement, je ne sais pas. Je lui ai dit que je voulais pas savoir. J'ai dit à Split que je ne voulais pas d'un cadavre sur la conscience, mais je lui ai aussi dit que je ne voulais pas qu'il t'ennuie à nouveau. Donc oublie-le.

Il y a un long silence et je sais qu'elle réfléchit.

– Est-ce que t'en as ?
– Est-ce que j'ai quoi ?
– Des cadavres sur la conscience ?
Je ne réponds pas.
– C'est important ?
– Oui. Pour moi, ça l'est.
– Oui, j'en ai.
J'hésite pendant un long moment.
– Tu ne peux pas comprendre cette vie-là, Nell. Tu ne peux juste pas. C'était une question de survie.
– Je crois que ça, je peux le comprendre.
– Mais ?
Elle soupire.
– Je ne comprends pas pourquoi tu es venu ici sans argent. Et la fac ? Pourquoi tes parents ne t'ont pas aidé ? Est-ce qu'ils savent ce que tu as dû faire pour survivre ?
Je secoue la tête et scrute mes poings.
– Ça, c'est une autre histoire.
– À mon tour ?
– Oui, dis-je. À ton tour.
– Tu la connais, l'histoire, Colton. Kyle est mort.
Je grogne au fond de ma poitrine.
– Il y a autre chose.
Je brandis son poignet pour y suivre du doigt les cicatrices.
– Ça ne suffit pas pour que tu t'infliges ça.
Elle met tellement de temps à répondre que je me demande si elle ne s'est pas endormie. Elle finit par parler et quand elle le fait, c'est dans un murmure râpeux. Je respire à peine, j'ai peur de l'interrompre.
– On était dans le nord. Dans la maison de tes parents. On sortait ensemble depuis deux ans et on était vraiment excité à l'idée de passer un week-end tous les deux, comme des adultes. On avait eu droit au sermon

sur la prudence de la part de tes parents et des miens, même si cela faisait déjà presque deux ans qu'on couchait ensemble à cette époque. Jusque-là, ça avait été la politique de l'autruche, je suppose. Je ne sais pas. En tout cas on a passé un super séjour. On a nagé, on a fait des feux, on a fait l'amour. Je… oh mon Dieu… mon Dieu… Je ne peux pas.

Elle lutte si fort contre ses émotions. Je passe ma main dans ses cheveux et lui gratte le dos. Elle continue, la voix serrée mais un peu plus déterminée.

– Il y a eu de l'orage le dimanche, le dernier jour. La pluie tombait si fort qu'on n'y voyait rien, le vent soufflait comme en enfer. Je n'avais jamais vu le vent souffler comme ça, jamais, ni avant ni depuis. Ces énormes pins autour de la maison étaient presque pliés en deux.

Elle s'arrête, essoufflée, comme épuisée, et elle continue d'une voix plus douce, plus vulnérable.

– Un arbre est tombé. Il aurait dû m'écraser… il a *failli* m'écraser. Je l'ai regardé me tomber dessus, j'étais incapable de bouger. Dans certains de mes cauchemars, c'est cet instant que je revis, encore et encore, cet arbre qui tombe sur moi. Et ça, ce sont les cauchemars agréables et simples. Une nanoseconde avant que l'arbre ne me réduise en bouillie, Kyle m'a poussée hors de sa trajectoire. Je veux dire, il m'a carrément taclée, comme au football. Il m'a poussée et je me suis envolée. J'ai atterri sur mon bras. Je ne me souviens pas d'avoir percuté le sol. Tout ce que je me rappelle, c'est d'avoir repris mes esprits et d'avoir senti la douleur m'envahir, d'avoir vu un os sortir de mon avant-bras. Il était cassé en deux, presque à l'angle droit.

J'entends à peine les mots qui suivent.

– J'aurais dû mourir. Il m'a sauvée. L'arbre est tombé sur lui plutôt que sur moi. Il l'a écrasé. Putain, il l'a brisé en mille morceaux. Une branche s'était cassée et l'avait… et l'avait empalé. Je peux encore voir le sang sortir de sa bouche… bouillonner sur ses lèvres comme de la mousse. Son souffle… on aurait dit un sifflement. Il… je l'ai regardé mourir. Je ne connaissais même pas l'adresse de la maison et c'est lui, c'est lui qui me l'a dictée en mourant pour que je la donne à l'ambulance. Celle qui n'est pas arrivée à temps pour le sauver. Je me suis déchiré les ongles à essayer de déplacer ce putain d'arbre. Je suis tombée dans la boue et je me suis cassé le bras un peu plus. C'est celui-là, le pire de mes cauchemars : me revoir allongée dans la boue et le regarder mourir. Voir… voir la lumière quitter ses yeux. Ses beaux yeux noisette. « Je t'aime », voilà les derniers mots qu'il a dits.

Je n'ose pas parler. Elle tremble si fort, j'ai presque peur qu'elle fasse une crise d'épilepsie. Elle va bientôt craquer.

– Ce que je vois aussi, chaque nuit, c'est sa chaussure. On avait été dîner dans un restaurant italien assez chic. Il portait ses chaussures de ville. Celles en cuir noir. Avec ces pompons ridicules sur le dessus. Je détestais ces chaussures. Quand l'arbre lui est tombé dessus, le choc a été si violent qu'une des chaussures a valdingué. Je vois cette chaussure, dans la boue. Maculée de boue marron, comme de la merde. Je vois cette putain de chaussure de merde, avec les pompons.

Il faut que je lui dise. Elle va se mettre en colère, mais il faut que je lui dise.

– Ce n'était pas ta faute.

– NE DIS PAS ÇA ! TU N'EN AS AUCUNE IDÉE, PUTAIN !

Elle hurle tellement que mes oreilles résonnent.

– Alors raconte-moi, dis-je en murmurant.

– Je ne peux pas. Je ne peux pas. Je ne peux pas.

Elle secoue la tête, d'un côté à l'autre, elle refuse de craquer.

– C'était ma faute. C'est moi qui l'ai tué.

Un sanglot léger, puis un sanglot long, déchaîné.

– C'est des conneries. Il t'a sauvée. Il t'aimait. Tu ne l'as pas tué.

– Tu ne comprends pas. Je l'ai vraiment tué. On se disputait. Si j'avais simplement dit oui, il serait en vie. Tu ne comprends pas. Tu ne… tu ne… tu ne peux pas savoir. Personne ne sait. Si j'avais simplement dit oui, il serait en vie. Mais j'ai dit non.

– Dit oui à quoi ?

Elle frissonne, sa respiration semble douloureuse, elle refuse encore et toujours d'exploser. Elle murmure les mots et je sais qu'ils la brisent, une fois pour toutes.

– Il m'a demandé de l'épouser. J'ai dit non.

– Tu avais dix-huit ans.

– Je sais. Je sais ! C'est pour ça que j'ai dit non. Il voulait aller à Stanford et moi, je voulais aller à Syracuse. Je serais allée à Stanford avec lui, juste pour être avec lui, mais… Je ne pouvais pas l'épouser. Je n'étais pas prête à me fiancer, pas prête à me marier.

– C'est compréhensible.

– Tu ne captes pas, Colton. Tu… tu ne captes pas.

Des hoquets maintenant, des mots prononcés en bégayant.

– Il m'a demandé de l'épouser dans la voiture. Je suis sortie, j'étais en colère qu'il ne comprenne pas pourquoi je disais non. Il m'a suivie. On est resté dehors à s'engueuler. J'étais sur le perron. Les minutes ont passé comme ça, lui dans l'allée, moi sur le perron. On aurait dû rentrer, mais on ne l'a pas fait. La pluie avait cessé, mais le vent soufflait plus fort que jamais. J'ai entendu l'arbre craquer. On aurait dit un canon qui détonait.

– Tu ne l'as pas tué, Nell. Ça, non. Dire non ne voulait pas dire que…

– Tais-toi. Juste… tais-toi. J'ai dit non. Il a pensé que ça voulait dire que je ne l'aimais pas. On a perdu tellement de temps dehors, dans la trajectoire de l'arbre. Si j'avais dit oui, tout simplement, si j'étais rentrée avec lui, l'arbre nous aurait manqué tous les deux. Manqué moi, manqué lui. Il serait en vie. J'ai hésité et il est mort. Si je ne m'étais pas figée sur place, si j'avais bougé… un saut vers la gauche ou vers la droite. J'aurais pu. Mais je me suis figée. Et il m'a sauvée… et… et il est mort. Il est parti et c'est ma faute.

– Ça ne l'est pas !

– TAIS-TOI !

Elle le crie dans ma poitrine.

– Je l'ai tué. Il est mort et c'est ma faute… ma faute. Je veux qu'il revienne.

Voilà, un murmure éclaté et je sens enfin les larmes tièdes et humides contre mon torse.

C'est d'abord silencieux. Je me dis qu'elle attend peut-être que je lui fasse une remarque sur sa faiblesse. Je ne le fais pas, bien entendu. Je la serre. Mais je ne lui dis pas que ça va aller.

– Mets-toi en colère, dis-je. Souffre. Sois brisée. Pleure.

Elle secoue la tête, des mouvements minuscules d'un côté à l'autre, un déni, un refus futile. Futile parce qu'elle est déjà en train de pleurer. Le gémissement est d'abord aigu, haut dans sa poitrine. Comme une lamentation.

Un jour dans une ruelle, j'ai vu un chaton assis à côté de sa mère. La chatte était morte, de vieillesse ou d'autre chose, je ne sais pas. Le chaton lui caressait l'épaule avec sa petite patte en miaulant. C'est ce miaulement continu qui était déchirant, inhumain. Comme un cri qui disait :

Que vais-je devenir ? Comment vais-je survivre ? Comment faire pour continuer ?

C'est le même cri qui sort de Nell. Mais infiniment pire. Putain, c'est à fendre le cœur, c'est une telle souffrance de l'entendre que je n'arrive plus à respirer. Parce que je ne peux rien faire d'autre à part la serrer contre moi.

Elle se met à se balancer dans mes bras. Elle agrippe si fort mes épaules nues qu'elle va me déchirer la peau mais je m'en fous, parce que ça lui évite de se faire du mal à elle. Ses sanglots n'en finissent plus, ils sont déchirants, ils la transpercent et, mon Dieu, elle a deux ans de larmes refoulées qui sortent d'un coup. C'est violent.

Je suis incapable de dire pendant combien de temps elle pleure. Le temps s'arrête et elle pleure, pleure et pleure encore. Elle m'agrippe et fait ce bruit d'une âme qu'on déchire en deux. La peine qu'elle a si longtemps niée vient récolter ce qui lui est dû.

Le chagrin caillé est bien plus puissant.

Ses larmes brillent sur mon torse. Mes épaules ont des bleus. Je suis raide et endolori de la tenir dans mes bras sans bouger. Je suis épuisé. Tout ça n'a aucune importance. Je la tiendrai jusqu'à ce qu'elle s'endorme.

Les larmes finissent par se calmer et elle pleure doucement. C'est l'heure de la réconforter.

Je ne connais qu'une façon de le faire, je chante :

Apaise tes larmes, enfant perdu.
Ne supplie plus qu'on te console.
Tout va bien désormais.
Tout va bien désormais.
Arrête de pleurer, sèche tes larmes.
Repousse la douleur, pose-la par terre et laisse-la aux oiseaux.
Ne souffre plus, enfant perdu.

Lève-toi et marche, avance et que chaque pas soigne ta blessure.
Ça ne va pas, tout va mal.
Je sais, je sais.
La nuit est longue, elle est sombre et cruelle.
Je sais, je sais.
Tu n'es pas seul. Tu n'es pas seul.
Tiens bon, encore un jour.
Tiens bon, encore une heure.
Quelqu'un va venir te chercher.
Quelqu'un va te serrer contre lui.
Je sais, je sais.
Ça ne va pas, tout va mal.
Mais si tu tiens bon,
Encore un jour, encore une heure,
Ça ira. Ça ira.

Nell se tait, elle me fixe avec ses yeux gris-vert translucides comme une pierre parsemée de mousse. Elle a compris tous les mots, elle a entendu le cri de l'enfant perdu.

– C'est toi qui as écrit ça ? demande-t-elle.

Je fais oui de la tête, mon menton frotte le haut de son crâne.

– Pour qui ?

– Pour moi.

– Mon Dieu, Colton.

Sa voix est usée par les pleurs, éraillée. Sexy.

– C'est tellement triste.

– C'est comme ça que je me sentais à l'époque.

Je hausse les épaules.

– Je n'avais personne pour me consoler, alors j'ai écrit une chanson pour le faire moi-même.

– Ça a marché ?

L'absurdité de la question m'arrache un soupir.

– Si je la chantais suffisamment de fois, je finissais par réussir à m'endormir, donc ouais, en quelque sorte.

Je finis par la regarder, je veux dire dans les yeux. C'est une erreur. Elle a de grands yeux déterminés, pleins de tristesse, de blessures du cœur et de compassion. Ce n'est pas de la pitié. Je deviendrais fou si je voyais de la pitié dans ses yeux, tout comme elle si elle en voyait dans les miens.

La compassion et la pitié, ce sont deux choses différentes : la pitié, c'est regarder quelqu'un de haut, être désolé pour lui mais ne rien lui proposer. La compassion, c'est voir sa douleur et lui offrir sa compréhension.

Elle est tellement belle. Je suis perdu dans ses yeux, incapable de regarder ailleurs. Ses lèvres, rouges, pincées, comme si elles me suppliaient de l'embrasser, sont trop proches pour que je les ignore. J'ai soudain conscience de son corps contre le mien, de ses seins ronds écrasés contre moi, sa jambe, sa cuisse voluptueuse, pâle comme la crème la plus blanche, enroulée autour de la mienne. Sa paume, ses longs doigts légèrement pliés, posés sur mon épaule. Un éclair parcourt ma peau à chaque endroit où elle me touche. Je ne respire plus. Pour de vrai, mon souffle est coincé dans ma gorge, bloqué par mon cœur qui s'est installé dans ma trachée.

J'ai envie de l'embrasser. J'en ai besoin. Ou je ne vais peut-être plus jamais respirer.

Je suis un connard donc je l'embrasse. Elle mérite la plus grande douceur, mes lèvres sont des plumes sur les siennes, comme un effleurement. Je sens chaque relief, chaque creux de ses lèvres, elles sont gercées, fendues et dures d'avoir pleuré, d'avoir soif. Je les humidifie avec les miennes, les embrasse chacune individuellement. D'abord la supérieure, je la caresse entre les deux miennes, je la goûte. Elle laisse échapper un soupir.

J'ai l'impression que c'est bon. Je crois qu'elle en a envie. J'étais sincèrement terrifié à l'idée qu'elle se mette en colère, me gifle et s'en aille. Qu'elle me dise qu'elle ne peut pas supporter un baiser de la part d'un monstre assoiffé de sang comme moi. Je ne la mérite pas, mais je suis un trou du cul, un connard égoïste, alors je prends ce que je peux de sa part et je m'assure de lui donner ce que j'ai de mieux.

Elle ne me rend cependant pas mon baiser. Elle glisse sur mon corps et ses doigts pliés se resserrent sur mon torse, mais sa bouche ? Elle se contente d'attendre et laisse ma bouche la réclamer. Je prends sa lèvre inférieure entre mes dents, toujours avec une extrême douceur. Ma paume, ma patte abîmée et calleuse écorche sa joue, réajuste une boucle rebelle derrière son oreille. Elle me laisse faire. Qu'elle est naïve. Laisser une brute dans mon genre l'embrasser, la toucher. J'ai peur que l'huile sous mes ongles ne tache sa peau.

Elle enfouit son visage dans ma paume. Elle ouvre sa bouche dans la mienne, elle m'embrasse. C'est le paradis. Putain que cette fille embrasse bien. Mon souffle n'a jamais vraiment quitté ma gorge et le voilà qui s'échappe de moi tellement je suis estomaqué par ce qui est en train de se passer, par le fait qu'elle y participe activement elle aussi.

Je ne sais pas pourquoi. C'est pas comme si j'étais un mec bien. Je suis un sale type. Je l'ai juste tenue dans mes bras quand elle a pleuré. C'est tout ce que je pouvais faire.

J'arrête ce baiser avant qu'il n'aille plus loin. Elle se contente de me regarder, les lèvres légèrement écartées, humides et juteuses comme des cerises rouges, tellement rouges. Et merde, je suis incapable de résister et je plonge pour un autre baiser. J'ai faim de sa beauté, ça se sent à travers mon baiser. Elle me le rend avec une ferveur équivalente, se déplace pour être complètement sur moi et elle ne s'arrête pas quand ma main dérive sur ses cheveux, derrière sa nuque, le long de son dos jusqu'au creux de ses reins, juste au-dessus de la courbe de son cul. Je n'ose pas la toucher à cet endroit.

C'est de la folie. Qu'est-ce que je suis en train de faire, putain ? Elle vient de chialer toutes les larmes de son corps, elle a pleuré pendant des heures. Elle cherche à se consoler, à s'oublier. Je ne peux pas la prendre comme ça.

Je m'arrête à nouveau et glisse loin d'elle.

– Où vas-tu ? demande-t-elle.

– Je n'arrive pas à respirer quand tu m'embrasses comme ça. Quand tu me laisses t'embrasser. C'est… Je ne suis pas un type bien. Pas bien pour toi. Ce serait profiter de toi.

Je secoue la tête et me retourne pour ne pas voir la confusion dans son regard, la déception. Je recule, serre les poings, je suis en colère contre moi-même. Elle a besoin d'un type mieux que moi.

J'attrape ma guitare et la sors de son étui souple. Je me dirige vers les escaliers de secours, grimpe les marches délabrées et grinçantes qui mènent au toit, une bouteille de Jameson à la main. Je me laisse tomber négligemment dans un vieux fauteuil que j'ai monté jusqu'ici rien que pour ça. Le cuir est usé, abîmé par les intempéries et le temps. Je dévisse le bouchon de la bouteille et avale une grande gorgée. Je m'écroule, les pieds en l'air posés sur la barrière du toit. Et je regarde la brume grise et rose de l'aube qui se précipite en grattant les cordes, ma guitare sur le ventre.

Je finis par me redresser et commence à travailler sur cette chanson que je suis en train d'apprendre, *The Girl* de City and Colour. Je le regrette aussitôt car les paroles me rappellent tout ce pour quoi je ne mérite pas Nell. Mais cette chanson est si envoûtante que je suis plongé dedans un instant. Je l'entends à peine quand elle monte l'escalier.

– Tu as tellement de talent, Colton, dit-elle quand j'ai fini.

Je fais les gros yeux.

– Merci.

Elle a remis son jean et tient une de mes autres guitares à la main. Il y a un fauteuil orange délabré perpendiculaire au mien, elle s'y installe, croise les jambes et pose délicatement la guitare sur ses genoux.

– Joue-moi quelque chose, dis-je.

Elle hausse les épaules, embarrassée.

– Je suis nulle. Je ne connais qu'une ou deux chansons.

Je fronce les sourcils.

– Tu chantes comme un ange. Sérieux. Tu as la voix la plus claire, la plus douce que j'ai jamais entendue.

– Je suis complètement nulle en guitare, en revanche.

Elle joue pourtant, même en disant ça.

– Oui.

Je suis d'accord.

– Mais ça n'a aucune importance une fois que tu commences à chanter. Continue à jouer, continue à t'entraîner, tu vas t'améliorer.

Elle fait de grands yeux, comme moi il y a une minute, et se met à gratter les cordes. Je ne reconnais pas la mélodie du premier coup. Il faut que j'attende le premier refrain pour que la chanson me revienne. C'est un air doux et entêtant, une mélodie suave et triste. Les paroles sont… désuètes, mais je les comprends. Elles sont à la fois adorables et sensuelles. Nell chante *My Funny Valentine* d'Ella Fitzgerald. Enfin, c'est la version que je connais de cette chanson. J'en ai entendu douze différentes, mais je crois que c'est elle qui l'a rendue célèbre.

La façon dont Nell se l'approprie… sa voix est un peu aiguë pour la chanson, mais la difficulté avec laquelle elle atteint les notes basses les rend encore plus ardentes. Comme si le désir devenait quelque chose de palpable, de si présent en elle qu'elle ne pouvait pas chanter juste de toute façon.

Elle perd le fil à la fin de la chanson, mais je lui fais signe de continuer et elle pince quelques cordes. Elle est pensive, silencieuse, puis elle entame un autre air de blues lancinant. Oh mon Dieu, c'est tellement parfait. Elle chante *Dream a Little Dream of Me.* Louis Armstrong et Ella. Bon sang que j'aime cette chanson. Je ne crois pas qu'elle le sache. Elle est sincèrement surprise quand je la rejoins parfaitement sur une note de Louis. Elle fait un grand sourire, heureuse, continue à chanter et putain qu'on est bon quand on chante tous les deux ensemble.

Je n'aurais jamais eu l'idée de reprendre des airs de jazz avec un arrangement folk. C'est une intuition géniale, vraiment cool. Je connais la mélodie, je peux donc bidouiller un arrangement pas mal autour du sien.

On termine la chanson et je ne veux jamais arrêter de faire de la musique avec elle. Je tente ma chance et commence *Stormy Blues* de Billie Holiday. C'est un morceau lent et la voix cristalline de Nell et la mienne grave en font une sorte de ballade. C'est pourtant la voix de Billie que j'entends quand je chante. Je l'entends s'échapper d'une fenêtre ouverte de l'immeuble à côté du garage, à l'époque où je venais juste de l'acheter. Mme Henkel avait un faible pour le jazz. Elle était vieille et seule et le jazz lui rappelait son défunt mari, alors elle ouvrait toutes les fenêtres et jouait Billie et Ella, Count Basie et Benny. Et elle dansait et se souvenait. Je l'aidais souvent à monter ses courses et elle me pinçait le cul en m'affirmant qu'elle m'aurait plaqué contre un mur pour me violer si elle avait été un demi-siècle plus jeune. Elle me faisait du thé qu'elle pimentait avec un peu de whisky et on écoutait du jazz.

Je l'ai trouvée dans son lit, les yeux fermés, une photo de M. Henkel posée sur sa grosse poitrine, un sourire sur son visage. Je suis allé à son enterrement, ce qui a choqué au plus haut point son trou du cul de petit-fils plein aux as.

Mon regard doit me trahir car Nell me demande à quoi je pense. Alors je lui raconte l'histoire de Mme Henkel. Nos longues conversations tandis que nous nous saoulions doucement au Earl Grey pimenté. Sa façon de se moquer de mes guenilles et de mes *baggys*. Quand j'ai quitté ce monde-là pour devenir quelqu'un d'honnête, elle était ravie de voir que mes jeans avaient rétréci.

Ce que je ne raconte pas, c'est que passer du temps avec Mme Henkel, c'était typique du Colton égoïste. J'avais quitté tous mes frères du ghetto, tous sauf Split, et je me sentais seul. Mme Henkel était une amie, j'ai eu la chance de fréquenter quelqu'un qui avait une bonne influence sur moi. Elle aurait sûrement pissé dans ses couches si elle avait su la moitié de ce que j'avais fait. Mais je crois qu'elle le savait, vu qu'elle n'a jamais posé aucune question.

J'ai fini par me taire, il n'y avait plus rien à dire sur feu Mme Henkel.

– Explique-moi ce que tu as voulu dire, me demande Nell.

– À propos de quoi ?

Je sais exactement de quoi elle parle, mais je ne peux pas cracher le morceau.

– Pourquoi tu n'es pas un type bien ? Pourquoi ce serait profiter de moi ?

Je pose la guitare sur le côté, prends une gorgée puis lui tends la bouteille.

– Je suis un déglingué, Nell.

– Moi aussi.

– Mais c'est différent. Je ne suis pas quelqu'un de bien. Je veux dire, je ne suis pas le diable, j'ai quelques qualités pour compenser mais…

Je secoue la tête, incapable de trouver les mots justes.

– J'ai fait des trucs moches. J'essaie d'éviter les ennuis aujourd'hui, mais ça n'efface pas ce que j'ai fait.

– Je pense que tu es quelqu'un de bien.

Elle le dit doucement, sans me regarder.

– T'as bien vu ce que j'ai fait à cette tête de nœud de Dan.

Elle grogne.

– Tête de nœud de Dan. Ça lui va bien. Ouais, j'ai vu et ouais, ça m'a fait peur. Mais tu me protégeais. Tu me défendais. Et tu t'es arrêté à temps.

– Je ne voulais pas pourtant.

– Mais tu l'as fait.

Ellc bâille derrière sa main.

– Tu te sous-estimes, Colton. Et tu me sous-estimes quand tu sous-entends que je ne suis pas en mesure de savoir ce que je veux.

– Qu'est-ce que tu veux dire ?

Je sais ce qu'elle veut dire, mais je veux l'entendre mot pour mot.

– Je t'ai embrassé, moi aussi. C'est de la folie, c'est du délire et ça me perturbe. Mais je l'ai fait les yeux ouverts. Je savais ce que je faisais. Je n'étais pas saoule.

Elle me regarde à travers ses longs cils noirs et ses yeux qui me disent les mille choses que sa bouche tait.

J'ai soudain la bouche toute sèche.

– Je n'aurais pas dû t'embrasser.

– Mais tu l'as fait.

– Ouais. C'est parce que je suis un trou du cul. Je n'arrive pas à me retenir quand je suis près de toi.

– Je ne pense pas que tu sois un trou du cul. Je pense que tu es gentil. Doux.

Elle dit ça avec un petit sourire. Je secoue la tête.

– Nan. C'est juste toi. Tu fais ressortir mon côté doux. Je suis un voyou, Nell. Rien d'autre.

– Ex-voyou, rétorque-t-elle.

Je ris.

– Voyou un jour, voyou toujours. Je traîne peut-être plus dans les rues, mais ça fait toujours partie de moi, de ce que je suis.

– Et j'aime bien ce que tu es.

Je me lève, gêné par la tournure que prend cette conversation.

– Il est tard. On devrait aller dormir.

Elle jette un œil au soleil qui perce entre deux immeubles de l'autre côté de la rue.

– Il est tôt, mais oui. Je suis épuisée.

J'attrape sa guitare et sa main pour l'aider à descendre les escaliers. J'aime sentir sa main dans la mienne. Je ne veux pas la lâcher, alors je ne le fais pas. Elle non plus. Elle s'engouffre dans la salle de bains et j'enfile mon short de sport. Je m'autorise enfin à ressentir la douleur de ma bagarre avec Dan. Je m'étire, sens mes côtes me lancer et examine ma dent branlante avec ma langue. La douleur qui pulse me fait cligner des yeux. À cet instant, Nell s'approche de moi avec un gant. Je la regarde, circonspect, puis recule quand elle approche mon visage.

– Ça va, dis-je en grognant.

– Tais-toi et arrête de bouger.

Son geste est bien trop doux pour un connard rugueux comme moi. Elle touche mon menton, me tourne sur le côté, effleure les coupures et les bleus comme si elle avait peur de me faire encore plus mal. J'arrête de respirer tellement elle est proche, tellement son parfum m'enivre, une odeur de shampoing, de citron, de whisky et de femme. Elle tourne encore mon visage, essuie mon autre joue, les yeux plissés, elle se concentre pour enlever les croûtes de sang. Je me suis nettoyé un peu quand elle était sous la douche chez elle, mais apparemment pas assez. Elle essuie ma lèvre supérieure, mon menton, mon front, mes pommettes. Puis elle baisse le gant et passe ses doigts sur mon visage, elle caresse doucement chaque coupure, les explore.

Je ne bouge pas et la laisse me toucher. Ça me fait peur. Elle me regarde comme si elle me voyait pour la première fois, comme si elle essayait de mémoriser mes traits. Son regard est si intense, si implorant. Ses pouces finissent par effleurer mes lèvres, et je lui en mords un, un peu fort.

Ses yeux s'écarquillent et ses narines se dilatent, elle prend une grande inspiration quand je passe ma langue sur la pulpe de son pouce.

Putain, qu'est-ce que je suis en train de faire ? Mais je suis incapable de m'arrêter.

Cette fois, elle se penche. Retire son pouce de ma bouche et le remplace par ses lèvres. Sa langue. C'est du délire. Je ne devrais pas la laisser faire.

Mais si. Mon Dieu, si. Je lui rends son baiser, tout affamé que je suis. On est sur le seuil de ma chambre, à quelques centimètres à peine du lit. Ce serait si simple de lui prendre la main, de l'allonger, de lui enlever ses habits et de…

Je recule brusquement. Elle soupire et c'est un son de déception.

– Tu t'arrêtes encore, dit-elle.

Je me défais de son étreinte à contrecœur. Je suis paumé. J'ai envie d'elle, mais une petite voix enfouie dans mon esprit me dit que c'est mal. Une partie de moi pense que nous sommes faits l'un pour l'autre, me dit de la bercer contre moi et de ne jamais la lâcher. Elle a l'air d'avoir envie de moi, et j'ai envie d'elle… mais je sais – je *sais* – que je ne suis pas assez bien pour elle.

– Il faut qu'on dorme, dis-je. Tu peux prendre le lit.

Je me retourne, mais sa main me retient par le coude.

– Je ne veux pas dormir seule, dit-elle. Je dors seule depuis tellement longtemps. J'ai juste… j'ai envie qu'on me prenne dans les bras. S'il te plaît ?

Elle est à nouveau si vulnérable tout à coup.

Je ne devrais pas. C'est tentant et je n'arrive toujours pas à distinguer clairement le bien du mal. Mais je suis incapable de dire non.

– Je peux le faire, dis-je. Pour être honnête, il n'y a rien qui me ferait plus plaisir.

Nell

9

Les fantômes – une respiration après l'autre

J'ai l'impression que chaque cellule de mon corps me hurle dessus. Je ne suis plus qu'une épave dans ses bras. Le feu brûle encore dans mes veines. C'est une guerre incessante qui se joue dans mon âme, entre culpabilité et apaisement.

Je lui ai dit. J'ai raconté à Colton ma culpabilité secrète. J'ai pleuré. J'ai chialé pendant des heures. Des heures et des heures. Je ne sais même pas combien de temps. Et mon Dieu que ça m'a fait du bien. Mais la culpabilité est toujours là. Je sais que c'est ridicule. Je *sais*, mais je n'arrive pas à m'en défaire.

Et cette culpabilité est multipliée par cent maintenant que je suis dans les bras musclés de Colton. Bon sang, la virilité sauvage et crue de ce type me dépasse. Je ne l'avais pas vu depuis deux ans. Et puis je l'ai aperçu sur ce banc (en train de chanter *cette* chanson pour couronner le tout) et il s'était vraiment étoffé entre-temps. Grave. C'était déjà une masse à l'enterrement, je revois les manches de sa veste de costume sur le point d'exploser. Mais aujourd'hui ? Ma bouche est devenue sèche comme le désert quand je l'ai vu jouer de la guitare aux abords de Central Park. Ses cheveux noir ébène qui recouvraient ses yeux et bouclaient au-dessus de son col, en désordre, hirsutes, parfaits. Ses yeux, eux, n'ont pas changé, deux saphirs qui vous transpercent l'âme. Mais son corps ? Oh mon Dieu, mon Dieu, *ohmondieu.*

Les tatouages ont fait de son torse une fresque vivante, de la poésie dessinée le long de ses côtes, un dragon sur son épaule droite, crachant du feu sur un kanji japonais, les flammes qui se répandent comme un incendie sauvage jusqu'en bas de son dos et se transforment en un soleil doré le long de sa colonne. Le soleil a un côté désuet, on dirait presque une rose des vents. Une pin-up en ombre chinoise sur son bras gauche, d'autres écritures sur les côtes opposées, du latin je crois. Des notes de musique éparpillées sur ses deux avant-bras, des étoiles, des soleils, des crânes et des os, des croix, tout se mélange, fusionne et se rejoint. C'est une œuvre d'art sur sa peau. Un chef-d'œuvre de muscles virils, durs, massifs et épais.

Il est terrifiant. Une puissance violente, une brutalité primitive. Il a massacré Dan. Il s'est pris une bonne raclée au passage mais il a l'air de se moquer complètement de son nez cassé, des marques sur ses côtes et sa poitrine, des coupures sur son visage. Dan était un monstre et Colton l'a réduit en bouillie sans effort.

C'était la chose la plus sexy que j'aie jamais vue, et la plus effrayante aussi. La furie de Colton était animale, si terrible et si brûlante qu'elle en devenait palpable. Ses yeux étaient ceux d'un guerrier froid et calculateur, aussi terrifiant qu'une furie de glace.

Je suis absolument incapable de lui résister.

Il a envie de moi mais refuse de céder. Ce que je comprends, vraiment.

C'est le frère de mon petit ami décédé. C'est tout simplement… mal.

Comment vous vous êtes connus, tous les deux ? Oh, on s'est rencontré à l'enterrement de son frère. Son petit frère, mon premier amour.

Super.

Mais Colton est… Je me sens en sécurité avec lui. Il arrive à m'arracher la vérité. La douleur aussi. Colton connaît la douleur. Elle lui est familière, comme une amie intime. Il vit avec elle. La culpabilité aussi.

Colton a des secrets et je veux tous les connaître.

Je veux sa bouche sur la mienne. Ses mains sur mon corps. J'en ai besoin. Quand il me touche, je me sens vivante. En sécurité. Protégée, chérie. Colton tuera, littéralement, toute personne qui pourrait me faire du mal. Il a presque tué Dan. Il l'a peut-être fait d'ailleurs.

Je ne veux pas savoir.

Je veux savoir comment Colton a pu se retrouver seul à New York avec un père député. Comment il a pu en arriver aux combats de rue pour survivre. Comment il a fini dans un gang.

Je veux savoir pourquoi Colton refuse de continuer à m'embrasser. Pourquoi il s'arrête chaque fois, pourquoi il pense être mauvais. Mauvais ? C'est la personne la plus extraordinaire qui soit. Il est bourré de talent. Sa voix profonde, grave et éraillée, son talent fou de guitariste, sa passion quand il joue.

Cette chanson qu'il m'a chantée a capella ? La plus belle chose que j'aie jamais entendue. Triste à vous faire trembler. La solitude et le désir de cette chanson étaient dévastateurs. Je ne crois pas qu'elle ait un titre, je ne crois pas que quelqu'un d'autre que moi l'ait entendu la chanter.

Et maintenant ? Oh, maintenant je suis dans ses bras, il me serre fort. Si fort. Je veux me retourner contre son torse et m'y enfouir, m'y lover et laisser l'énergie brûlante de son corps m'envahir. Parce que là, comme ça, l'un contre l'autre, avec son bras autour de ma taille de façon chaste, c'est presque platonique. Presque.

J'ai envie de plus. Devrais-je oser ?

J'ose.

Je me retourne et Colton change de position, son étreinte se défait, il émet un léger bruit de gorge, endormi. Ce petit gémissement me fait sourire. Il est couché sur le côté et ne s'éloigne pas quand je me colle à lui. Je plonge ma tête dans le creux de son cou, fais glisser ma main le long de ses côtes et agrippe son dos. Je respire son odeur, laisse la chaleur de son corps me réchauffer. Oh mon Dieu. Je n'aurais pas dû, toute cette sensation est parfaite, trop. Je ne veux plus jamais dormir dans une autre position. Mon autre bras est plié sous l'oreiller sur lequel repose ma tête, son corps est un refuge, une forteresse dans laquelle je peux me perdre. Je peux sentir son pouls battre dans sa gorge contre mon nez et je compte les pulsations pour m'endormir.

Je m'endors, si sereinement. Pas de rêve. Pas de chaussure vide, ni de boue glissante, ni de salive ensanglantée. Rien que le sommeil. La main de Colton sur ma hanche. Il est possible que j'aie moi-même mis cette main sur ma hanche. Ou peut-être pas. OK, je l'ai fait. Et j'aime ça. Je ne devrais pas, mais j'aime ça.

Je sais désormais que je vais succomber à tout ça. Le temps guérit toutes les blessures, n'est-ce pas ? Eh bien peut-être que j'ai eu suffisamment de temps et que maintenant j'ai besoin de passer à autre chose, de lâcher prise. D'avoir quelque chose qui me rend heureuse après tant d'années de malheur.

Je me réveille en douceur, comme on remonte à la surface d'un lac après y avoir plongé. La première chose que j'entends c'est le pou-poum… pou-poum du cœur de Colton sous mon oreille. Dieu que j'aime ce bruit. Puis je prends conscience de son corps sous moi, dur et doux à la fois. Je suis à moitié allongée sur lui, une partie de mon buste sur sa poitrine et son ventre, ma jambe par-dessus la sienne, mon pied entre les siens. C'est à cet instant que je réalise où est ma main.

Elle est sur son ventre. OK… elle n'est pas vraiment sur son ventre. Elle est un peu plus bas que ça. Beaucoup plus bas. Je recouvre avec ma main une partie de son corps qui est éveillée elle aussi, croyez-moi. Très, très éveillée. Et énorme. Massive. Ma main est *dessus*. Je la tiens.

Oh mon Dieu. Oh merde. Oh mon Dieu.

Sa respiration est régulière, comme un murmure qui va et vient doucement. Il est donc toujours endormi.

Le seul problème dans cette histoire c'est que je n'ai pas du tout envie d'enlever ma main. J'ai envie de le toucher. Ça fait tellement longtemps et rien que de penser à lui, à ce que ma main est en train de toucher… je sens mes entrailles se serrer au plus profond de moi, puis l'épanchement humide de mon désir.

Je n'y peux rien, à vrai dire. Je glisse ma main vers le bas, puis remonte. Il bouge légèrement, soulève ses hanches puis les relâche. Je recommence, doucement, délicatement, honteusement. Je regarde avec une fascination affamée ses abdos se contracter et se tendre quand il soulève à nouveau les hanches. Il gémit, un grognement de loup au fond de sa poitrine. Son souffle tremble, il prend une grande inspiration.

Je regarde vers le bas. Le rose éclatant de son extrémité apparaît sous l'élastique de son short de sport. Je me lèche les lèvres. Je suis tellement horrible. C'est si mal. Mais je ne m'arrête pas. Son short est relevé jusqu'en haut de ses cuisses mais baissé au niveau de ses hanches à force de bouger, de se tortiller. On peut désormais voir son gland dépasser sous l'élastique.

Je relève les yeux pour regarder son visage abîmé, relâché, beau, innocent et endormi. Il déglutit, tourne son visage de côté, lève son bassin légèrement comme pour accompagner mon geste. Je n'ai aucune idée de ce que je fais, de pourquoi je le fais ni où ça va me mener. Il dort toujours profondément, de longues respirations régulières qu'il expire dans un léger ronflement adorable.

Son bras m'entoure et me serre contre lui, son autre main est posée sur son torse. Et voilà que sa main glisse le long de mon dos dans un geste inconscient et vient atterrir toute flasque sur mes fesses. Oh oui. J'adore ça. Je bouge un petit peu pour que sa paume et ses doigts se calent exactement sur ma fesse gauche.

Qu'est-ce qui me prend ? Je suis complètement folle. Il a arrêté de m'embrasser quand j'étais bouleversée pour ne pas profiter de moi et me voilà en train de le caresser alors qu'il dort, me faisant obscènement frissonner toute seule en remuant mon derrière dans sa main alors qu'il ronfle innocemment.

C'est tellement mal. Pourtant je baisse encore son short et son membre sort un peu plus. Je peux désormais voir son gland entier, épais et rose, le trou minuscule sur le bout, la rainure sur le dessous. Je ferme les yeux et me dis qu'il faut que j'arrête. Ça ne marche pas du tout. Je touche la chair rose avec mon pouce en me mordant la lèvre. C'est doux, on dirait du velours. Je ne peux pas m'empêcher de caresser à nouveau son sexe et j'en salive de plaisir. Ça me prend un temps fou de le caresser de la base jusqu'en haut.

Je mords ma lèvre très fort, juste pour m'assurer que je ne suis pas en train de rêver. Le spasme de douleur aiguë que je ressens me dit que je suis bien réveillée. Réveillée et sans aucune morale apparemment. Je n'ai touché personne de cette façon depuis Kyle. J'ai embrassé quelques mecs pour me forcer à passer à autre chose, pour essayer de calmer la douleur causée par le désir que j'ai dans le ventre depuis si longtemps. Mais aucun des types que j'ai embrassés n'a provoqué la moindre étincelle en moi. Juste le vide, rien. Dan a insisté encore et encore et j'ai vraiment essayé de me laisser aller. Je n'ai jamais pu.

Il n'y a pas d'étincelle entre Colton et moi. Non, c'est bien plus. Il suffit que je le regarde pour que le feu m'envahisse. Le simple fait de le toucher, d'être touchée par lui, même de façon innocente, juste sa main dans la mienne, suffit pour allumer un brasier sans fin.

Alors ça ? Le toucher de façon si intime, si érotique ? On pourrait craquer une allumette sur les vagues de chaleur palpables qui irradient de moi ; les flammes de mon désir se font plus ardentes à chaque seconde.

Je ne peux pas arrêter de le caresser. Il bouge désormais en rythme avec moi, il est en train de se réveiller. Il gémit, il se tortille sous mes caresses. Je ne peux pas m'arrêter maintenant. Je crois qu'il n'est plus très loin.

J'appuie de nouveau mon pouce sur son gland, je le masse en cercles et je sens son corps se contracter sous le mien. Je regarde ses yeux, les vois s'ouvrir et vaciller de confusion, puis trembler et cligner au moment où il jouit. Je baisse les yeux et découvre le ruisseau blanc qui recouvre son ventre.

– Putain, qu'est-ce qui… ?

Sa voix est confuse, surprise et engourdie.

Il est réveillé, il a joui, mais il est toujours dur. Je glisse ma main dans son short, l'attrape et le soyeux de sa fermeté me fait me mordre la lèvre. Je croise son regard et je peux voir qu'il se demande si tout ça est bien réel, ce qu'il doit en penser, ce qu'il devrait dire.

– Je suis désolée, dis-je en murmurant. Je me suis réveillée en te caressant par accident. Et puis je n'ai pas pu m'arrêter.

– Est-ce que je suis en train de rêver ? demande-t-il, circonspect.

Je secoue la tête.

– Non.

Il regarde vers le bas, la flaque sur son ventre.

– Donc tu as juste…

J'acquiesce.

– Pendant que je dormais ?

J'acquiesce à nouveau et je n'ose plus le regarder dans les yeux.

– Ouais, je ne sais pas. Je suis désolée. Je… je n'ai pas pu m'en empêcher. Je sais que je n'aurais pas dû mais j'ai juste…

Je perds le fil, incapable de finir ma phrase. Je prends une grande inspiration et essaie encore.

– Tu étais si dur, si gros et ça faisait si longtemps et je…

– Nell, m'interrompt-il. Tais-toi.

Je me tais.

– Regarde-moi, m'ordonne-t-il.

Je me force à lever les yeux.

– Je suis désolée, dis-je en murmurant.

– Je t'ai dit de te taire.

Mon visage se froisse à la sévérité de sa voix mais je n'ouvre pas la bouche. J'attends qu'il continue.

– Je ne sais même pas quoi dire. Je pensais que j'étais en train de rêver.

Ses yeux plongent dans les miens, bleus et chauds comme la flamme d'un bec Bunsen.

– Tu veux savoir de quoi je rêvais ?

Je fais oui de la tête.

– Réponds-moi. À haute voix.

C'est un nouveau Colton. Autoritaire, direct. Je ne suis pas sûre de savoir si je dois être énervée par la façon dont il aboie ses ordres ou au contraire excitée. Je décide d'être les deux.

– Oui, Colton. Je veux savoir de quoi tu rêvais.

Mon ton est doux et soumis mais je sais que mes yeux trahissent ma colère.

Son visage est impassible.

– De toi. Je rêvais de toi.

Ses yeux se plissent.

– Je rêvais de toi en train de faire ce qu'apparemment tu faisais pour de vrai.

– Est-ce que c'était un rêve agréable ? j'ose demander. Est-ce que tu as aimé ce rêve ?

Je trempe mon doigt dans le liquide gluant qui recouvre son ventre en le regardant à travers mes cils baissés.

Il retient sa respiration dans un sifflement, regarde mon doigt longer les traces sur sa peau puis ses yeux se posent à nouveau sur moi.

– C'était un rêve conflictuel. Je n'aurais pas dû vouloir que ça n'en soit pas un. Je n'aurais pas dû vouloir que ce soit vrai. Mais je le voulais.

J'essaie d'ignorer le bruit fracassant de mon sang qui explose dans mes tempes.

– Pourquoi tu n'aurais pas dû ?

Il fronce les sourcils.

– Parce que… parce que tout.

– Dis-le à haute voix. Dis tout.

Je peux être directive, moi aussi.

– Parce que tu étais amoureuse de Kyle.

– Il n'est plus là. Ça ne serait pas le tromper.

J'avale ma salive avec difficulté. Parce qu'une partie de moi pense que c'est en réalité une raison valable pour ne pas aller plus loin. Ça le serait. Ça serait le tromper.

– À ton tour de tout dire.

– Dire quoi ?

– Ce que tu penses.

Mon doigt caresse le kanji sur son épaule, les flammes jaune orangé, l'œil du dragon.

– Je mens. Ce serait le trahir. Ce serait trahir sa mémoire. Mais… tout ça, c'est des conneries.

Il se tourne sur le côté pour fixer le mur. Je l'observe serrer et desserrer la mâchoire, je vois sa barbe noire de trois jours frémir sur sa peau mate.

– C'est pas du délire, tout ça ? dit-il, à peine audible.

Il sort du lit, fait un ou deux pas pour traverser le couloir jusqu'à la salle de bains. Je le regarde mouiller un gant et se nettoyer le ventre. Il revient et se glisse dans le lit, sur le flanc, face à moi.

– Je me dis la même chose pourtant, dit-il. C'est peut-être n'importe quoi, mais je n'arrive pas à m'en défaire. Toi et moi, ça serait… un affront à sa mémoire. Mais au fond, tout ça, c'est des conneries, parce qu'il est mort et qu'il voudrait qu'on soit heureux toi et moi.

– Ça aussi, c'est stupide. S'il était vivant, il me voudrait moi.

– Mais il ne l'est pas.

– C'est une dispute ou une discussion ?

Il laisse échapper un rire.

– Je ne sais même pas.

Il se retourne pour me regarder.

– Ce que tu viens de faire ? Ça change tout.

– Je sais.

J'arrive à peine à murmurer :

– Tu es en colère ?

– En colère ? Non. Pas en colère. Confus. Je ne vais pas mentir, c'était un peu bizarre. Je ne pourrais pas te dire si j'en avais envie ou non.

Je m'étrangle.

– Je sais. Je sais. Je suis vraiment désolée. Je, je… je me dégoûte.

– Arrête. Vraiment. Je ne vaux pas mieux. Tu étais endormie et je t'ai déshabillée et…

– Tu me mettais à l'aise, dis-je en l'interrompant.

Il me parle en même temps.

– Je voulais voir à nouveau ton corps. Je voulais voir ton petit cul bombé. J'ai touché ta cuisse.

– Mais tu ne m'as pas fait… tu n'as pas fait ce que j'ai fait moi.

Il frotte son visage avec sa main libre.

– C'est une compétition ? Lequel de nous deux est le plus grand pervers ? je demande.

Dans ma tête en revanche, je suis estomaquée par ce qu'il vient de dire. Il voulait voir mon « petit cul bombé ». J'ai toujours pensé que mon cul était trop gros. C'est un complexe. Banal, je sais, mais je n'arrive pas à m'en défaire. Si je cours autant, c'est parce que c'est un des seuls moments où je réussis à oublier les rêves, les souvenirs, les cauchemars et la culpabilité. À part quand je suis ivre ou quand je joue de la musique. Mais j'ai beau courir des heures durant, mon cul est toujours aussi gros et mes seins, aussi lourds.

– Je gagnerais cette compétition haut la main. Il n'y a pas photo, dit Colton. Tu as eu un moment de faiblesse ou un truc du genre. Moi, je suis un connard en permanence.

– Tu as tort.

Je me redresse pour le regarder dans les yeux. Je suis à quelques centimètres de lui. Je suis assez proche pour l'embrasser.

– Ce n'était pas un moment de faiblesse. C'était plein de moments de désir. Et tu n'es pas un connard.

– Qu'est-ce que tu veux, Nell ?

– C'est moi qui t'ai posé cette question la première, tu te rappelles ?

– Donc aucun de nous ne sait ce qu'il veut ?

Ses yeux cherchent les miens et sa main trace des cercles dans le creux de mes reins.

– Non. Oui. Je sais ce que je veux mais je ne sais pas si c'est bien ou mal. Je sais que la façon dont j'ai cherché à l'obtenir n'était pas la bonne, cependant. Pour ça, je suis désolée.

– Donc tu dis que tu aurais dû faire ce que tu as fait mais quand j'étais éveillé ?

Sa paume continue à faire des cercles, mais glisse plus bas.

Je cambre légèrement mon dos, mais pas suffisamment. Il le remarque et ses yeux s'agrandissent, ses narines tremblent, ses lèvres sont serrées, sa respiration s'accentue.

– Oui, dis-je.

Il faut que j'assume ce que j'ai fait, ce dont j'ai envie, c'est tout. Il a plus que raison quand il dit que ce que j'ai fait change tout. Je ne peux plus revenir en arrière. Je sais ce que ça fait de l'avoir dans ma main. Je connais la sensation de son corps sous le mien et j'en veux plus. Je connais désormais la sensation de sa main sur mes fesses. Et je sais qu'il en a envie autant que moi. Mais qu'il est lui aussi partagé sur le sujet.

Je croise ses yeux et soutiens son regard tandis qu'il s'aventure encore plus bas. Je mords ma lèvre quand il arrive sur la courbe de mes fesses. Quand je me suis couchée, j'ai enlevé mon jean, donc tout ce que je porte, c'est un minuscule string jaune. Un triangle de soie recouvre à peine mon sexe, deux ficelles sur mes hanches et une troisième qui descend derrière. J'ai aussi enlevé mon soutien-gorge donc je ne porte qu'un petit tee-shirt, assez moulant, en coton bleu avec une poche arborant un cœur en paillettes violet sur le sein droit.

Il suit la ficelle de mon string le long de ma hanche, ses yeux plongés dans les miens, et sa main glisse sur ma fesse gauche, lentement mais sûrement. Je cherche son regard et y trouve les mêmes émotions que les miennes : celles d'un désir conflictuel.

– Je te pardonne, dit-il, avec toujours ce petit sourire subtil et narquois au coin des lèvres. Après tout, c'était vraiment un rêve génial.

Il s'aventure le long de la ficelle entre mes fesses. Je retiens mon souffle, c'est comme si je ne pouvais plus respirer. Sa main glisse de l'autre côté, redescends, caresse ma cuisse, puis l'autre. Oh mon Dieu. Il remonte le long de ma colonne vertébrale, sous le tee-shirt. Sa main sur ma peau provoque en moi un incendie.

Ses doigts sc faufilent entre mon bras et mes côtes, ils cherchent à atteindre ma poitrine. Je relève mon bras, glisse ma paume le long de son torse et, après une seconde d'hésitation, fais ce que j'avais apparemment envie de faire depuis longtemps, je caresse sa barbe de trois jours. Ce geste lui laisse la voie libre et sa main vient effleurer la courbe extérieure de mon sein écrasé contre son torse.

– Qu'est-ce qu'on est en train de faire, Nell ?

Sa voix est un murmure rauque.

Je secoue la tête et hausse une épaule.

– J'en ai aucune idée. Mais j'aime ça.

– Moi aussi.

Il m'attire à lui, contre lui. J'accompagne son mouvement, me retourne afin d'être complètement sur le flanc, ma tête soutenue par une de mes mains, ma jambe qui entoure ses cuisses, ma main libre sur son sternum.

Mon tee-shirt est remonté, ce qui fait que le dessous de mes seins est visible. Je le défie en silence, je l'encourage par mon immobilité, mon regard ancré dans ses yeux trop bleus.

Oh mon Dieu. Mon Dieu. Il relève le défi. D'abord avec sa main sur mon ventre, je me dis qu'il va peut-être descendre et je crois qu'il y pense mais il remonte jusqu'au revers de mon tee-shirt. J'ai beau déjà avoir le souffle coupé, ma gorge se serre encore plus fort. Mes poumons brûlent; soit mon cœur s'est arrêté de battre, soit il se déchaîne dans ma poitrine, je suis incapable de savoir.

Puis son énorme main rugueuse et douce berce ma poitrine sous le tee-shirt. Je n'ai pas respiré depuis au moins trente secondes. Oh mon Dieu, oh mon Dieu, *ohmondieu*. C'est incroyable la sensation de sa main sur moi. Rêche, dure. Mes seins sont plutôt gros, un bonnet C, presque D, mais il peut en tenir facilement un dans sa main. Sa paume frotte mon téton et ma respiration explose, fait vibrer mon corps, m'étourdit.

– Colton…

Je plonge pour enfouir ma tête dans le creux de son épaule.

– Regarde-moi, Nell, m'ordonne-t-il avec une bienveillante fermeté.

Je lui obéis. Il a le regard voilé et sérieux.

– On est à un carrefour, là. Si tu n'en as pas envie, tu dois me le dire maintenant. Te lever et partir. On oubliera tout ça. Je serai ton ami. Mais il faut le dire maintenant. Parce que si on continue, on va jusqu'au bout.

J'avale ma salive avec angoisse. J'opine. Je mords ma lèvre et regarde ailleurs.

– Putain de Dieu. Ne fais pas ça, dit-il, la voix tremblante.

Je ne comprends pas.

– Faire quoi ?

– Te mordre la lèvre. Ça me rend dingue. Mords-toi la lèvre et terminé, ta bouche m'appartient.

Sa voix est rauque maintenant, si éraillée qu'elle résonne et bouillonne au plus profond de moi.

– C'est bon à savoir, dis-je dans un murmure.

Il retire sa main.

– Décide-toi maintenant, Nell. Dis oui et tu es à moi. Sinon on prétend que tout ça n'est jamais arrivé.

– Je suis à toi ?

Ma voix est douce et timide.

– C'est une question ou une affirmation ?

– Je… Colton, je ne pourrais pas oublier… mais nous…

Je m'interromps, je sais que je suis catastrophique d'incohérence.

Sans m'en rendre compte, je mords à nouveau ma lèvre et Colton grogne.

– Putain, je te l'ai dit. Ne… fais… pas… *ça*. Je n'ai pas les nerfs. Je n'ai aucun contrôle sur moi-même, là, et tu te mords la lèvre à nouveau.

– Pourquoi ça te rend si dingue ? je demande – j'essaie de gagner du temps.

Du temps pour quoi, je n'en sais rien. Je sais ce que je veux. Mais maintenant que Colton redevient ce type direct et autoritaire, je suis toute timide, incertaine, complexée, effrayée. Je suis bonne pour l'asile. Je le viole pendant son sommeil et cinq minutes après je suis incapable de me lancer quand il montre qu'il a envie de moi autant que j'ai envie de lui. De toute évidence, je suis complètement cinglée.

– Je ne sais pas, dit-il. C'est comme ça. Tu te mords la lèvre et aussitôt je veux prendre cette lèvre dans ma bouche et la sucer comme un esquimau. Je veux lécher tes lèvres, les mordre et t'embrasser jusqu'à ce que tu ne comprennes plus rien, que tu aies le souffle coupé et que tu te sois liquéfiée sur le sol.

Oh putain… J'ai envie de tout ça.

Mon stress ? Envolé.

Je sens mon cœur faire ce truc bizarre, il gonfle, martèle, sursaute, me fait mal et je sais que ma décision est prise.

Je mords ma lèvre et la discussion est terminée.

– Putain, t'es folle, bébé.

Sa voix est un grondement animal qui s'échappe de sa mâchoire serrée.

Je ne le vois même pas se déplacer. Une seconde il est là-bas, celle d'après il est collé à moi, ses lèvres écrasent les miennes et, fidèle à sa parole, il prend ma lèvre inférieure dans sa bouche, la suce, la lèche. Je suis ébranlée, complètement déstabilisée par la violence de son baiser. Je fonds tandis qu'il suce ma lèvre. Et je me transforme en guimauve dans ses bras parce qu'il est doux dans sa violence. Il prend mon visage entre ses mains, me regarde, nos lèvres se frôlent à peine, puis il m'embrasse lentement et si minutieusement, si profondément, je suis juste… perdue. Sa bouche bouge contre la mienne, me conquiert, il vole mon cœur avec ses lèvres, prend mon corps avec sa bouche.

On s'est déjà embrassé auparavant et c'était le meilleur baiser de toute ma vie. Mon cœur se serre quand je réalise que cela inclut tous les baisers de Kyle, de loin. Il n'y a simplement aucune comparaison possible. Ça me fait mal, vraiment. Ça me fait mal de façon si douce, si profonde, si étrange que je ne sais pas quoi faire de cette douleur.

Ce baiser… je suis loin. Partie. Je sais à cet instant précis que je lui appartiens. C'est comme il l'a dit : je suis à lui. Je ne sais pas comment c'est arrivé. J'aimerais sincèrement le savoir.

– Dernière chance, Nelly chérie.

J'entends sa voix dans le creux de mon oreille, c'est à peine un murmure, juste un souffle contre mon oreille.

– Dis-moi que tu n'en as pas envie.

Je me redresse et je vois la douleur envahir aussitôt ses yeux avant même que je n'aie eu une chance de lui expliquer. Il est sur le point de reculer mais je saisis son biceps et le retiens. J'attrape le bas de mon tee-shirt et l'enlève doucement. Les yeux de Colton s'écarquillent et il se lèche les lèvres.

– J'en ai envie, dis-je aussi fort que possible, ce qui ne dépasse pas le murmure étouffé. J'en ai besoin.

Son regard change d'un coup. C'est un animal.

Nous y voilà.

– Enlève ton string et écarte les jambes.

– On dit « s'il te plaît ».

Je trouve la force de jouer le jeu, moi aussi. Ma peur et ma vulnérabilité s'évanouissent, enfin.

Il se contente de me fixer. Je ne m'exécute pas, je reste sans bouger. Il secoue la tête et cligne des yeux comme s'il n'arrivait pas à y croire. Puis il attrape mon string et ce dernier tombe en morceaux. Il ne l'a pas arraché, il n'a fait aucun effort. Il a juste glissé deux doigts sous la ficelle au niveau de la hanche, deux doigts sous le triangle qui recouvre mon sexe et il a tiré. Déchiré. Parti. Je suis nue. Aussi facilement que ça.

– J'aimais bien ce string, dis-je en protestant.

– Tu aurais dû obéir alors.

Il glisse ses doigts le long de mon ventre qui se contracte aussitôt puis effleure mon pubis jusqu'à mes cuisses étroitement serrées.

– Maintenant, écarte les jambes et n'hésite pas à crier. Personne ne peut t'entendre.

– Qu… oh !

Je n'ai même pas eu le temps d'intégrer ma confusion que sa langue est en train de faire un truc de dingue sur mon clitoris.

J'écarte les jambes. Beaucoup. Je coince mes talons sous mes fesses et laisse mes genoux s'écarter. Je n'ai aucune pudeur.

– Ouais, Nell. Exactement comme ça.

Je sens son souffle contre mon sexe.

– Putain… sucrée comme un fruit.

Je rougis en entendant sa phrase, mais vite je n'entends plus que les cris qui me déchirent la gorge. Parce que *mon Dieu…* je n'ai jamais rien ressenti de comparable. Jamais. Je me tords sur le lit, me cambre, suis le rythme de sa langue qui me lèche. Et puis… oh oui… de mieux en mieux. Il glisse un doigt en moi et le replie et là je… je perds tout bonnement tout contrôle. Je me consume. Je crie si fort que ça me fait mal aux oreilles, je serre les dents et gémis à travers ma mâchoire tendue.

– Tu me fais confiance ?

Sa voix me surprend et je suis tellement perdue dans mes sensations que je ne comprends pas les mots qu'il prononce.

– Qu… quoi ?

– Est-ce. Que. Tu. Me. fais. Confiance ?

Ses doigts sont toujours en train de m'explorer, de se plier, de tourbillonner.

– Tes doigts sont en moi, donc je dirais que oui.

– Il est possible que tu aies envie de mordre un oreiller.

– Pourquoi voud…

Je commence ma question mais ne la finis jamais.

– Oh… *putain* !

Il rit, mais c'est un rire satisfait. Il a désormais deux doigts glissés dans la fente de mon sexe et un troisième qui… oh mon Dieu. Je n'arrive même pas à y croire, je ne peux même pas l'imaginer, je n'y comprends rien, mais son doigt me pénètre *là-bas derrière*. J'ai l'impression de transgresser un tabou.

Je mords l'oreiller. Ma vie entière n'est plus qu'un tourbillon d'extase intense. Je ne peux tout simplement pas me contenir. C'est comme si l'enveloppe de ma peau allait se déchirer et je ne suis même pas encore en train de jouir. Ou peut-être le suis-je. C'est peut-être ça qu'il y a de l'autre côté, au-delà du fameux point, et c'est la première fois que j'y suis vraiment. Je ne sais pas. Je n'arrive pas à me retenir. Je hurle dans l'oreiller, je crie, je me cambre, je me cabre. Je réalise que mes doigts sont emmêlés dans ses cheveux, je l'écrase sans raison contre moi tout en le suppliant.

Le supplier de quoi, je n'en sais rien.

– Colton… Colton… je t'en supplie… oh mon Dieu, mon Dieu, *ohmondieu*…

Vous voyez ? Est-ce que je lui demande de s'arrêter ? De ne jamais, jamais s'arrêter, pas même pour respirer ? Je n'en sais rien.

C'est une intrusion minuscule en réalité, l'extrémité de son doigt qui frétille dans une partie interdite de mon corps. Mais c'est comme un tremblement de terre.

– Qu'est-ce que… qu'est-ce que tu es en train de me faire ? je demande.

– Je te fais jouir. En doigtant pour la première fois ton petit cul serré.

Il repose sa bouche sur mon sexe et avale mon petit bout enflé et je hurle, je me cambre dans sa bouche.

– Je te prépare.

– Prépare pour quoi ?

Je veux savoir. Mon Dieu que je veux savoir. Il y a plus ?

– Jouis et je te montrerai.

– Je croyais que j'étais en train de jouir ?

Il glousse.

– Oh, non.

Il lève sa main libre et d'un coup il est partout. Il pince mon téton, le fait rouler, il me doigte, remue sa phalange, frotte, lèche, suce…

– Jouis. Maintenant.

C'est un ordre et je n'ai pas d'autre choix que celui d'obéir. J'explose en mille morceaux, je ne suis plus que liquide, flammes, hurlements et sanglots. De vrais sanglots. Avec des larmes et tout.

Et puis… puis il rampe sur mon corps comme le prédateur qu'il est. La barbe autour de sa bouche est trempée. Trempée de mon jus à moi. Je deviens toute rouge.

Dieu tout-puissant, mon Dieu, oh putain. Il est tellement massif. Il n'est que muscles, lignes saillantes, si grand au-dessus de moi. Sa présence efface le reste du monde. Tout ce que je vois, ce sont ses tatouages, sa peau, ses yeux saphir et ses cheveux noirs. Et puis je baisse les yeux et je vois son… son *lui*. Sa bite.

J'aime ce mot. Je ne l'utilise jamais. Je me suis mise à jurer ouvertement après la mort de Kyle. Je n'en avais simplement plus rien à foutre. Mais le sexe ? Rien. Ça ne faisait plus partie de ma vie après ça. Je jurais, proférais des insultes, buvais mais je ne pouvais plus concevoir d'avoir une relation sexuelle. Je me suis plongée dans mes cours à la fac, j'ai travaillé au bureau de mon père et je n'ai plus vu personne, ni fait quoi que ce soit. Je n'étais personne. J'ai travaillé. J'ai étudié. J'ai joué de la musique. Je n'étais qu'un zombie, une coquille vide, ravagée par la culpabilité.

Maintenant… je suis vivante. Tellement vivante. Et j'aime les gros mots.

Je n'ai plus aucune pudeur. Et j'aime ça. J'avoue que la culpabilité de faire ce qu'on fait est une douleur en plus. Et on sait à quel point la douleur est pour moi une forme d'équilibre. C'est peut-être un peu aussi pour ça que je m'abandonne.

Revenons à sa bite. Elle est… glorieuse. Juste, je… oh mon Dieu. Je l'ai déjà touchée. Mais la voir en entier, dure, qui s'approche un peu plus de moi chaque seconde… J'en oublie de respirer et mords ma lèvre.

– Ne t'inquiète pas. Je vais faire attention.

Sa voix est tellement, tellement tendre. Je crois qu'il pense que j'ai peur. Et soudain, en réalisant ça, j'ai vraiment peur. Je suis terrifiée. Complètement tétanisée. Une autre pensée me vient et des vagues et des vagues de douleur, de culpabilité, de honte et de larmes m'envahissent.

– Nell ? Qu'est-ce qui se passe ? Pourquoi tu pleures ?

Il se laisse tomber à côté de moi et caresse mon visage du bout de son nez.

– Merde. Merde. C'est ma faute. C'est trop. Putain de merde.

Il appuie sa main sur son front.

– Non…

Je m'étouffe à travers mes sanglots qui n'en finissent pas.

– Non. Ce n'est pas toi…

– Alors quoi ?

– OK, c'est toi.

Je prends une profonde inspiration et plante mes ongles dans mon avant-bras. La douleur fait son boulot et je me calme.

– C'est toi mais ce n'est pas… ce n'est pas ce que tu crois.

– Sois plus claire, bon sang, grogne-t-il.

– Désolée. Désolée.

J'inspire et tire sur mes cheveux jusqu'à ce que ça me fasse mal.

– Tu es juste tellement de choses. Tellement. Tellement plus que… n'importe qui. Tellement plus que… que Kyle.

Et sur ce dernier mot, je recommence à pleurer.

– Merde.

Il est à nouveau sur moi, appuyé sur un coude, il me regarde mais j'arrive à peine à le voir à travers la mer floue de larmes qui envahit mes yeux.

– Nell, c'est moi. Je sais que j'ai dit que c'était la dernière chance mais ne t'inquiète pas… on arrête. D'accord ? N'aie… n'aie pas peur. Ne… bon sang. Je suis vraiment un putain de connard. Écoute, je veux que tu ailles bien et rien d'autre, OK ? Je suis désolé de t'avoir forcé la main.

Je ris à travers les larmes.

– Tu es vraiment le dernier des idiots.

Il se contracte d'un seul coup, se fige.

– Quoi ? Qu'est-ce que t'as dit ?

Sa voix est glaciale. Je me tourne pour le regarder et m'aperçois qu'il est livide, sa mâchoire est tendue et serrée, on voit les veines de son cou trembler.

– Colton, je… je voulais juste dire que je n'avais pas peur, pas de toi. Et je t'ai traité d'idiot parce que tu fais comme si tu m'avais forcée à faire tout ça. Tu ne m'as pas forcée. C'est moi qui t'ai forcé.

Il tremble et je suis perdue, terrifiée.

– Je suis désolée… je… je ne voulais pas dire ça… s'il te plaît, je…

– Tais-toi une seconde et laisse-moi me calmer, d'accord ?

J'acquiesce et ne bouge pas d'un millimètre.

Après quelques minutes, il dit d'une voix beaucoup plus douce :

– J'ai un problème avec ce mot. Avec le fait qu'on me traite d'idiot, ou qu'on me dise que je suis stupide. Ou toute autre chose du genre. « Attardé », « gros con », toutes ces conneries… c'est comme un déclencheur chez moi. Ne les prononce pas. Jamais, même pour rire. Compris ?

Je fais oui de la tête.

– Compris. Je suis désolée. Tu n'es pas un idiot. Tu es incroyable. Tu es… tellement de choses. C'est ce que j'essayais de dire. C'est…

– Pas besoin d'en rajouter pour essayer de rattraper le coup, m'interrompt Colton.

Je ne peux pas m'empêcher de le regarder en me demandant ce qui lui est arrivé pour que ça soit un sujet si sensible pour lui. De toute évidence, quelqu'un devait avoir l'habitude d'insulter son intelligence de façon régulière. Et si ça compte autant pour lui, ça ne peut venir que d'un seul endroit. Mais je n'arrive pas à imaginer les Calloway en train de faire une chose pareille. Ils ont toujours tellement soutenu Kyle, ils étaient si aimants, si gentils. Certes, ils étaient sévères de temps en temps, surtout quand il s'agissait de faire bonne figure en société, mais c'est compréhensible.

– Ce n'est pas ce que j'étais en train de faire, dis-je doucement. Je t'expliquais pourquoi je me suis soudainement mise à chialer comme une petite fille.

– Tu es une petite fille.

– Ouais, dis-je. Mais jusqu'à ce que tu me forces à parler de mes sentiments, je n'avais jamais pleuré. Je veux dire… du tout.

Colton se tourne sur le lit pour me regarder.

– Tu n'as jamais pleuré la mort de Kyle ?

– Non.

– Tu n'as jamais fait ton deuil ?

Il a l'air presque naïf.

– Mon deuil ?

L'idée me paraît étrangère. Il le dit comme si c'était une obligation.

Il relève la tête pour me regarder.

– Ouais. Faire ton deuil. Étape après étape.

Il se laisse retomber et se frotte les yeux avec les doigts.

– Bien sûr que tu ne l'as pas fait. C'est d'ailleurs pour cette raison que tu es aussi déglinguée à ce sujet.

Je jette mon bras sur mon visage pour cacher mon irritation et ma peine et éviter l'attaque cinglante de son regard.

– Il est mort. J'ai géré.

Colton renifle.

– Non. Tu n'as rien géré du tout, putain. Tu te *coupes*, Nell.

– Je ne l'ai pas fait depuis des semaines.

Je réalise que je suis en train de frotter les cicatrices avec mon pouce, mais impossible de m'arrêter.

Il attrape mes mains et me force à les écarter, il dessine du bout du doigt le contour des rayures blanches. Ce geste tendre me brûle le cœur, me fait trembler la mâchoire. Son regard est d'une incroyable mélancolie.

– Bien, dit-il.

Ses yeux croisent les miens et deviennent sévères, durs.

– Si tu te coupes encore une fois, je serai très en colère. Je veux dire vraiment, vraiment très furieux. Tu n'as pas envie que ça arrive, crois-moi.

Non, je suis sûre que non. Je ne lui réponds pas, cependant. Je ne peux pas lui promettre ça. J'ai réussi à ne pas me couper depuis un certain temps pour la simple raison que je n'avais que lui à l'esprit et que c'était suffisamment perturbant pour me faire oublier le besoin de me faire saigner jusqu'à ne plus rien ressentir.

Colton voit clair dans mon jeu. Il prend mon menton entre ses deux doigts forts et tourne mon visage face au sien.

– Promets-moi, Nell.

Ses yeux sont d'un bleu intense.

– Putain, promets-moi. Plus de coupures. Si tu en ressens le besoin, tu m'appelles. Tu me préviens et on gère ça ensemble, d'accord ?

J'aimerais tellement pouvoir lui faire cette promesse. Je ne peux pas. Il ne comprend pas combien ce besoin est profond. Je déteste ça, vraiment. Je me sens toujours encore plus coupable après m'être coupée, ce qui n'arrange rien. C'est comme une habitude dont on n'arrive pas à se défaire mais ce n'est pas seulement une habitude, c'est une addiction dont j'ai honte, comme fumer, gober des pilules ou autre. Je sais qu'il comprend le besoin de se couper, mais il ne réalise pas à quel point cette pulsion est ancrée au plus profond de moi.

Je n'ai pas répondu. Je fixe le plafond en tremblant. Je veux lui faire la promesse. Je veux guérir, je ne veux plus jamais inscrire les lignes de ma souffrance dans la peau de mes poignets, de mes avant-bras.

Colton s'assoit, il est toujours nu, il n'est plus en érection et je suis fascinée par sa bite au repos. C'est une distraction, mais momentanée. Colton m'attrape, me soulève et je suis sur ses genoux, dans ses bras, forcée de soutenir son regard en colère.

– Putain, promets, Nell.

– Non !

Je me dégage avec force, m'éloigne du lit, loin de sa peau chaude, de ses muscles bandés et de ses yeux furieux et perçants.

– Non ! Tu ne peux pas me dire ça, tu ne peux pas me demander ça. Tu ne comprends pas ! Tu ne peux pas simplement débarquer dans ma vie et essayer de la changer comme ça.

– Si, je peux.

Sa voix est calme mais intense.

Il est toujours sur le lit, il me regarde. Je fouille dans la pile de vêtements au sol pour retrouver les miens, mais impossible de mettre la main sur mon tee-shirt ou mon jean donc je finis par prendre un tee-shirt de Colton. Il m'arrive à mi-cuisses, il est si doux, imprégné de son odeur, c'est à la fois déroutant, rassurant et merveilleux.

– Non. Tu ne peux pas. Tu ne me connais pas. Tu ne sais pas ce que j'ai traversé. Tu ne sais pas ce que je ressens.

– Tu as raison. Mais j'essaie.

– Pourquoi ?

– Parce qu'on n'aurait jamais dû te laisser gérer ça toute seule. On n'aurait jamais dû te laisser enfouir tout ça et le laisser macérer. La mort de Kyle est une blessure à vif au fond de toi. Elle n'a jamais cicatrisé. C'est une gangrène purulente, Nell. C'est en train de pourrir. Il faut que tu laisses quelqu'un entrer. Il faut que tu me laisses entrer.

– Je ne peux pas… Je ne peux pas…

Me voilà qui cours. Hors de la chambre et dans la cuisine.

C'est boire ou couper. Il fait tout ressortir, il fait remonter à la surface toute cette merde que j'avais enterrée. Il le sait et il le fait exprès.

J'ai gardé ça en moi pendant tellement longtemps, et chaque fois que ça menaçait de remonter, de sortir, j'ai bu jusqu'à ce que tout redescende, ou je me suis coupée et l'ai vidé par le sang plutôt que de ressentir quoi que ce soit, plutôt que de pleurer, crier ou me mettre en colère.

Je sais qu'il a du whisky quelque part mais je n'arrive pas à le trouver. Il n'est pas dans le frigo et je n'arrive pas à atteindre le placard au-dessus du réfrigérateur, pourtant c'est là que ça doit être. Je grimpe sur le comptoir, tends la main et perds l'équilibre. Je tombe et m'écrase violemment sur le sol. Un long soupir m'échappe.

Ça remonte. C'est venu quand il m'a forcée à pleurer, quand il m'a fait admettre que j'avais tué Kyle. La culpabilité est sortie et ça m'a fait mal, comme des poignards enfoncés dans mon cœur.

Qu'est-ce que c'est ?

C'est le deuil. La perte. Le fait de savoir que Kyle n'est plus là. Bien sûr qu'il n'est plus là, je l'ai toujours su. Mais là c'est le chagrin du deuil. La souffrance. La solitude. C'est pire que la culpabilité. J'ai toujours su que ma culpabilité n'était qu'une façade, un rempart contre ma véritable peine. Mais cette peine, je n'arrive presque plus à la contenir, à la repousser, à l'ignorer, à l'enterrer.

Je retiens mes sanglots, lutte contre le nœud dans mon ventre et dans mon cœur.

Non.

Non.

Ça ne sortira pas.

Il m'a forcée à laisser échapper ma culpabilité. Il ne me forcera pas à laisser aller ma peine. Hors de question. C'est trop. Ça va me déchirer.

Un tiroir s'ouvre avec fracas, j'entends le bruit des couverts. Je n'ai pas conscience d'avoir bougé mais c'est moi qui fouille le tiroir à la recherche d'un couteau. Qu'il s'énerve. Je m'en fous. J'entends ses pas lourds tout à coup. Il m'a laissée tranquille pour que je me calme, je suppose, mais là il sait ce que je m'apprête à faire.

Il arrive trop tard.

La douleur est un soulagement venu du ciel. J'observe avec une satisfaction coupable la fine trace rouge couler le long de mon bras. Le couteau n'était pas très aiguisé alors j'ai dû appuyer fort.

– Putain mais t'es pas bien ?

Colton, en short, court vers moi, en colère, effrayé.

– Nell… merde ?

Je ne prends même pas la peine de lui répondre. J'ai la tête qui tourne. Je saigne. Je regarde et vois la tache rouge se répandre. Je crois que j'ai un peu exagéré. J'ai coupé profond. Trop profond. Tant mieux. Le deuil s'en va et glisse sur le parquet verni et abîmé.

Je suis dans ses bras, je le sens appuyer sur l'entaille. Une serviette blanche qui devient rose, puis pourpre. Il serre mon bras si fort que ça me fait encore plus mal que la coupure elle-même. La serviette est enroulée autour de mon bras, il attache une ceinture autour.

Je suis entre ses jambes, mon dos contre son torse. Je sens son buste musclé et sa respiration haletante et frénétique, ses bras entourent mes épaules. Il tient la ceinture d'une main et mon poignet de l'autre. Sa tête est posée sur le dessus de mon crâne. Il soupire bruyamment dans le creux de mon oreille, dans mes cheveux.

– Putain, Nell. Pourquoi ?

Je retrouve ma voix. On peut sentir la peine dans ses mots, comme si c'était lui et non moi que j'avais blessé. Je veux l'apaiser. C'est étrange. Je veux apaiser sa douleur, la peine que ma blessure lui cause.

– Je ne peux pas supporter, dis-je en murmurant, parce que murmurer, c'est tout ce que je peux faire. C'est trop. Il est parti et il ne reviendra pas. Ma faute ou non… il est parti. Il est mort. Il n'est qu'un squelette dans une boîte en bois, un souvenir qui s'efface. Rien n'arrête cette douleur. Pas même le temps.

– Je sais.

– Non, tu ne sais *pas*.

Ce dernier mot est un grognement enragé.

– Tu n'étais pas *là*. Tu n'es pas dans ma tête. Tu ne sais pas.

– C'était mon petit frère, Nell.

Sa voix est presque aussi brisée que la mienne.

– Mais… tu es parti quand on avait onze ans. Tu n'es jamais revenu, ne serait-ce que pour quelques jours.

C'est une chose dont Kyle et moi ne parlions jamais, mais je sais qu'il ne comprenait pas, que ça lui faisait de la peine. Ses parents refusaient de parler de Colton.

– Ouais, eh bien… je n'ai pas vraiment eu le choix. Je survivais à peine. Il m'a manqué tous les jours. Je lui ai écrit mille lettres dans ma tête quand j'essayais de m'endormir sur un banc dans un parc, sous un carton dans une ruelle, enfoui dans du papier journal. Mille lettres que je n'ai jamais été capable d'écrire, que je ne pouvais pas écrire. Je n'avais pas d'argent pour manger ni m'abriter, encore moins de quoi me payer le bus pour rentrer à Detroit.

Il y a quelque chose qui me semble bizarre dans ce qu'il vient de dire. Mais j'ai la tête qui tourne, je suis faible et embuée et je suis incapable de dire quoi.

Il relâche la pression de son garrot improvisé et défait la serviette avec précaution. Du sang suinte un peu, doucement. Il me soulève et m'emmène jusqu'à la chambre. Ma tête tombe contre son torse. Il me pose sur le lit, disparaît, revient avec un rouleau de gaze, du sparadrap et une bouteille de Mercurochrome.

– Il te faudrait probablement des points de suture, dit-il en pliant la compresse.

Il la pose sur la blessure et enroule fermement la bande autour de mon bras.

– Mais je sais que tu n'iras pas à l'hôpital. Donc on devra se contenter de ça.

– Comment tu sais que je n'irai pas ? demandé-je.

– Tu vas y aller ?

– Pas moyen. Mais comment tu le sais ?

Je le regarde mettre le sparadrap.

– Je n'y serais pas allé, moi. Il y aurait eu des questions, des psychologues, on aurait alerté les services sociaux. Pire que tout, ils auraient appelé tes parents.

Il pose deux doigts sous mon menton, le pouce le long de ma joue.

– Et c'est ce qui va se passer si tu recommences ces conneries. Je t'emmènerai illico aux urgences et j'appellerai tes foutus parents moi-même, comme je devrais le faire maintenant mais ne le ferai pas.

– Pourquoi pas ? je l'interroge en murmurant.

– Parce qu'ils ne comprendraient pas. Ce n'est pas un geste désespéré pour qu'on s'intéresse à toi ou une autre de ces foutaises de psy.

Il penche son front pour le poser contre le mien.

– Parce que je peux t'aider, si tu me laisses faire. On peut te sortir de là.

On ? Merde. Merde. Mes yeux se figent, ma lèvre tremble et ma poitrine se soulève. Mon premier instinct, c'est de me faire mal pour empêcher la douleur. Colton le sait maintenant, il me prend dans ses bras et me serre contre sa poitrine. Il est déterminé à faire tout ça, à me soutenir, à être affectueux : j'ai toujours été terrifiée d'admettre que j'en avais besoin. Sauf qu'il ne me laissera pas me cacher, ni mentir, ni reculer, ni faire semblant, il connaît mes tours désormais.

– Laisse… toi… aller, murmure-t-il

Sa voix est décidée, un son dur dans mes cheveux.

– Non. *Non !*

Je crie.

– Il le faut. Tu ne pourras pas saigner jusqu'à la dernière goutte. Tu ne peux pas continuer à faire semblant, à t'enivrer pour oublier.

Un frémissement, un tremblement, mes dents plantées dans ma lèvre inférieure. Mes doigts enfoncés dans le bloc de muscles durs qu'est sa poitrine. Je ne pleure pas. Non.

Merde, si, je pleure.

– Ça fait tellement mal, Colton…

Les mots se perdent presque dans une mer de sanglots étouffants et de suffocations tremblantes qui me déchirent le corps.

– Je veux qu'il revienne ! Je ne veux plus le voir mourir.

Je pleure encore et encore, et il se contente de me tenir dans ses bras. Je finis par me reprendre un peu et les mots jaillissent de moi.

– Je ne fais que le voir encore et encore. Chaque fois que je ferme les yeux, je le vois en train de mourir. Je sais que ce n'est pas ma faute, je l'ai toujours su. Je me suis convaincue que ça l'était parce que c'était mieux que la douleur de savoir qu'il était vraiment parti.

– Il est parti. Il faut que tu l'acceptes.

– Je sais. Mais c'est douloureux.

Et voici l'aveu le plus difficile d'entre tous.

– Je me surprends à l'oublier. Je le vois mourir encore et encore mais je n'arrive pas à me rappeler son odeur. La sensation d'être dans ses bras. Le sexe entre nous. Nos baisers. Je ne me souviens plus de lui. Et je me demande parfois si je l'ai jamais vraiment aimé. Ou si c'était juste une amourette d'adolescente. Parfois je me dis que je l'aimais parce que c'était mon premier. Parce qu'on avait couché ensemble. Je ne sais pas. Je ne me souviens pas. Et maintenant il y a toi et tu es... plus pour moi qu'il ne l'a jamais été. Plus fort. Tu m'excites d'une façon dont il ne m'a jamais excitée. Tu me fais ressentir des choses qu'il ne m'a jamais fait ressentir. La façon dont tu m'embrasses, c'est bien mieux que ses baisers à lui, de ce que je me souviens. La façon dont tu m'as fait jouir, j'ai réalisé que je n'avais jamais ressenti quelque chose comme ça auparavant, jamais. Jamais. Aucune de toutes les fois où j'ai couché avec Kyle durant les deux années où nous sortions ensemble.

Un cri de douleur impuissante et froide, de haine de soi, de colère et de peine me déchire la gorge. Colton me serre plus fort et me laisse crier. Il ne me dit pas de me taire, n'essaie pas de me calmer ni de murmurer quoi que ce soit, ni de me dire que ça va aller.

– Je l'ai oublié, Colton ! Je ne l'ai même pas aimé et maintenant il est mort ! Et il ne reviendra jamais et je n'irai jamais bien !

– L'oubli, c'est la façon dont ton esprit t'aide à guérir, à passer à autre chose. Tu l'aimais, Nell, *pour de vrai*. C'était ton premier. Et avant ça, ton meilleur ami. Ouais, il est mort et putain ça craint plus que tout au monde. On te l'a arraché prématurément, à toi et à nous tous. Ça, je ne pourrai jamais rien y faire. Mais toi, tu peux aller mieux. Il faut t'autoriser à guérir et à passer à autre chose. Tu es bloquée au moment de sa mort pour l'instant. Enfermée dans un cycle sans issue. Il faut briser ce cycle.

– Je ne sais pas comment faire.

– Ressens. Pleure. Laisse-toi envahir par toute la colère qui vient du fait qu'on te l'a enlevé. Ressens que tu l'as perdu. La tristesse et le manque de lui. Ne bloque pas tout ça à l'extérieur, ne te coupe pas pour l'empêcher de remonter, ne bois pas jusqu'à devenir insensible. Contente-toi de t'asseoir et laisse le tout te déchirer. Puis relève-toi et continue à respirer. Une respiration après l'autre. Un jour après l'autre. Réveille-toi et sois en mille morceaux. Pleure pendant un moment. Puis sèche tes larmes et vaque à tes occupations du jour. Tu ne vas pas bien mais tu es en vie, et tu iras bien, un jour.

– Ça a l'air si facile quand tu le dis.

– Non, c'est pas facile. C'est la chose la plus difficile du monde. Mais c'est la seule façon. Ce que tu fais toi, ça va te tuer.

Je comprends à sa voix qu'il sait de quoi il parle d'expérience.

– Tu l'as fait toi aussi.

Il soupire.

– Ouais. Plus d'une fois.

– Kyle ?

– Pour lui aussi.

– Qui d'autre ?

Il soupire à nouveau, un long soupir de frustration.

– Des amis. Des frères. Une fille que… quelqu'un que j'aimais.

– Raconte-moi.

– Putain. Sérieux ? Tu veux que je te raconte ça maintenant ?

J'acquiesce et je l'entends grogner dans sa poitrine.

– Bon. Le premier, c'était un de mes meilleurs potes. À moi et à Split. T-Shawn. Split avait grandi avec lui. Ils ont créé les Five-One Bishops tous les deux. Un jour, il y a eu une baston sur un terrain de basket, une histoire de territoire. Des coups de poing, quelques chaînes, un connard avait une batte de base-ball. Ça a dégénéré. Un des mecs d'en face a sorti un couteau. Il l'a planté dans la gorge de T. Je l'ai vu, j'ai vu le sang de T se répandre partout sur mes mains, mes bras. Je l'ai vu mourir, je le tenais dans mes bras tandis qu'il se vidait de son sang… et puis j'ai tué cet enculé. J'ai écrasé sa putain de tête sur le béton jusqu'à voir sa cervelle. Je ne pouvais plus m'arrêter. T était un mec bien. Un ami. Un type gentil, vraiment. Mais il avait eu le malheur de naître dans le ghetto. Il faut ce qu'il faut pour survivre, on ne peut pas y faire grand-chose. Ce n'est même pas une histoire de choix pour la plupart. C'est juste leur vie. La vie dans les quartiers. C'est comme ça que ça marche. T était malin. Il aurait pu aller à la fac, écrire des trucs intelligents, être quelqu'un, s'il en avait eu l'opportunité. Il ne l'a pas eue. Il est mort maintenant.

– Je suis désolée.

– Puis un autre de mes frères s'est fait tirer dessus. Lil'Shady. On n'était pas amis au début. Sa meuf avait un faible pour moi et ça ne lui plaisait pas. Il ne s'est jamais rien passé entre elle et moi mais… il ne m'aimait pas à cause de ça. On a fini par passer outre toutes ces conneries et on pouvait compter l'un sur l'autre quand les choses tournaient au vinaigre. Shady a pris une balle en pleine tête. Je ne l'ai pas vu. Mais il était mort et ça craignait. Juste… mort. J'ai fumé un joint avec lui une heure avant qu'il meure. Et juste après Split et Mo frappaient à ma porte, Shady dans leurs bras, hurlant qu'une voiture leur avait tiré dessus.

Ses yeux sont vides, il est plongé dans le passé.

– Un ou deux autres au fil des années, toujours pour les mêmes conneries. Personne d'aussi proche que Shady et T cependant.

Il s'égare et je réalise qu'il est perdu dans ses souvenirs.

Je mêle mes doigts aux siens.

– Tu as parlé d'une fille aussi ? Quelqu'un que tu as aimé ?

– C'était le pire jour de ma vie. C'est la raison pour laquelle j'ai décidé de quitter le gang, vivre une vie honnête, acheter le garage et essayer de m'éloigner de toute cette merde.

Il baisse la tête, enfouit son visage dans mes cheveux, inspire profondément.

– Elle s'appelait India. Putain qu'elle était belle. Sa mère était black et son père, coréen. Des yeux en amande, de longs cheveux raides et noirs qui tombaient jusqu'à sa taille, son corps était… bon sang, il était sublime. Une fille tellement gentille. Trop gentille pour vivre dans le ghetto, pour être mêlée à toute cette merde. Elle était copine avec la meuf de Split. On la voyait souvent et je l'ai remarquée. Elle m'a plu dès que je l'ai vue. Je crois que c'était réciproque. Un soir, il ne restait plus que nous deux après une teuf, on a traîné sur les escaliers de secours, on a parlé jusqu'à l'aube. Elle voulait faire une école d'esthéticienne, ou peut-être devenir mannequin, elle ne savait pas encore. Elle aurait été douée pour les deux.

Il y a un long silence. Trop long. Je ne peux cependant pas le remplir à sa place. Je l'attends.

– On est sorti ensemble pendant un an. Sortir ensemble n'est pas le mot exact parce que c'est pas comme si je l'emmenais à Broadway ou dîner dans Little Italy ou tout ça, tu vois? On était ensemble pendant un an, c'est ce que je veux dire. Merde. Je ne peux pas parler de ça.

Sa voix se fissure, il prend une grande inspiration, expire et continue.

– Il y a eu du grabuge avec un autre gang rival, deux ou trois bagarres, peu importe. La routine. Une de ces bastons a dégénéré. J'ai été séparé de Split et des autres et je me suis retrouvé poursuivi à pied sur des kilomètres par plus de types que je ne pouvais gérer tout seul. Sans le vouloir, je les ai conduits à India. Elle traînait avec ses copines et deux de leurs mecs. Elle m'a vu descendre la rue et a compris que j'avais des emmerdes. Elle a appelé les mecs pour m'aider. Eux et moi, on s'est occupé du problème. J'étais touché à une épaule mais peu importe, rien de très grave. Il ne restait plus qu'un type qui nous insultait mais je pouvais voir qu'il allait s'enfuir. Donc on l'a laissé s'enfuir. Il a détalé et s'est arrêté trente mètres plus loin. Il a tiré. Comme pour nous dire un dernier «Allez vous faire enculer». India était sur le perron, la balle est arrivée pile entre ses deux yeux. Un putain d'accident. J'ai vu la gueule du mec. Il était genre «Oh merde» parce que tout le monde connaissait India. Peu importe à quel gang tu appartenais, tu connaissais India, et tu ne pouvais pas ne pas l'aimer, tu ne pouvais pas ne pas la respecter. Elle était à ce point adorable. Il s'est fait descendre le lendemain, pas par moi, mais c'est arrivé. Ça n'avait plus d'importance, India était morte. Toute cette beauté, cette gentillesse, tout cet amour qu'elle avait pour tout le monde, peu importe qui… envolé.

Je sens l'humidité dans mes cheveux, j'entends les larmes dans sa voix. Je bouge légèrement, pivote et l'attire vers moi. Je tiens son visage sur ma poitrine et je comprends enfin ce qu'il voulait dire par s'autoriser à être en mille morceaux. Colton est un dur à cuire, un mec rude, fort et stoïque. Mais il est tout simplement… brisé par ses souvenirs. Et pourtant c'était il y a des années.

– C'est la seule fille que j'ai jamais aimée. Bien sûr j'ai eu des meufs avant elle. J'ai même cru être amoureux de certaines d'entre elles, mais ce n'était pas de l'amour. C'était *comme* de l'amour, *presque* de l'amour. Mais quand tu ressens enfin pour quelqu'un ce besoin qui dévore tout, une personne pour qui tu ferais absolument n'importe quoi, quoi qu'il arrive ? Tu l'as dans la peau, dans ton âme, comme si l'essence même de l'autre était imprimée en toi. Au point de sentir l'autre dans l'air que tu respires, comme si toutes les molécules de vos deux corps se confondaient. C'est ça, l'amour. Je l'aimais comme ça.

La voix de Colton est… en mille morceaux.

– Et elle est morte. C'est pour ça que j'ai cette merde sur la poitrine, ces cicatrices. Je n'arrivais pas à le supporter. Pendant très longtemps, je n'ai pas réussi à accepter qu'elle soit morte. La douleur était si forte, si profonde, qu'il fallait que je trouve un moyen de l'apaiser, il fallait que je ressente autre chose que le désordre de mes émotions. C'est Split qui m'a sauvé. Il m'a forcé à affronter la réalité, ce que je ressentais et à passer à autre chose.

Il rit, comme un aboiement incohérent.

– Tu ne passes jamais vraiment à autre chose cependant. Tu n'arrêtes pas. Tu n'arrêtes pas d'avoir mal, d'aimer. Ça ne s'en va pas. Tu continues juste à vivre, et un jour toute cette merde finit par se tasser dans un coin de ton cœur et ça ne te bouffe plus chaque jour que Dieu fait. Et puis un jour, tu sais que tu vas à peu près bien. Ça fait encore mal, l'autre te manque toujours. Et ouais, tu oublies certains détails. Son odeur, le goût de sa bouche, la douceur de sa peau, le son de sa voix. C'est presque comme s'il s'agissait d'une autre vie, comme si c'était quelqu'un d'autre que toi qui l'avait aimée, qui avait été avec elle. Mais au jour le jour, tu t'en sors. À peu près.

– Et tu apprends à aimer quelqu'un d'autre ?

Je demande parce qu'il faut que je sache.

Il se relève pour s'asseoir et on se retrouve face à face, les jambes croisées.

– Ça, je ne sais pas.

Ses yeux sont vulnérables, ils me laissent les pénétrer.

– Mais j'y travaille. Je te tiendrai au courant.

Il parle de moi.

– Comment lutter contre un fantôme, Colton ? dis-je en murmurant après un long silence.

Il hausse les épaules.

– Je ne sais pas. C'est impossible. Tu dois juste accepter qu'il y a une part de toi que tu ne pourras jamais donner parce qu'elle appartient à quelqu'un qui est mort. Je ne sais pas.

– Tu crois qu'on en est capable ? Toi et moi ? Toi avec ton fantôme d'India, moi avec celui de Kyle ?

Il prend mes mains, caresse mes phalanges avec ses pouces.

– Tout ce qu'on peut faire, c'est essayer, faire de notre mieux. Donner tout ce qu'on peut donner, un jour après l'autre. Une respiration après l'autre.

– Je ne sais pas comment faire ça, j'ai peur.

Je suis incapable de le regarder, de croiser ses yeux.

Il fait ce truc avec ses doigts sous mon menton pour relever mon visage vers le sien. Sauf que cette fois, il le fait en s'approchant et ses lèvres effleurent les miennes.

– Je ne sais pas non plus, et j'ai peur aussi. Mais si on veut vivre, si on ne veut pas être à moitié des fantômes nous-mêmes, coincés dans le souvenir de quelqu'un qu'on a aimé et qui n'est plus là, il faut qu'on essaie.

Il m'embrasse à nouveau.

– On se comprend, toi et moi, Nelly. On a perdu quelqu'un qu'on aimait. On a tous les deux des cicatrices, des regrets et de la colère. On peut y arriver ensemble.

Je respire à travers ma peur, mes tremblements, mon désir de m'enfuir.

– J'aime bien quand tu m'appelles Nelly. Personne ne m'a jamais appelée comme ça.

Il se contente de sourire et me serre encore plus fort contre lui.

10

Faire taire les fantômes

Un mois plus tard

Les choses sont à peu près revenues à la normale. Colton me rend visite, on traîne pas mal ensemble. Côté physique, ça s'est également calmé. Même si j'ai toujours autant de désir pour lui, voire plus, et même si je le surprends très souvent en train de me regarder. On s'est embrassé quelques fois, mais il semblerait qu'on ait mis un moratoire tacite sur toute démonstration d'affection physique. Je ne suis pas sûre de savoir pourquoi. Je ne suis surtout pas sûre que ça me plaise. J'ai envie de lui. J'ai besoin qu'il me touche.

Je suis mes cours à l'université, je vais courir, je travaille à mi-temps comme serveuse dans un bar à cocktails et je joue de la musique. Et je vois Colton de temps en temps mais c'est loin d'être suffisant. Surtout, j'essaie de ne pas paniquer en attendant de savoir si je suis acceptée ou non à l'école de musique de ma fac. Avec tout ce qui s'est passé depuis que j'ai croisé Colton au parc, j'ai réussi à oublier que j'attendais une réponse.

La lettre arrive enfin, c'est Colton qui me l'apporte avec le reste de mon courrier. Je suis assise sur le comptoir de ma cuisine, les pieds sur une chaise, je répète une chanson quand il frappe à ma porte et entre sans attendre qu'on lui dise de le faire. Il me tend le tas d'enveloppes que je fouille. La lettre de NYU est la dernière, bien évidemment. Quand je la vois, mon cœur se met à battre très fort et je fais tomber toutes les autres.

– Qu'est-ce que c'est ? demande Colton en voyant ma réaction.

– J'ai déposé ma candidature au conservatoire de l'université de New York. Ce n'est pas gagné et cette lettre va me dire si j'ai été acceptée ou non.

Je glisse mon doigt sous la languette de l'enveloppe et en sors l'unique feuille de papier. À cet instant, mon courage s'évanouit et je panique, je secoue les mains et hurle comme une adolescente.

– Je ne peux pas regarder ! Tu me la lis, toi, dis-je en lui tendant la lettre.

Colton la prend, regarde et puis me la rend.

– Non, c'est la tienne. Tu la lis, toi.

Il y a une expression inhabituelle sur son visage que je n'arrive pas à décrypter.

– Je suis trop nerveuse, dis-je. S'il te plaît ? Lis-la-moi ?

– Tu devrais la lire toi, Nelly chérie. Le plaisir de savoir que tu as été prise ne sera pas le même si ce n'est pas toi qui la lis.

– Tu ne sais pas si j'ai été prise, dis-je en lui fourrant la lettre dans les mains.

Je ne comprends pas sa réaction et ça m'énerve.

– S'il te plaît ? S'il te plaît, lis-la-moi.

Je sais que je ne devrais pas insister. Je peux voir à la façon dont ses traits se tendent que c'est un problème pour lui. Un déclencheur. Mais je suis lancée et je ne lâche pas l'affaire.

– Non, Nell. Je ne vais pas te la lire, c'est ta lettre d'acceptation, pas la mienne.

Il se tourne, plonge son poing dans sa poche et fait sauter la monnaie qui y traîne. Il regarde par la fenêtre, ses épaules sont voûtées, sa mâchoire, serrée.

– Allez, Colton. Qu'est-ce que ça peut faire ? Je veux partager ce moment avec toi.

Il se retourne vers moi, ses yeux brûlent de douleur et de colère.

– Tu veux savoir ce que ça peut faire ? Je ne sais pas lire, putain ! Ça te va ? Voilà ce que ça fait. Je ne sais pas lire, putain.

Il se tourne de nouveau vers la fenêtre, les poings serrés contre son corps.

Je suis abasourdie.

– Qu… quoi ? Tu ne sais pas lire ? Tu veux dire… du tout ? Comment… comment c'est possible ?

Je m'approche par-derrière et pose délicatement ma main sur son épaule puissante. Elle se fige sous mon geste. Il ne se retourne pas quand il parle et sa voix est si basse qu'il faut que je me concentre pour l'entendre.

– Je suis dyslexique. Sévèrement. Je peux lire mais vraiment, vraiment mal et ça me prend mille ans de déchiffrer même la phrase la plus simple. Un putain d'élève de CP lit mieux que moi, OK ? Si je m'enferme dans une pièce, dans un silence absolu, sans aucune distraction et que je me concentre vraiment pendant une heure ou deux, j'arriverai peut-être à déchiffrer un article de journal en entier, s'il est écrit niveau CM2 ou genre.

Je comprends désormais beaucoup de choses.

– C'est une des raisons pour lesquelles tu es venu à New York, n'est-ce pas ? Ça fait partie du conflit avec tes parents ?

Il agite la tête deux fois, un geste court et net de confirmation.

– Ouais, ça a été le problème de toute ma vie. Quand j'étais gamin, on en savait moins qu'aujourd'hui. Maintenant t'as plein de trucs pour ceux qui ont des « difficultés de lecture » (il mime des guillemets avec ses doigts). Il y a des centres d'éducation, des ateliers d'apprentissage, des éducateurs et tout un tas de conneries sophistiquées. Quand j'étais gamin, dans une zone rurale comme celle où on a grandi, il n'y avait rien de tout ça. On croyait juste que j'étais stupide. Y compris mes parents. Ils m'ont fait passer des examens et d'autres conneries, mais personne ne connaissait vraiment la dyslexie donc ils ne savaient pas quoi chercher, et je n'arrivais pas à leur expliquer mon problème.

– Tout ce que je sais de la dyslexie, c'est que ça a quelque chose à voir avec le fait d'avoir du mal à lire.

Je fais des ronds avec ma main sur son épaule dure comme du granit.

Il opine et se retourne enfin vers moi. J'avale ma salive et décide de franchir la barrière qu'on a mise entre nous deux. Je me rapproche de lui, presse mon corps contre le sien, glisse mes mains sous ses bras et agrippe son dos. Je relève la tête pour le regarder, mon menton posé sur son torse. Son odeur, sa chaleur et sa musculature m'enivrent, l'effet grisant du désir me parcourt.

– Ouais, en gros, mais c'est plus que ça, dit-il. C'est… rien de ce qui est écrit n'a de sens pour moi. Les lettres, les chiffres, les phrases, les équations mathématiques… rien. Je peux faire une flopée de calculs plutôt complexes dans ma tête, j'ai un bon vocabulaire, je comprends la grammaire, mais il faut me les apprendre à l'oral. Dis-moi un mot, donne-moi sa définition, et c'est bon, il est à moi. Explique-moi une théorie mathématique, je capte, aucun souci. Écris-la ? Rien. C'est comme si tout se mélangeait, comme si tout devenait un bordel incompréhensible. Je regarde ce papier, là (il tapote la lettre que j'ai dans la main avec son index)... et je vois les lettres. Je connais l'alphabet, techniquement je peux lire, je vois les *a*, les *b*, les *c*. Mais quand je regarde le papier, je te jure que tout ça n'a plus aucun sens, juste des lettres qui ne veulent rien dire. Je dois me concentrer sur chacune individuellement, chaque mot, réussir à le prononcer, à le décortiquer. Et puis il faut que je reprenne le tout pour assembler la phrase, puis le paragraphe, puis la page, ce qui généralement veut dire que je dois sans cesse recommencer. C'est un enfer, un putain de boulot laborieux.

– Toutes ces chansons que tu écris, les paroles...

– Toutes là-dedans. (Il tapote sa tempe.) J'écris les paroles, la musique, tout, dans ma tête.

Je suis ébahie.

– Rien de tout ça n'est écrit nulle part ?

Il rit, un rire sonore et dur.

– Non, bébé. Ne pas arriver à lire, c'est déjà compliqué, mais pour couronner le tout, je ne peux pas écrire non plus. C'est tout aussi difficile pour moi. Encore plus à vrai dire, parce que quand je me mets à écrire ce que j'ai dans la tête, c'est toujours autre chose qui sort, comme un charabia venu de nulle part.

– Donc tu as tout mémorisé ?

Il hausse les épaules.

– Je suis comme ça. J'ai une mémoire d'éléphant et, musicalement, j'ai l'oreille absolue, comme ils disent. J'entends un morceau et je peux le rejouer. Les notes, les cordes, c'est juste évident pour moi dès que je les entends. Pareil pour la mécanique. C'est une évidence, comme un instinct. Bon, j'ai dû apprendre, comme j'ai dû apprendre à jouer de la guitare ou à utiliser ma voix correctement, mais ça me vient naturellement.

– Et tes parents n'ont rien compris de tout ça ?

Il laisse échapper un soupir, mêlé à un grognement.

– Dieu que je déteste parler de ce truc.

Il me caresse les cheveux distraitement.

– Non, vraiment pas. J'étais leur premier enfant. Ils ont fait des erreurs. Je peux comprendre. Ça ne rend pas ce qui s'est passé moins merdique.

– Qu'est-ce qui s'est passé ?

Il baisse ses yeux dans les miens, on dirait qu'il y puise de la force.

– Comme je te l'ai dit, ils n'arrivaient pas à cerner quel était véritablement mon problème. De toute évidence, je n'étais pas attardé ou un truc du genre. Je pouvais parler sans problème, j'étais sociable, j'arrivais à lacer mes chaussures, reconnaître les couleurs, les motifs et tout ça, mais quand les leçons à l'école sont passées de l'oral à l'écrit, je n'ai juste plus rien suivi. Ça a frustré tout le monde. Mon père était en pleine ascension à l'époque, il avait de grandes ambitions. Des grands projets pour moi, son premier enfant. Je serais son successeur, un médecin, un avocat ou quelque chose de génial comme ça. Il avait décidé de ce que serait mon destin et rien ne l'en dissuaderait. C'est devenu de plus en plus dur, parce que mes capacités de lecture et d'écriture étaient tout simplement… nulles. Je n'ai jamais progressé après la dernière année de maternelle, je suis sérieux. Je devais travailler trois fois plus que tout le monde pour faire mes devoirs, un contrôle, tout ça. Toute ma scolarité n'a jamais tenu qu'à un fil. Mon père pensait juste que j'étais fainéant. Il me disait de travailler plus, de ne rien laisser m'arrêter. Il m'a poussé, et poussé, et poussé encore et il n'a jamais réellement vu combien je travaillais dur juste pour m'en sortir. Je suis passé de justesse au collège, et crois-moi quand je te dis « de justesse », et tout ça alors que j'étudiais et que je faisais mes devoirs pendant quatre ou cinq heures tous les jours. Parce que tout tourne autour de réponses écrites dans ce système scolaire, il faut lire les manuels. Comme je te l'ai dit, je peux le faire, c'est juste que… c'est si difficile que c'en est quasi impossible, et ça me prend des heures. Putain, j'étais qu'un gamin. Je voulais jouer au foot avec mes amis, traîner, tous ces trucs que font normalement les gosses. Je ne pouvais pas parce que j'étais tout le temps dans ma foutue chambre à essayer de finir de lire dix pages d'histoire ou des *Contes du chat perché*.

Je pose mon front sur sa poitrine, j'ai mal pour lui.

– Mon Dieu, Colton.

– Ouais, c'était la merde. Et mon père ne comprenait rien. C'est pas un mauvais mec. Il est génial, il l'est vraiment. Quand il ne s'agissait pas de l'école, il était super avec moi. Mais quand j'ai grandi, ça a commencé à prendre le pas sur tout le reste. Au lycée, je n'étais plus qu'un ado en *colère*. Tout le temps. Je détestais l'école. Je détestais les profs, les pions, mes parents, tout. Ça n'a pas aidé que Kyle soit ce qu'il était. J'avais à peine quinze ans qu'il était déjà cet enfant parfait, sage comme une image, sportif, avec plein d'amis, de charme et toutes ces conneries. Et moi je devais étudier six heures par jour juste pour espérer récolter un C ou un D. Et putain, le pire dans tout ça, c'est que je savais que je comprenais le concept de base. Je savais que je n'étais pas stupide. J'écoutais une leçon et j'aurais probablement pu la réciter mot pour mot au prof à la fin du cours. Si j'avais pu n'avoir que des examens oraux, j'aurais sûrement eu que des A dans ma vie. Mais ce n'était pas une option à l'époque.

Il trace la ligne de ma joue avec le bout de son doigt, descend vers mon oreille, mon cou, ma clavicule. Je tremble sous la chaleur de son geste.

– J'ai eu plein d'ennuis à l'école parce que j'étais tellement en colère, tellement frustré. Et les autres mômes se foutaient de ma gueule, bien évidemment, parce que j'avais toujours des problèmes et que je réussissais à passer de justesse, donc je me suis retrouvé dans pas mal de bagarres.

– On est horrible au lycée.

– Tu m'étonnes, dit-il dans un rire amer. Ils ne me dérangeaient pas plus que ça, pour être sincère. C'étaient les conneries avec mes parents qui me minaient. Ils pensaient tout bonnement que je ne faisais pas assez d'efforts, que j'exagérais mes difficultés pour louper les cours ou un truc comme ça. Et ils attendaient de moi que je rentre dans le rang, que je suive leur plan. Et ce plan incluait d'aller à l'université. Tout ce que je voulais, moi, c'était travailler dans un garage, réparer des voitures. Jouer de la guitare. Mais ça, c'était inacceptable.

Je commence à comprendre.

– Donc quand le lycée a touché à sa fin…

– Mon père insistait. Il *fallait* que je dépose un dossier dans toutes ces universités, les meilleures du pays et tout ça.

Il se met à rire et son rire est jaune, plein d'amertume et de rancœur ancienne.

– Putain, l'université ? J'avais déjà eu du mal à finir le lycée. J'arrivais à peine à *lire*. Je *détestais* l'école. J'en avais fini avec ça. Je l'ai dit mais il n'en a rien eu à faire. Il aurait tiré quelques ficelles et mes notes n'auraient eu aucune importance. J'ai fini par me résoudre à lui faire comprendre. Je me souviens de ce jour comme si c'était hier. Une belle journée ensoleillée de juin. J'avais eu le bac deux mois plus tôt et je passais tout mon temps dans le garage à réparer ma Camaro. Il voulait que j'envoie ma candidature à Harvard, Columbia et Brown et je ne le faisais pas. C'était une engueulade permanente. J'ai fini par m'expliquer avec lui sur le ponton. Je lui ai dit que je n'irais pas à l'université, jamais. Et sa réponse ? « Dans ce cas, tu te débrouilles. » Il me paierait ma scolarité, un appartement, de quoi vivre et tout le reste si j'allais à la fac. Sinon, il ne me filerait pas un centime.

Colton s'arrête et je peux voir qu'on en arrive à la partie la plus douloureuse.

– C'est devenu moche. Il… on s'est disputé, je veux dire gravement. Il m'a insulté, m'a dit que j'étais stupide et fainéant. Il était en colère, je peux le comprendre, mais… ça m'a marqué à vie, putain. Tout ce que je voulais, c'était sa bénédiction, je voulais qu'il voie que j'avais d'autres talents, que j'étais intelligent d'une autre façon. Mais il en était simplement incapable. La dispute a dégénéré. On en est venu aux mains. Il m'a frappé. Je l'ai frappé. Je me suis enfui. J'ai laissé ma voiture, ma Camaro que j'avais passé des années à réparer. J'ai laissé toutes mes foutues affaires. J'ai attrapé un sac à dos et quelques fringues et tout l'argent que j'avais. J'ai acheté un billet de car pour New York. Je n'ai jamais regardé en arrière. Bien évidemment, le car m'a coûté à peu près tous les dollars que j'avais, donc quand je suis arrivé en ville, j'étais complètement fauché, un illettré de dix-sept ans avec un problème de colère et aucun projet, aucun argent, aucun ami, ni voiture, ni appartement, rien. Juste un sac à dos avec des biscuits et une tenue de rechange.

La douleur dans sa voix me brise le cœur. J'arrive à l'imaginer, ce gamin seul, terrorisé et furieux, forcé de se battre pour survivre. Trop fier pour rentrer à la maison, même si c'était possible. Affamé, gelé, vivant seul dans les rues.

– Colton, je suis vraiment navrée que tu aies eu à traverser tout ça.

J'entends ma voix trembler. Il me soulève le menton.

– Oh. Pas de larmes. Pas pour moi. Je m'en suis tiré, non ?

– Oui, mais tu n'aurais pas dû avoir à souffrir comme ça.

Il se contente de hausser les épaules, un peu dédaigneux, et je recule pour le regarder dans les yeux.

– Non, n'évite pas le sujet. Tu as fait tellement de chemin depuis. Tu as survécu. Tu t'es sorti de la rue. Tu as monté une affaire qui marche. Tu as fait tout ça tout seul, malgré tes difficultés d'apprentissage. Je trouve ça incroyable. Je *te* trouve incroyable.

Il hausse à nouveau les épaules, fait les gros yeux, il est clairement mal à l'aise. Je pose mes mains sur son visage, j'aime la sensation de sa barbe dure sous mes paumes.

– Tu es intelligent, Colton. Tu l'es. Tu es talentueux. Je suis épatée par ta personnalité.

– Putain, tu me mets mal à l'aise, Nelly.

Colton m'enlace et m'attire brusquement contre son torse.

– Mais merci de dire tout ça. Ça signifie plus pour moi que tu n'imagines. Bon. T'as été acceptée ou pas ? J'en ai marre de parler de ces conneries.

Je lève la lettre derrière son dos, je la lis par-dessus son épaule.

– Ouais. Je suis prise.

– Il n'y avait aucun doute là-dessus. Suis fier de toi, Nelly chérie.

Je souris contre sa poitrine en respirant son parfum.

J'avale avec difficulté. Je ne suis pas sûre d'en être capable. J'agrippe le bout de ma guitare et j'essaie de ne pas paniquer.

– Prête ?

La voix de Colton vient de derrière moi. Ses genoux donnent un petit coup aux miens.

Je fais oui de la tête.

– Ouais. Ouais. Je peux le faire.

– Tu peux le faire. Contente-toi de me suivre et chante les harmonies, OK ? Il suffit de jouer en rythme comme lors de nos répétitions et de laisser le monde entier entendre ta voix angélique, ça marche ?

Je fais oui à nouveau et étire mes doigts. C'est la première fois que je joue en public. Certes, j'ai déjà joué dans la rue quelques fois, seule ou avec Colton, mais là c'est différent. Là c'est… c'est terrifiant. On est sur une scène, dans un bar et il y a presque une centaine de personnes qui nous regarde, qui attend que nous commencions. Ils connaissent Colton, c'est lui qu'ils viennent voir et ils se demandent qui je suis. Pas de pression.

– Salut tout le monde. Je m'appelle Colt et voici Nell. On va vous jouer un peu de musique, ça vous va ?

Il y a des applaudissements et des encouragements. Colton me regarde puis se tourne à nouveau vers le public.

– Ouais, je sais, elle est sublime, mais pas touche. On va vous jouer un peu des Avett Brothers pour commencer, je crois. Voici *I Would Be Sad.*

Il commence avec un arrangement complexe et technique qui fait parfaitement écho au banjo de la chanson originale. Je le rejoins à un moment précis en me contentant d'abord de battre la cadence sur le bois de ma guitare, j'attends le départ de l'harmonie. Le rythme est simple et je l'ai répété tellement de fois que je n'ai même pas besoin d'y réfléchir, je démarre pile sur la bonne note. Ils sont étonnés. Ma voix est le contrepoint parfait de celle de Colton, mon alto clair s'enroule autour de son éraillement brut, et ensemble je sais qu'on les envoûte.

J'ajuste ma guitare tandis que Colton présente la prochaine chanson.

– Y a-t-il des fans de City and Colour dans la salle ?

Il y a une vague d'applaudissements déchaînés et Colton leur fait un grand sourire.

– Bien ! On espère que vous allez aimer notre version de *Hello, I'm in Delaware*, alors.

Je gratte tandis qu'il finit l'introduction et je fais semblant d'être cool mais, à l'intérieur, je bous d'excitation. Je repense au début du concert, au moment où Colton a annoncé en substance que je lui appartenais. Ça m'a plu. En plus il leur a dit que j'étais sublime. Je tremble comme une feuille.

Je suis absorbée par la chanson de City and Colour, Dallas Green est vraiment un compositeur incroyable. Je laisse aller ma voix, je ne retiens rien. Je chante et les mots glissent sur moi, en moi. Mon stress s'est envolé et tout ce que je ressens, c'est la musique qui coule dans mes veines, la beauté pure de la chanson et cette montée d'adrénaline de savoir que j'assure grave.

La prochaine chanson est un solo de Colton. Je l'ai entendu répéter et j'ai vraiment hâte de l'entendre la jouer en public. Nos guitares se taisent et Colton ajuste la sienne tout en faisant l'introduction suivante :

– OK, donc je vais faire un solo. Vous avez sûrement déjà entendu cette chanson, mais pas cette version. Il s'agit de *99 Problems*, à l'origine par le seul et l'unique, j'ai nommé Jay-Z. Mais cet arrangement que je vais faire a été mis au point par un artiste qui s'appelle Hugo. J'aurais aimé pouvoir dire qu'il était de moi, sincèrement, parce que c'est putain de génial. Donc voilà. J'espère que vous aimerez.

Il y a une vague d'applaudissements qui s'évanouit quand il se met à jouer. L'intro est rythmée, il frappe sur ses cordes comme sur des percussions. Je suis ivre d'excitation et de fierté quand il entame le premier couplet. La première fois que je l'ai entendu chanter cette chanson, je n'étais pas sûre de savoir ce que j'entendais, c'était tellement unique. J'étais complètement sciée quand je l'ai reconnue. Il a raison de dire que l'arrangement est brillant, parce qu'il l'est, il n'y a aucun doute là-dessus.

C'est trop vite à mon tour.

– Vous êtes super. Les autres trucs d'Hugo sont plutôt géniaux aussi, mais c'est vraiment le morceau que je préfère de lui. Bref, Nell va vous faire un solo maintenant.

Il a insisté pour que je présente moi-même mon morceau, j'ajuste donc le micro et je gratte les notes du début pour m'échauffer.

– Salut tout le monde. C'est la première fois que je chante en solo comme ça alors soyez gentils, d'accord ? Je vais jouer *It's Time* des Imagine Dragons.

Je me tourne vers Colton.

– Je te dédie cette chanson parce qu'elle me fait beaucoup penser à toi.

Quand j'étais en train de courir et que j'écoutais ma playlist en me demandant quelle chanson je voulais reprendre pour mon solo de ce soir, je suis tombée sur celle-ci. C'est une chanson géniale, elle a presque un côté pop des années 1980 et je me suis dit que ça ferait une reprise folk intéressante. Mais ce sont les paroles qui m'ont scotchée, l'emphase sur le fait de ne jamais changer, d'être soi. Colton a traversé tellement d'épreuves mais il est resté fidèle à lui-même, il a refusé de devenir quelqu'un d'autre ou d'abandonner simplement parce que c'est ce qu'on attendait de lui.

J'ai lutté avec ça pendant longtemps moi aussi. J'avais choisi des études et une carrière en fonction de ce que les autres voulaient pour moi, de ce que mes parents désiraient. Après la mort de Kyle, je n'étais pas capable de prendre une décision, pas capable de penser, de ressentir le moindre désir pour quoi que ce soit. J'ai travaillé pour mon père et suis allée dans la première fac qui s'est présentée, simplement parce que c'était le chemin avec le moins d'embûches. Mon père s'était toujours plus ou moins attendu à ce que j'étudie le commerce puis que je travaille pour lui. Je n'ai jamais envisagé quoi que ce soit d'autre. Je n'ai jamais réfléchi à mes éventuels talents ou mes désirs ; j'ai juste suivi son plan sans poser la moindre question.

Puis Kyle est mort et, après quelques mois, j'ai réalisé que j'avais besoin d'une échappatoire. J'avais besoin de quelque chose pour me distraire de la culpabilité et de la douleur. La guitare, c'est venu presque par hasard. J'ai vu une petite affiche scotchée à un poteau électrique qui proposait des cours. Le prof était un homme assez âgé avec des cheveux gris, un gros ventre et un talent fou. Il était doué, patient et compréhensif. Le mieux dans l'histoire, c'est qu'il a eu l'air de comprendre que j'avais juste besoin de deux heures par semaine pour m'évader de tout le reste. Il ne m'a jamais posé aucune question, il a juste creusé au fond de moi, il m'a poussée, m'a fait bosser en ne me laissant le temps de rien si ce n'est celui de progresser. Il m'a donné un programme de répétions chargé et m'engueulait si je ne m'y tenais pas.

Chanter m'a semblé être le prolongement naturel de la guitare. J'ai toujours aimé chanter, j'ai grandi en écoutant ma mère le faire. Mais pour moi c'était juste un passe-temps en voiture ou sous la douche. Et puis j'ai pris des cours de guitare et la musique est devenue une obsession, un soulagement, une façon de sentir quelque chose d'autre que ma douleur. Forcément, quand j'apprenais la musique d'une chanson, je me mettais à chanter les paroles. J'ai fini par réaliser que je préférais le chant au reste. Puis c'est la musique elle-même qui est devenue l'échappatoire. Je passais des heures à jouer, à chanter, assise sur le ponton en regardant le soleil se coucher et les étoiles se lever. Je jouais, refusant de penser à Kyle, refusant qu'il me manque, refusant de pleurer sa disparition. Je jouais jusqu'à ce que mes doigts saignent, je chantais jusqu'à ce que ma gorge me fasse mal.

Aujourd'hui, la musique est ce lien entre Colton et moi. Les chansons qu'on se chante l'un à l'autre sont des déclarations. Une conversation ininterrompue à coups de notes de musique.

Je chante donc, et je laisse tout sortir. Je sens le regard des gens sur moi, celui de Colton qui me dévore. Je termine le morceau et la dernière note flotte dans l'atmosphère, mes mains tremblent, mon cœur fait un bruit sourd dans ma poitrine. Il y a un instant de silence, tous les yeux sont rivés sur moi, les visages, ébahis. Je suis sur le point de paniquer, vu que personne n'applaudit, et puis ils explosent, ils hurlent, sifflent, tapent dans leurs mains et je réalise que c'était un silence de stupéfaction.

Je suppose que c'est une bonne chose.

Quand le bruit s'évanouit un peu, Colton approche son micro de sa bouche et parle, le corps tourné vers moi mais en regardant le public.

– Bon sang, Nell, c'était incroyable. Sérieux.

Je sens la tension dans sa voix, je vois l'émotion dans ses yeux. Il le cache bien mais je commence à le connaître et je sens l'émotion irradier de lui.

On laisse tous les deux cet instant de tension passer en silence. On sait quelle chanson va suivre et on est nerveux.

– Je n'ai jamais joué cette chanson pour personne auparavant, dit Colton en accrochant son capo aux cordes. C'est… une chanson vraiment personnelle que j'ai écrite il y a très, très longtemps. Nell me harcèle, je veux dire m'encourage depuis des semaines pour que je la joue en public et j'ai fini par céder. Donc… ouais. Voilà. Je ne lui ai jamais donné de titre, mais je suppose qu'on peut l'appeler *Encore une heure*. J'espère que vous aimerez.

Je peux voir combien c'est difficile pour lui. La mélodie qu'il joue à la guitare est lente et lourde à la fois, comme une mélancolie chaloupée. Puis il chante sa berceuse et mon Dieu la salle est si silencieuse qu'on pourrait entendre une mouche voler entre les cordes et les notes. Personne ne bouge, personne ne respire. On a répété ensemble. Il n'acceptait de jouer que si je faisais les chœurs et les harmonies, donc c'est ce que je fais. Je chante les chœurs pour lui et gratte un rythme tout simple, mais je reste discrète, je veux qu'il soit le centre d'attention. Et il l'est. Totalement. Je vois des yeux se retourner, des gorges se serrer. Il y a même quelques larmes. On peut entendre à quel point cette chanson est intime et personnelle pour Colton, c'est clair dans la passion de sa voix. Il chante pour lui à nouveau. Il est de nouveau ce garçon perdu, seul dans les rues de New York. J'ai mal pour lui encore une fois. Je veux le prendre dans mes bras, l'embrasser, lui dire qu'il n'est pas seul.

Une fois encore, le bar est plongé dans un silence absolu, personne ne bouge quand la dernière note résonne dans l'air, et puis ils se déchaînent.

Quelques chansons connues de plus que Colton m'a apprises et puis nous jouons *Barton Hollow* tous les deux, le dernier morceau pour ce soir. Je suis aux anges, je tremble d'excitation. J'ai envoyé mon dossier à l'école de musique sur un coup de tête, comme un acte de rébellion pour dire à mes parents que j'allais désormais faire les choses à ma façon. Je n'avais jamais vraiment joué en public avant.

Ça y est… je suis accro.

Colton récolte notre paye du soir et se rue dehors. Je n'arrive pas à décrypter l'expression de son visage, mais je sens qu'il est tendu à sa façon de se tenir. On est l'un à côté de l'autre, debout dans le métro, nos guitares dans le dos, les mains accrochées à la barre au-dessus de nos têtes et je suis nerveuse. Il se tait et je ne sais pas s'il est contrarié, en colère à propos d'un truc ou excité par le concert. Je n'arrive tout simplement pas à savoir et ça me rend nerveuse.

Je tends ma main pour prendre la sienne, j'enlace mes doigts avec les siens. Il me jette un coup d'œil, puis regarde nos mains enlacées, puis moi à nouveau. Son visage s'adoucit.

– Excuse-moi, c'est juste… jouer cette chanson, c'était difficile. Je suis un peu ailleurs, je crois. Pas la meilleure des compagnies.

J'avance plus près de lui, je me colle contre lui.

– Je sais que c'était dur, Colton. Je suis fière de toi. Tu étais vraiment incroyable. Les gens pleuraient.

Il lâche ma main et passe son bras autour de ma taille, me serrant encore plus contre lui. Sa main est posée sur le creux de ma hanche et, d'un seul coup, la rame de métro disparaît, elle est remplacée par le feu de sa présence, de sa chaleur, de ses muscles. Le moindre contact me brûle, grille toutes les couches de vêtements entre nous jusqu'à ce que je sois presque capable de sentir sa peau contre la mienne. J'ai besoin de ça. J'ai besoin de la chair contre la chair, chaleur contre chaleur. Ça fait trop longtemps qu'on joue à ce petit jeu maintenant et le maigre avant-goût que j'ai eu de lui ne suffit plus. J'ai besoin de plus. Je ne sais pas pourquoi il a gardé cette distance entre nous, mais j'en ai assez. J'ai joué le jeu, j'ai ralenti nos baisers quand il le faisait lui, je n'ai pas insisté. Nos baisers sont presque platoniques ces derniers temps. Un effleurement des lèvres qui va parfois jusqu'à frapper à la porte du royaume de la chaleur et du désir. Mais rarement.

Maintenant mon corps chante d'être si près du sien, mon esprit et mon cœur bourdonnent de l'adrénaline post-concert, et tout ce à quoi je peux penser, tout ce que je ressens, c'est lui et le désir que j'ai pour lui. Ses doigts se plantent dans la chair de ma hanche, ses yeux brûlent dans les miens, deux flammes couleur cobalt posées sur moi. Je sais qu'il ressent la même chose.

Je me mords la lèvre en sachant parfaitement quelle sera sa réaction. Ses yeux s'ouvrent et sa poitrine se gonfle. Ses doigts se resserrent sur moi encore plus jusqu'à ce que ce soit presque douloureux, d'une façon excitante.

– Tu viens chez moi, dit-il.

C'est un ordre, pas une question. Je fais oui de la tête sans le quitter des yeux.

– Je viens chez toi.

C'est une affirmation. Je me penche contre lui, colle mes lèvres au creux de son oreille :

– On va jusqu'au bout ce soir.

Je l'entends siffler, étouffer sa respiration.

– Tu es sûre ?

Je sens le grondement de sa voix jusque dans ma poitrine.

– Oh que oui.

Il faut qu'il comprenne.

– S'il te plaît.

Il rit, mais pas un rire humoristique.

– Je suis pourtant en train de te supplier pour de vrai. Ça fait tellement longtemps que tu me fais attendre. J'en ai besoin.

Son regard est si ardent, d'un bleu si perçant que j'en ai le souffle coupé.

– Je te donnais du temps et un peu d'air. Je pensais que tu n'étais pas prête. Je ne l'étais pas moi-même, pas complètement.

– Je comprends et je t'en suis reconnaissante. Mais tout ce que je dis, c'est que maintenant… fini l'air. Fini le temps.

Sa main descend, glisse sur le côté, et il est presque sur mes fesses mais pas tout à fait.

– Je veux juste que tu sois sûre. Pas de questions, pas d'hésitations. Je veux faire ça bien.

Je pose mon front sur son épaule puis relève la tête pour le regarder.

– Je suis prête. Tellement prête. Oui, j'ai peur. Mais je suis prête.

Il rit à nouveau.

– Tu penses que tu es prête mais tu ne l'es pas.

Sa voix devient profonde.

– Mais tu le seras, bébé, je vais m'en assurer.

Et oh, oh mon Dieu, *ohmondieu*, la menace, la promesse dans sa voix suffit à me faire serrer les cuisses pour ne pas dégouliner. Je sais que mes yeux s'écarquillent, que je respire fort.

– Arrête de mordre cette foutue lèvre avant que je ne pète un câble ici au milieu du wagon, grogne Colton.

Je desserre doucement mes dents de ma lèvre, j'obéis de façon taquine.

– Putain mais pourquoi ça m'excite tant ?

Il a l'air sincèrement désorienté par sa propre réaction.

Je cambre mon dos et prends une grande inspiration, j'écrase mes seins contre lui. On est dans le métro, les gens nous entourent, mais ils sont invisibles, je m'en moque de toute façon. Je suis prisonnière de l'ardeur de mon propre désir. Ma raison s'est envolée, ma retenue est en cendres.

– Arrête, Nell.

Colton me tire vers lui d'un coup et je suis écrasée contre son corps, face à face. Je peux sentir son désir contre mon ventre, son désir dur et énorme.

– Arrête de jouer avec moi. Tu es sexy et j'ai envie de toi. J'ai compris le message.

Je lui fais des yeux innocents.

– Je n'envoie aucun message, Colton.

Je m'approche encore un peu et murmure dans le creux de son oreille, dans un souffle doux :

– J'ai envie de baiser.

Je me sens niaise et ridicule de dire ça, mais c'est ce qui me vient à l'esprit et c'est la vérité.

Colton ne rit pas comme j'aurais pensé qu'il allait le faire.

– Merde, Nell. Tu essaies de me faire craquer. Je suis à deux doigts d'enfoncer ma langue dans ta bouche ici même, au milieu du wagon.

Les grands yeux innocents à nouveau.

– Je ne m'en plaindrais pas.

Et je mords ma lèvre, juste pour enfoncer le clou.

Sa mâchoire se verrouille, ses deux mains glissent sur mes hanches et agrippent mes fesses. Oh mon Dieu.

Que j'aime ça. J'aime ses mains sur mes fesses. J'ai une jupe crayon noire qui m'arrive aux chevilles et je peux sentir ses mains calleuses et rudes à travers la finesse du coton. Je peux sentir la puissance animale de son geste quand il m'empoigne, me serre contre son corps contracté.

Sa bouche descend jusqu'à la mienne, dure et violente, et ses dents attrapent ma lèvre inférieure, la mordent, affamées, la dévorent. Sa langue glisse entre mes dents, ses lèvres remuent contre les miennes. Je gémis doucement et d'un coup je brûle de désir. Je l'embrasse moi aussi, mais « embrasser » n'est pas le mot juste. Un baiser, c'est des lèvres qui se touchent, des langues qui jouent. Là c'est…

C'est de la baise, mais avec nos bouches. C'est cru, primitif et vorace.

– Allez à l'hôtel, bon sang !

Une voix de femme exaspérée prononce ces mots derrière nous, et qu'un New-Yorkais en vienne à protester témoigne bien de l'érotisme de la scène – j'ai découvert en arrivant ici qu'il n'y avait pas grand-chose qui puisse déranger un New-Yorkais.

Le métro s'arrête, la main de Colton est sur le creux de mes reins et me pousse en dehors du wagon. On grimpe les escaliers jusqu'à la rue et son bras me serre contre son corps. Il me presse sur le trottoir jusqu'à chez lui. Le garage est plongé dans l'obscurité. Quand on le traverse, je suis brièvement saisie par l'odeur d'huile, de cigarettes, de sueur et de tout ce qui définit Colton en général. C'est une odeur merveilleuse, un parfum qui étrangement commence à symboliser mon *chez-moi.* Cette pensée est à la fois effrayante et excitante.

On monte l'escalier étroit, sa main dans le désert du creux de ma hanche, pas tout à fait sur mes fesses, pas tout à fait autour de ma taille. Je sens sa chaleur brute juste derrière moi et j'entends mon sang marteler dans mes oreilles. Les marches n'en finissent pas. Je suis à deux doigts de me retourner et de me jeter sur lui dans l'escalier.

Le désir m'accable.

C'est comme être affamée, un besoin qui tambourine dans chaque parcelle de ma peau. J'ai *besoin* de son corps, de ses mains, de sa bouche, de ses lèvres. J'ai besoin de passer mes doigts dans ses cheveux, de tracer les lignes de son corps si solide, énorme, de m'abandonner à tous les paradoxes qui font de lui ce qu'il est, ses muscles durs, sa peau satinée, ses callosités rugueuses, la douceur de ses cheveux longs, ses lèvres humides, son énorme membre viril, le vagabondage de ses mains.

J'ai besoin de lui en entier et j'en ai besoin maintenant.

Je suis trempée et je tremble entre mes cuisses, j'ai mal, je palpite.

Dieu merci, on est enfin dans l'entrée et j'entends le claquement qui dit que la porte s'est refermée. Je me retrouve dans ses bras, mon dos contre la porte, écrasée entre le bois dur et râpeux et les muscles encore plus durs de son corps.

Je suis exactement là où j'ai envie d'être.

J'enroule mes jambes autour de sa taille, prends son visage mal rasé entre mes mains et unis ma bouche à la sienne, plonge dans un baiser fiévreux.

Je sens toujours le fantôme de Kyle cogner contre mon âme, et celui de ma culpabilité et de ma souffrance. Je les ignore, qu'ils me hantent, qu'ils hurlent.

Les mains de Colton caressent mon dos, mes fesses, mes cheveux et je n'entends plus les fantômes. Il recule, cherche mes yeux avec ses deux saphirs étincelants et je vois ses fantômes à lui qui essaient de sortir.

Nous sommes tous les deux hantés par les spectres du passé, mais il faut bien tourner la page un jour et faire taire la voix de notre culpabilité.

Et ce jour, c'est maintenant.

11

Te succomber

Colton me repose doucement par terre et je sens son érection quand mes hanches glissent contre les siennes. Je le contourne et me mets à marcher à reculons en direction de sa chambre. Ma respiration est de plus en plus faible. Je me défais de son étreinte et ses sourcils se froncent de confusion. Ses traits se détendent quand il me voit continuer à reculer en dansant et attraper le bas de mon tee-shirt. Je l'enlève d'un seul geste et le jette par terre entre nous deux. Colton se penche pour le ramasser, tout en avançant. Sans me lâcher des yeux, il enfouit son nez dedans pour le renifler.

Je ris. Je m'arrête sur le seuil de sa chambre, saisis l'arrière de ma jupe et fais glisser la fermeture Éclair. Il se fige dans le couloir, pas assez près pour que je le touche, mon tee-shirt froissé en boule dans un poing, son autre main à plat sur le mur. La lueur phosphorescente qui vient de la cuisine accentue sa silhouette en V. Je n'ai plus une goutte de salive dans la bouche à la vue de son corps, solide, viril, délicieux.

Je me mords la lèvre et secoue mes hanches pour faire tomber ma jupe à mes pieds. Je ne porte plus rien d'autre que mes sous-vêtements. J'observe son jean qui enfle aussitôt au niveau de sa braguette.

Il a les yeux mi-clos, un regard animal et affamé.

Je défais mon soutien-gorge, une agrafe à la fois, puis fais tomber une bretelle de mon épaule. Le tout glisse le long de mon bras jusqu'au sol. Colton laisse échapper un râle profond en guise d'approbation.

Son regard sur moi me fait chavirer. Ma peau se tend et mes tétons durcissent. Je reste là et le laisse me regarder. Il fait un pas en avant et j'ai envie de reculer jusqu'au lit, de m'allonger pour lui, tellement j'ai du mal à supporter l'intensité animale de son regard. Mais je n'en fais rien. Je reste là et relève la tête pour le regarder jusqu'à ce qu'il soit juste en face de moi. Il n'y a plus que quelques centimètres qui séparent nos lèvres mais on ne s'embrasse pas. Je peux sentir la chaleur de son souffle sur ma bouche et je la veux sur moi, mais je ne bouge pas. J'attends.

Et puis je ne peux plus me retenir. Je lui enlève son tee-shirt et l'imite en le reniflant. Mon Dieu, il sent incroyablement bon, une odeur familière, rassurante et exotique. Mes doigts courent le long de son torse et s'arrêtent sur le chemin de poils sombres de son ventre, celui qui conduit sous son jean. Je défais le bouton, baisse la fermeture Éclair, laisse mes doigts effleurer son sexe à travers le coton de son boxer. Voir le tissu déformé par son érection me fait trembler. Le tissu est humide au niveau de son gland.

Il enlève son jean et nous sommes désormais tous les deux en sous-vêtements. On y est presque, presque nus l'un contre l'autre.

Je glisse mon doigt sous la ficelle de mon string rose vif pour le faire glisser.

– Arrête. Garde-le.

Sa voix profonde et autoritaire suffit à me couper dans mon élan.

J'obéis aussitôt et laisse mes mains retomber le long de mon corps. Je ne suis pas sûre de comprendre pourquoi mais c'est tellement sexy quand il me donne des ordres comme ça. Je sens un picotement dans mon ventre, un frisson dans mes cuisses. Je serre mes jambes l'une contre l'autre pour essayer de calmer la douleur que me provoque l'excitation, mais c'est peine perdue. Il se rapproche et mes seins caressent son torse, son érection se presse contre mon ventre. J'enlace ses épaules, glisse mes mains le long de sa colonne et l'attire encore plus près. Il se penche et m'embrasse, doucement d'abord, tendrement. La délicatesse de son baiser me fait fondre, une vraie guimauve, j'en ai le souffle coupé. Je dois agripper sa taille pour ne pas tomber.

Mes doigts caressent ses hanches, juste au-dessus de l'élastique de son caleçon. Je me dresse sur la pointe des pieds pour l'embrasser encore plus profondément et plonge mes mains dans son boxer. J'empoigne ses fesses en béton, les pétris à pleines mains. Il grogne dans notre baiser, une de ses paumes est posée sur le creux de mes reins, l'autre est sur ma hanche et remonte, remonte le long de mes côtes… jusqu'à ma poitrine. Sa main rugueuse recouvre mon téton, tout mon corps en frissonne. Je me cambre dans sa main, plante mes ongles dans ses fesses, explore sa bouche avec ma langue.

Je perds l'équilibre, j'ai le vertige et plus beaucoup de souffle. Colton s'arrête soudain.

– Accroche-toi à l'encadrement de la porte, m'ordonne-t-il.

J'obéis et il me sourit, un sourire de prédateur.

– Maintenant écarte les pieds… de la largeur de tes épaules… voilà, comme ça. Ne bouge plus. Et accroche-toi.

Je crois savoir ce qu'il a en tête et je n'arrive plus à respirer, mon cœur est coincé dans ma gorge. Mes mains accrochées à l'encadrement de la porte sont la seule chose qui m'empêche de tomber. Il plonge à genoux devant moi et je dois m'accrocher encore plus fort. Ses énormes mains attrapent l'arrière de mes cuisses. Je me mords la lèvre et baisse les yeux pour le regarder ; j'ai le souffle coupé.

Oh mon Dieu, oh mon Dieu, *ohmondieu.*

Il écrase son nez contre mon sexe, contre le petit triangle de soie rose. Il n'a encore rien fait et pourtant je gémis déjà. Un cri m'échappe quand il baisse soudain mon string d'un coup sec. Il attrape ma cheville pour soulever mon pied, un ordre tacite de me défaire complètement du petit bout de tissu. Je m'exécute et me voici entièrement nue, le visage de Colton entre mes cuisses.

J'attends, encore et encore. J'essaie d'imaginer quel va être son prochain mouvement, mais il se contente de me regarder, de me dévorer des yeux, ses mains à nouveau derrière mes cuisses, juste en dessous de mes fesses.

Est-ce qu'il va se servir de sa bouche ? Me prendre dans sa bouche ? Bon sang, que j'en ai envie.

Mais il ne fait rien. Rien. Je ferme les yeux de désespoir tellement je crève d'envie qu'il passe à l'action… et d'un coup, sans prévenir, sa langue chaude et humide lèche doucement la fente de mon sexe. Il avait calculé son assaut pour que je ne m'y attende pas. Je laisse ma tête tomber en arrière et je gémis de plaisir, de soulagement. Je dois agripper la porte de toutes mes forces pour ne pas tomber.

Ses doigts glissent vers l'intérieur de mes cuisses pour

les écarter, ils m'ouvrent pour sa bouche. Un autre coup de langue, doux et lent, un troisième et le voilà qui lèche et lèche encore et je ne fais plus que gémir. Puis il me fouille avec sa langue, il appuie sur mon clitoris ultra-sensible. Je m'écroule contre son visage, je ne sens plus mes jambes.

– Redresse-toi, Nelly chérie.

J'obéis et sa langue est à nouveau en moi. Elle trace des cercles autour de mon clito et m'arrache des râles, des petits gémissements et des soupirs murmurés.

Je sens une pression brûlante monter en moi, comme un énorme ballon sur le point d'exploser. Je suis proche de l'orgasme et c'est lui qui va me faire basculer dans ce monde merveilleux d'extase. J'ai envie de le toucher, toucher ses cheveux, sa peau, mais il m'a dit de m'accrocher à la porte et si je ne le fais pas, il pourrait s'arrêter et ça serait pire que tout. Je me tiens donc à l'encadrement comme il m'a dit de le faire et m'autorise à crier aussi fort que j'en ai envie. Plus je hurle, plus ses coups de langue deviennent rapides et fiévreux.

Et là, alors que je suis sur le point de jouir, il ralentit. Sa langue sort de mon vagin, puis recommence à lécher mes lèvres, un son m'échappe, entre plaisir et frustration. Une de ses mains caresse l'extérieur de ma cuisse, puis le creux du genou opposé et remonte vers sa joue à lui, tout près de mon sexe à moi.

Oh oui, oui, caresse-moi à cet endroit. J'ai besoin de ses doigts en moi.

Il n'en fait cependant rien.

– Dis-moi ce que tu as envie que je fasse. Je ne ferai rien à moins que tu me dises de le faire.

Je pousse un gémissement et baisse la tête pour le regarder. Sa bouche et ses lèvres sont luisantes de mon jus, ses yeux bleus, si bleus, étincellent de désir.

– Touche-moi. Pénètre-moi avec tes doigts. Continue à me lécher.

Je ne peux pas m'empêcher de soupirer quand il glisse deux doigts dans mon sexe chaud, palpitant et trempé.

– Fais-moi jouir.

– Dis mon nom.

Je me mords la lèvre parce que je ne peux pas m'en empêcher et parce que je sais que ça le rend dingue.

– Fais-moi jouir, Colton.

Il grogne du fond de sa poitrine. J'adore ce son.

– Tu sais, dit-il (il s'arrête au milieu de sa phrase, me donne un long coup de langue, puis continue), tu es la seule personne que je connais qui m'appelle Colton. Tout le monde m'appelle Colt.

– Tu veux que je t'appelle Colt ?

– Hors de question. J'adore la façon dont tu dis mon nom.

La conversation s'achève car ses doigts bougent d'une façon qui m'arrache des hurlements, que sa langue se concentre à nouveau sur mon clito, que sa main caresse mes fesses. Il est partout, sur moi, en moi, contre moi. Mon monde ne se résume plus qu'à lui, Colton, et au plaisir fou et incroyable qu'il est en train de me donner.

Je suis à deux doigts de l'orgasme. Mais chaque fois que je suis sur le point d'exploser, il semble s'en apercevoir et ralentit, change de rythme pour me faire redescendre, m'éloigner du point de délivrance. Je crois qu'il se fie à ma voix. Je suis à nouveau au bord de jouir et il peut entendre mes gémissements s'accélérer. Je râle et pousse des petits cris de plaisir. Il s'arrête net. Je lance ma tête en arrière de frustration, puis la laisse retomber en avant pour le regarder recommencer à me lécher. Dieu qu'il est sexy quand il fait ça. Ses cheveux noirs brillent dans un faible rayon de lumière, la pénombre enveloppe sa peau mate et sombre, ses muscles nus étincellent à chacun de ses mouvements. Sa main tient fermement mes fesses pour me serrer contre son visage et j'ai désormais perdu tout contrôle sur moi-même. Je m'écroule, les genoux tremblants, dans sa bouche, sur ses doigts, mes mains s'emmêlent dans ses cheveux, je l'écrase contre moi avec un désir incontrôlable, un abandon total.

– J'ai besoin de jouir, Colton, dis-je en soupirant. Laisse-moi jouir, s'il te plaît.

D'une main, il caresse mes fesses en rond, les effleure. De l'autre, il masse un point profond à l'intérieur de moi, contre les parois, d'une manière qui me coupe le souffle, me fait gémir encore et encore. Puis il va et vient avec ses doigts, dedans, dehors, dedans, dehors, et revient sur le point. Sa langue est constamment active, elle ne se fatigue jamais, elle appuie sur mon clito, le lèche en cercles, l'effleure, le suce, l'aspire et tire délicatement dessus avec ses dents.

Je suis proche désormais. Si proche.

– J'y suis presque, m'entends-je dire, haletante. Ne t'arrête pas, ne t'arrête pas.

Il ne dit rien et repart simplement à l'attaque. Je suis au bord, je tourne autour, je tremble, je suis sur le point de basculer. La tête en arrière, je gémis à pleins poumons, attire son visage contre mon sexe, suis le rythme de mes genoux qui cèdent et du va-et-vient de sa langue.

Il attrape mon clito entre ses dents et le tète vigoureusement, ses doigts s'agitent furieusement en moi. Et puis je jouis. À l'instant exact où j'étouffe un cri perçant, annonçant mon orgasme, il me claque les fesses et je jouis tellement fort que je n'arrive plus à respirer et que mon cri s'interrompt d'un seul coup. Il me donne une nouvelle claque, sur l'autre fesse. Ses doigts vont et viennent à l'intérieur de moi tandis qu'il me gifle une troisième fois. À chaque fessée, il donne un petit coup de langue sur mon clito et je jouis, encore et encore et encore, penchée en avant, le corps plié en deux à la taille, la bouche grande ouverte mais silencieuse.

– Crie pour moi, Nelly.

Il accompagne son injonction d'une dernière claque, la plus violente de toutes, mordille mon clito presque trop fort.

Je ne peux faire qu'obéir, je hurle bruyamment et m'effondre en avant. Colton m'attrape dans ses bras en se relevant et m'allonge délicatement sur le lit. Je convulse, comme une réaction post-sismique, vague après vague, mais je me force à ouvrir les yeux et je vois Colton marcher jusqu'à la salle de bains, fouiller dans le placard sous le lavabo et en sortir une boîte neuve de préservatifs. Il revient dans la chambre, déchire la languette de la boîte et sort un accordéons de sachets. Il en ouvre un et jette l'emballage sur le sol à côté du lit.

En le regardant faire, je réalise ce qui est sur le point de se passer. Le laisser me faire un cunni, le toucher, l'embrasser, le faire jouir avec ma main, tout ça, c'est une chose. Mais le sexe pour de vrai, lui contre moi, allant et venant en moi… c'en est une autre.

Il enlève son caleçon et s'installe à côté de moi sur le lit. Appuyé sur un coude, il se penche au-dessus de moi.

– Des hésitations ? demande-t-il, ayant probablement remarqué l'expression de mon visage. Il n'y a aucune obligation. Si tu n'en as pas envie, on ne…

– J'en ai envie.

Ma main caresse chacune de ses vertèbres jusqu'à ses fesses.

– J'en ai vraiment envie. Ça fait si longtemps. Je suis nerveuse. Mais j'en ai envie.

– Et les fantômes ?

– Ils sont là, mais je m'efforce de les ignorer.

Je suis la ligne de son flanc, le long de ses côtes, puis redescends sur ses hanches.

– Et toi ?

– Pareil.

Son regard balaie mon corps puis remonte vers mes yeux.

– Tu es tellement sexy, Nell. Tellement belle. Putain, tu es si magnifique que j'ai du mal à gérer. Je ne mérite pas l'ange adorable que tu es.

Et aussi simplement que ça, mes angoisses disparaissent, balayées par le courant d'une vague de tendresse et de désir.

– Je ne suis pas un ange, dis-je en me redressant sur un coude.

Je le pousse pour qu'il tombe sur le dos.

– Et tu me mérites, pour de vrai. Tu mérites même mieux que…

– Je te mérite toi et personne d'autre, m'interrompt-il en posant ses mains sur mes hanches tandis que je m'assois à califourchon sur ses cuisses. Rien que toi. Le bon, le mauvais. Tout ce que tu es, tout est beau chez toi.

Je ne peux rien faire d'autre que le fixer en guise de réponse, je cligne des yeux pour retenir mon émotion. Il ne s'agit pas de larmes, pas exactement. Juste… de l'émotion. Je regarde son torse, les écritures, les images peintes au gré de son corps si glorieusement musclé. Je caresse sa poitrine, descends jusqu'à son ventre, trace avec mes doigts tremblants le contour des deux muscles taillés en V qui descendent encore plus bas. Je suis les lignes du V jusqu'à ses poils pubiens, rasés de près, et jusqu'à son membre. Mon Dieu, il est énorme. Je me lèche les lèvres, puis les mords, hésitante. Il ne bouge pas, il tient juste vaguement mes hanches.

– Touche-moi, dit-il. Touche-moi comme tu veux. À ton rythme.

Je commence du bout d'un doigt. Juste la pulpe de mon index qui frôle l'extrémité de son gland. Il tressaute sous mon geste, son ventre se contracte légèrement puis se détend. Je mords si fort mes lèvres qu'elles me font mal. Ses doigts se resserrent, plantés dans la chair de mes hanches, il essaie de se contrôler. Je lui ai déjà fait ça une fois, mais il dormait, il ne me regardait pas. Là, c'est différent. Je veux savoir ce qu'il aime, ce qu'il veut, ce qui lui donne le plus de plaisir. J'ai envie de le toucher, de le tenir dans ma main. J'ai envie de le prendre dans ma bouche et de savoir quel goût il a. C'est quelque chose que je n'ai fait qu'une fois ou deux dans ma vie, il y a très longtemps, et je découvre que j'ai vraiment envie de le lui faire à lui.

Je glisse en arrière le long de ses jambes, toujours à califourchon, pour être mieux installée. Une grande inspiration et j'entoure ma main autour de lui. Il est épais, dur comme du bois, sa peau est douce et brûlante, torride. Mon cœur n'est qu'un tambour fou dans ma poitrine, je respire à peine. Son regard est posé sur moi, inébranlable, indéchiffrable. Je glisse ma main jusqu'à la base de son membre et il est si gros que je peux poser mon autre main dessus, le bercer avec mes deux poings. Je glisse de haut en bas, je prends le rythme.

– Bon sang, Nell, j'aime la façon dont tu me touches.

Sa voix est rauque et suave.

Je ne réponds pas. Puis je me penche, le visage à un centimètre de sa chair rose et veineuse.

– J'ai envie de te goûter.

– Tout ce que tu veux, dit-il. Mais je ne jouirai pas dans ta bouche.

– Ah bon ?

J'hésite, pose mes lèvres sur son gland.

– Nan. Pas cette fois-ci en tout cas. J'ai envie d'être en toi quand je jouirai. J'ai envie d'être plongé dans tes yeux magnifiques quand nous jouirons ensemble.

Il glisse sa main dans mes cheveux puis incline la tête en arrière quand je trouve enfin le courage de le prendre entre mes lèvres. Il a un goût tiède ; un liquide chaud sort de son gland, je le sens sur ma langue, une saveur de musc et de sel. Il gémit et je l'avale encore plus profondément, centimètre par centimètre dans ma bouche, faisant courir ma langue le long de son membre. Je le tiens toujours dans ma main, que je bouge de bas en haut. Mes lèvres rejoignent mes doigts, je vais aussi loin que possible avant de m'étouffer. Je recule et le fais glisser hors de ma bouche avec ma main, puis redescends. Il agite légèrement les hanches quand il touche le fond de ma gorge.

– Désolé, je ne voulais pas t'étouffer.

Je retire ma bouche mais laisse mes mains sur lui, je le regarde.

– Ne t'inquiète pas. J'aime le goût de ton sexe.

Je n'attends pas qu'il réponde et serre à nouveau mes lèvres autour de lui ; je le prends profondément. Cette fois je vais volontairement jusqu'à avoir un haut-le-cœur, juste par curiosité, pour voir jusqu'où je peux aller.

– Bon sang, Nell.

Il essaie de reculer ses hanches mais il n'a nulle part où aller. Il siffle, plie ses doigts dans mes cheveux.

– Si tu le fais, essaie au moins de détendre ta gorge. Ne fais rien que tu n'aies pas envie de faire. Ne fais rien parce que tu crois que c'est ce que j'attends de ta part.

Je recule, redescends et cette fois je relâche les muscles de ma gorge et le fais glisser encore plus profondément. Oh mon Dieu, oh mon Dieu, *ohmondieu*. Je vais si loin.

Il est si énorme. C'est presque trop, mais j'aime ça. Je ne sais pas ce que cela signifie, ce que ça dit de moi, mais je m'en fous. Il aime ça, ça se voit. Il se retient, mais il aime vraiment ça. J'installe un rythme. Je recule jusqu'à avoir son gland au bord des lèvres puis le prends aussi profond que j'en suis capable ; mon poing serré autour de son sexe suit le mouvement de ma bouche.

– Putain, Nell. Putain, c'est incroyable.

Il est hors d'haleine, il tremble à force d'efforts pour rester immobile.

– Tu peux bouger, lui dis-je. Ne te retiens pas.

Il gémit et se met à bouger en suivant mon rythme. Je jette un coup d'œil vers son visage, j'ai son gland au bout des lèvres et je le vois tourner la tête vers le plafond, une expression d'extase douloureuse lui tord les traits. J'adore savoir que c'est moi qui lui donne ce plaisir-là. Ses doigts agrippent mes cheveux, enserrent mon crâne. Il m'appuie doucement sur la tête, m'encourage.

Il bouge et bouge, pousse dans ma bouche. Je le prends, je le prends en entier. Je sais qu'il a dit qu'il n'allait pas jouir dans ma bouche mais je décide du contraire. J'en ai envie. Je veux l'avaler, le goûter, le sentir, le sentir s'abandonner dans ma bouche.

– Touche mes testicules, dit-il, ses mots perçant à travers ses dents serrées. S'il te plaît.

Je les prends dans une main, ils sont tendus, gonflés. Je les masse aussi délicatement que possible, en continuant de bouger mon autre main sur la base de son pénis ; je le suce énergiquement avec ma bouche, de plus en plus vite. Son souffle semble épuisé, ses hanches convulsent de façon incontrôlable. Je l'avale en entier à chaque mouvement, sans m'étouffer. Ça me rend fière. J'aime le sentir contre ma gorge, savoir qu'il aime ça, qu'il adore ça. Il m'a donné tellement de plaisir en me le faisant à moi et je peux enfin lui rendre la pareille.

Il tente de reculer.

– Il faut que… faut que tu t'arrêtes. Je suis trop près, Nell.

Il tire doucement sur mes cheveux, deux fois.

Je ne fais que m'agiter encore plus et je sens ses hanches céder et recommencer à pousser son sexe dans ma bouche. Je sens ses testicules se contracter, palpiter. Et d'un coup, au plus fort du mouvement, il explose au fond de ma bouche. Je sens une coulée chaude gicler dans ma gorge. Je recule pour que son gland soit au bord de mes lèvres et le suce énergiquement. Il grogne bruyamment, ses hanches se rebellent et un autre jet jaillit dans ma bouche. J'y goûte cette fois, un liquide épais, chaud, salé, qui coule sur ma langue, puis dans ma gorge quand je l'avale. Je serre son sexe à la base, pompe, continue à sucer et il se laisse aller une troisième fois, un jet moins dense et plus doux. Quand je sens les convulsions s'évanouir, je le prends en entier une dernière fois. Je le relâche et glisse le long de son corps afin de venir me reposer sur son torse. Son gland encore dur chatouille mon sexe et je ne peux pas m'empêcher de me tortiller, de me placer dessus. J'ai envie de lui en moi.

Colton est tendu, il tremble et frémit.

– Putain de merde, Nell. C'était incroyable.

Je glousse bêtement dans son épaule.

– Merci ? Je n'étais pas sûre de faire ça comme il fallait, mais tu avais l'air d'aimer alors…

Il se fige.

– Tu ne l'avais jamais fait avant ?

Je hausse les épaules.

– Si, mais… c'était il y a très, très longtemps et je ne l'ai fait qu'une ou deux fois.

Je n'ai franchement pas envie d'entrer dans les détails. Il a l'air de comprendre car il se contente d'acquiescer.

– Compris. En tout cas, je peux te dire que j'ai jamais ressenti un truc pareil, putain.

Je sens un frisson de fierté me parcourir.

– Vraiment ?

Mon petit doigt me dit qu'il doit avoir beaucoup d'expériences et de matière à comparaison. Mais je ne préfère pas trop y penser.

– Oh que oui.

– Tu dis juste ça pour me faire plaisir.

Il rit.

– Non, vraiment pas. C'était sincèrement bon à ce point-là.

Il se retourne soudain et je me retrouve sur le dos avec lui au-dessus de moi, ses lèvres sur mon épaule, embrassant doucement ma peau.

– Et maintenant j'ai le droit d'embrasser chaque centimètre de ton incroyable corps.

Et il le fait, chaque centimètre. Il commence par mes épaules puis m'embrasse doucement jusqu'au sternum. Agenouillé entre mes jambes, il descend le long de ma poitrine. Je veux que sa bouche reste là, mais il joue avec moi, il embrasse la courbe de mes seins mais sans prendre mes tétons dans sa bouche comme j'aimerais qu'il le fasse. Une série de baisers mouillés glisse sur mon ventre, jusqu'à mes hanches, le long de chaque cuisse. Je m'attends à ce qu'il pose sa bouche sur mon sexe, mais il ne le fait pas. À la place, il s'amuse à embrasser dangereusement l'intérieur de mes cuisses, au creux de l'aine. Ses joues rugueuses sont comme du papier de verre contre ma peau sensible, mais sa bouche ne se pose jamais sur mon sexe.

Après avoir embrassé mes tibias, mes mollets et pieds,

il remonte en douceur. Il est à hauteur de mes genoux, hésite, prend mes hanches dans ses mains et me tourne sur le ventre. Je pose ma tête entre mes bras et essaie de ne pas trop penser à mes complexes. Il embrasse l'arrière de mes jambes, de mes cuisses, puis, oh oui, chacune de mes fesses, les explore, il leur porte une attention toute particulière. Ses mains accompagnent ses baisers, pétrissent ma chair, frôlent la fente entre mes fesses.

Son doigt longe l'intérieur de la fente et d'un seul coup cette session de baisers n'a plus rien d'innocent. Elle est érotique. Sa bouche est toujours sur mes fesses, mais son doigt, lui, glisse entre mes cuisses puis remonte pour longer ma raie, encore et encore, de façon un peu plus appuyée chaque fois.

– Tu as aimé quand j'avais mon doigt dans ton petit cul, hein ? demande-t-il d'un ton grave et autoritaire.

Je me contente de gémir en guise de réponse. Oui, j'ai aimé. Mais je ne peux pas lui dire ça.

– Réponds-moi, bébé.

Il écarte mes cuisses avec ses genoux, il m'ouvre.

– T'as aimé ça ?

Il écarte encore mes cuisses, aussi loin que ma souplesse le permet, et me voici complètement à nu pour lui, ouverte. Ses mains caressent mes fesses et je peux sentir qu'il attend ma réponse. Je ne dis rien. Je veux le pousser, voir ce qu'il va faire.

Il me donne une claque sur la fesse, un petit coup léger mais cinglant. Mon sexe se resserre immédiatement et je suis aussitôt mouillée, trempée. Je geins dans l'oreiller.

– Oui, Colton. J'ai aimé.

– Tu en veux encore.

– Hin hin…

Je n'arrive pas à prononcer le moindre mot. Son index massif parcourt ma raie en descendant, ce qui me fait suffoquer ; j'ai le corps qui tremble.

Son autre main glisse sous moi pour masser mon clito. C'est comme un éclair à travers moi et je me tords sous ses caresses. Son doigt, lui, continue de bas en haut, se rapprochant dangereusement mais sans pression, sans hâte. Colton caresse mon clito avec douceur, délicatesse et lenteur. Il me prépare pour le reste. Oh, je suis prête. Tellement prête. J'étire mes jambes pour les écarter encore plus. Son doigt quitte la fente de mes fesses pendant une seconde, puis il revient. Cette fois il est humide et chaud et je le sens appuyer sur mon anus.

– Dis-moi si c'est trop.

Il le fait pénétrer, oh, si doucement. Oh mon Dieu, oh mon Dieu, *ohmondieu*. Son autre main forme désormais des ronds précis et rapides autour de mon clito. Une vague de chaleur m'envahit. Je me tords et me cambre, creuse mon dos et roule mes hanches. C'est tellement bon. Je me redresse sur mes genoux et recule, j'aime la plénitude de son doigt en moi. Oh mon Dieu.

– Colton… ne t'arrête pas.

– Aucun risque.

Il glisse deux doigts au fond de mon sexe et je suis sur le point d'exploser.

C'est une sensation intense, brûlante, dévastatrice et légèrement douloureuse, mais une douleur familière, bienvenue, érotique. La perfection. Enfin non, je réalise en le pensant que ce n'est pas ça, la perfection. La perfection, ce serait de l'avoir lui en moi. Comme ça, mais avec sa bite à la place de ses deux doigts.

– J'ai envie de toi en moi.

Je tourne la tête pour murmurer les mots par-dessus mon épaule.

– Tout de suite.

– Comme ça ?

– Oh oui, comme ça.

Ma voix est un chuchotement féroce.

J'entends un emballage se déchirer et sens ses doigts glisser en dehors de mon sexe. Je me retourne et le vois enfiler le préservatif d'une main. Je m'appuie sur mes coudes, le regarde saisir son membre pour le guider jusqu'à l'entrée de mon vagin. J'en sens le bout et je vois ses yeux qui cherchent les miens, il hésite.

– Nell, je…

C'est étrange, il est si dominateur parfois, quand il me donne des ordres que je me découvre vouloir exécuter, quand il m'emmène à des niveaux délirants d'extase. Et à d'autres moments il est hésitant, incertain, mais c'est toujours par égard envers moi. Il veut s'assurer que je suis sur la même longueur d'onde que lui, que j'ai envie de ce qui est en train de se passer.

Je n'arrive pas à prononcer le moindre mot pour lui répondre, alors je recule contre lui, et je le sens glisser en moi, me remplir.

Oh… mon… Dieu. Je laisse ma tête tomber entre mes bras croisés, je recule encore pour aller jusqu'au bout de lui.

– Putain, Nell, tu es si étroite.

Sa voix est tendue, rauque. Ses mains agrippent mes hanches à l'endroit où elles se cambrent et il me tire contre lui.

Il est désormais collé à moi, ses hanches contre mes fesses, un doigt toujours en moi à cet endroit, là-bas derrière.

– Tu es si *gros*, Colton…

Je dois retenir un gloussement quand j'entends ma phrase à haute voix. Je l'ai dite dans un soupir et on se serait cru dans un film porno. Mais c'est vrai, il est énorme, il me déchire presque.

– Ça va ? Je ne te fais pas mal ?

Je secoue la tête. C'est parfait.

Je sens le plaisir monter en moi, une chaleur volcanique. Il va et vient et puis il s'arrête avec juste son gland en moi. Il hésite une seconde, puis plonge doucement en moi et je crie, un hurlement à couper le souffle. Il se retire doucement, encore une fois, puis dedans à nouveau, son doigt qui pulse en moi, avec des légers va-et-vient, la pression est à son maximum, des éclairs parcourent mon corps, explosent dans mes veines et le long de mes muscles. Il hésite à l'entrée de mon vagin, son gland enfoui dans mon sexe et cette fois, quand il me pénètre, le mouvement est plus vif, presque brusque.

– Oh oui, Colton, oui. Comme ça.

Il se retire et pilonne à nouveau, profondément, violemment.

– Comme ça ?

– Oui… dis-je en suffoquant.

Encore, dur, profond, si profond.

– Tu aimes quand c'est fort ?

Son rythme est désormais brutal et rapide.

– Oui, Colton. J'aime quand c'est fort.

– Oh putain, Nell.

Il se penche sur moi, enfoui loin en moi, pose sa tête contre ma colonne.

– Comment peux-tu être aussi incroyable ?

Je n'ai aucun moyen de répondre à ça. Je n'en ai pas l'occasion de toute façon car il me martèle à nouveau. Je gémis à chaque pénétration, je me colle à lui chaque fois qu'il glisse profondément en moi. Je ne pense à rien d'autre qu'à l'instant présent. Je n'ai aucun autre souvenir que celui de la pénétration précédente, il n'y a personne d'autre au monde que Colton. La pression de l'orgasme imminent gronde en moi. Je sais que ça va être une explosion, que le plaisir va m'inonder.

Puis il ralentit et ses pénétrations se font plus douces. Il glisse la moitié de son sexe en moi, ses mouvements sont sinueux. Oh merde, c'est intense. Encore plus intense que quand c'était violent, d'une certaine façon. Il atteint un nouveau point à l'intérieur de moi, je sens quelque chose se réveiller, tambouriner. Je ne suis pas loin, l'orgasme plane tout près. Il enfonce son doigt un peu plus, l'agite, dedans, dehors. Et d'un coup, il me pénètre profondément, violemment et je me fends en deux. Je crie, recule mes fesses à chaque pénétration, je jouis. Je jouis. Encore et encore.

Il me retourne, il n'est plus en moi. Me voilà sur le dos et sur le point de le supplier de me pénétrer, mais il est déjà là, glissant délicatement à l'intérieur, et je soupire de soulagement de l'avoir à nouveau entre mes cuisses, là où est sa place.

– Nell, regarde-moi.

Sa voix me fait sursauter, j'ouvre les yeux et son regard est si intense, d'un bleu si vif, il a l'air euphorique, il me regarde avec adoration.

– Salut, dis-je.

– Salut, répond-il.

Il me soulève par les épaules pour me redresser. Je suis assise sur ses genoux, la position est un peu bizarre.

– Mets tes jambes autour de ma taille.

Il est en tailleur, assis bien droit, il me tient et je glisse mes talons autour de ses hanches. On sent immédiatement la différence due au changement de position. Il va… *loin*. Si loin à l'intérieur de moi que ça me paraît surréaliste. J'essaie de reprendre mon souffle mais c'est impossible. Ma bouche s'arrondit pour laisser échapper un cri silencieux, tandis que je me laisse glisser le long de son sexe.

– Oh merde, dit-il. Tu es si étroite. Je te l'ai déjà dit ?

– Je… je crois que oui, dis-je en suffoquant presque. Je suis ravie d'être étroite pour toi.

– Bouge pour moi. Soulève-toi de haut en bas. Fais-toi jouir.

Sa voix me caresse, ses yeux sont plongés dans les miens.

J'obéis, bien évidemment. Je pousse sur mes talons, soulève mes cuisses, attrape ses épaules et monte. Je m'arrête quand il est à peine encore en moi puis, les yeux ouverts et bouche bée, je redescends aussi lentement que possible. Je monte à nouveau et ses mains glissent sous mes fesses, me soulèvent, m'abaissent. Mon rythme s'accélère jusqu'à devenir frénétique, mon orgasme est sur le point d'atteindre son zénith.

Il le sent, le voit.

– Jouis pour moi.

Oh, je le fais. Tellement fort.

Je crois qu'il se retient.

– À toi, dis-je. Je veux que tu jouisses maintenant.

Il grogne en nous faisant basculer en arrière. Je me retrouve sur le dos et le voilà au-dessus de moi et maintenant, *maintenant* c'est la perfection. Je suis au paradis, c'est un bonheur comme je n'en ai jamais connu auparavant, et je ne ressens aucune culpabilité, aucune douleur ni aucune honte, rien d'autre que le corps de Colton serré contre le mien, sa bouche qui embrasse fougueusement ma poitrine, qui attrape un téton, le fait rouler, sa bite qui creuse au plus profond de moi…

J'enroule mes jambes autour de lui et pose mes mains sur sa nuque, le serre contre ma poitrine. Il se penche contre moi, tout doucement d'abord, presque lascif. Sa bouche va d'un sein à l'autre, ses mains sont posées à plat sur le lit de chaque côté de ma tête. Je tourne mon visage et embrasse son bras d'acier. Il augmente le rythme, mord mon téton assez fort pour que cela me lance un peu, et ma bouche s'ouvre grande et un léger soupir s'en échappe.

Je ne pensais pas que ce soit possible mais je suis sur le point de jouir encore une fois. Je ne suis pas sûre d'avoir la force suffisante pour un autre orgasme, surtout qu'ils semblent devenir plus intenses chaque fois. Si ça continue comme ça, celui-ci va me déchirer en deux. Oui, je suis à deux doigts désormais. Il s'agite violemment, tangue comme un fou, son poids m'écrase délicieusement, sa poitrine glisse sur la mienne, sa bouche est tout près de mon oreille.

Il murmure mon prénom encore et encore, comme un psaume, tandis qu'il se balance en moi. Une de mes mains est plongée dans ses cheveux sur sa nuque, l'autre griffe son dos jusqu'en bas et agrippe ses fesses contractées, le poussant en moi.

Sa voix souffle dans mon oreille, un murmure étouffé.

– Oh mon Dieu… je vais jouir, Nell. Jouis avec moi. Jouis avec moi, bébé.

Il relève la tête et nos yeux plongent dans ceux de l'autre.

– Oui… oui… maintenant, dis-je. Donne-moi tout.

Ça le rend fou et il me pénètre encore plus fort. Il est brusque, violent et sauvage. C'est la chose la plus incroyable que j'ai jamais vécue, la force primitive d'un homme perdu dans les affres du plaisir qui s'écrase contre moi. Il tape furieusement, va jusqu'au fond de moi, et je plante mes doigts dans sa chair, dans ses cheveux, le fais bouger avec mes jambes, sens mon propre orgasme m'envahir.

Son rythme faiblit, tressaute, le voilà qui se contracte, chacun de ses muscles est tendu comme un arc, tout au fond de moi. Il recule doucement, sort de moi, puis revient se fracasser au fond de moi, encore une fois, puis une troisième et il s'effondre de tout son poids sur moi. C'est une sensation merveilleuse.

Je caresse son dos, des mouvements lents et circulaires, apaisants, j'embrasse son épaule, le creux de son oreille, sa tempe. Je fais glisser mes mains le long de son dos, caresse ses fesses, remonte le long de ses côtes, je mémorise la sensation de ses muscles contre moi, celle de son corps contre le mien.

Il redresse le buste.

– Je dois être en train de t'écraser.

Je le maintiens en place.

– Non, ne bouge pas. J'aime bien. Ça va. J'aime te sentir contre moi.

Son visage est enfoui dans le creux entre mon cou et mon menton, il reprend peu à peu une respiration régulière. Je crois n'avoir jamais ressenti une plénitude telle que celle que je ressens à cet instant. Je suis repue, je suis heureuse. Je palpite et frissonne de partout, je suis rouge d'extase, bouleversée et rassasiée à la fois dans mon cœur, mon esprit, mon corps et mon âme.

Et c'est là que je réalise. En faisant l'amour, on a tous les deux employé des termes comme «J'aime ça» ou «J'aime quand tu…». Et ces termes conviennent quand quelque chose nous plaît vraiment. Mais… la vérité, c'est que je crois que ces mots ont en fait pour nous une signification plus profonde. Ils l'ont pour moi, en tout cas.

Je ne changerais ce moment pour rien au monde. Et je n'ai certainement pas l'intention de m'arrêter là avec Colton. Je veux vivre avec lui des moments comme celui-ci encore et encore, aussi souvent que possible. À cette seconde précise, je me sens plus proche de lui que je ne l'ai jamais été de qui que ce soit auparavant. Cette idée provoque en moi une vague de culpabilité, mais je la repousse au loin.

– À quoi tu penses, Nelly chérie ?

Colton roule sur le dos en me serrant dans ses bras et je me retrouve presque couchée sur lui.

Je lance une cuisse par-dessus sa jambe, ma main se balade sur son torse, mes cheveux sont étalés sur sa poitrine.

– Je me dis que c'est le meilleur moment de ma vie. Honnêtement. Je me sens plus proche de toi à cette minute que je ne l'ai jamais été de personne. Je me dis que… que j'ai envie de vivre des moments comme ça avec toi pour le restant de mes jours.

Je prends une grande inspiration puis soupire, je me jette à l'eau.

– Je lutte avec la culpabilité que ça me fait ressentir, à cause de tout ce dont on a parlé au sujet de ton frère mais… c'est la vérité. Je suis plus proche de toi que je ne l'ai jamais été de lui. Je ne sais pas pourquoi. C'est douloureux et déroutant. Je sais que je l'ai aimé. Il n'y a aucun doute là-dessus. Mais d'une certaine façon je suis… les choses entre toi et moi sont juste… tellement plus intenses. Je ne sais pas.

Il caresse mes cheveux, les peigne avec ses doigts.

– Je comprends. Je ressens la même chose. Je sais que j'étais amoureux d'India. Mais ça avec toi ? C'est… tellement plus fort que c'est presque totalement autre chose, une autre dimension.

Je me redresse pour le regarder dans les yeux.

– Je suis en train de tomber amoureuse de toi, Colton. C'est peut-être trop tôt pour te le dire, mais… c'est vrai. Ça me fait peur, parce que je ne sais pas si les gens vont comprendre, mais pour l'instant je m'en moque. Je dois juste te le dire à toi, parce que… juste parce que.

Il m'attire à lui et m'embrasse, son énorme main sur ma joue. Je me sens si minuscule contre lui, comme si je pouvais m'enfouir contre lui et disparaître.

– Ce n'est pas trop tôt. J'allais te dire la même chose, mais tu m'as devancé.

Je souris.

– Dis-le-moi quand même. S'il te plaît ?

Il prend une grande inspiration puis expire, il regarde distraitement mon visage, tentant de toute évidence d'ordonner ses pensées.

– Je ne suis pas simplement en train de tomber amoureux de toi, Nell. Je suis en train de te succomber. Tu es un océan et j'y succombe, je me noie dans les profondeurs de ce que tu es. Comme tu l'as dit, ça fait peur d'une certaine façon, mais c'est aussi la chose la plus incroyable que j'ai jamais vécue. *Tu* es la chose la plus incroyable que j'ai jamais vécue.

Pour la première fois depuis la mort de Kyle, je pleure des larmes de joie. J'avais oublié ce que c'était.

12

Te sentir à nu

Je me réveille au son de la guitare et de la voix de Colton. C'est un son faible, qui semble venir de loin. Il est sur le toit. J'essuie le sommeil de mes yeux, agite mes boucles emmêlées et balance mes jambes hors de son lit (notre lit ?). J'enfile un tee-shirt propre que je pique dans le panier à linge posé par terre. Il fait toujours nuit dehors. Mais en montant les marches grinçantes qui mènent au toit, ma guitare à la main, je peux voir à l'horizon des nuées de gris entre les gratte-ciel et les appartements. Une heure ou deux avant l'aube donc.

Colton est dans son fauteuil, il porte un vieux pantalon de jogging et un sweat Champion tout déchiré. La capuche dissimule presque ses sourcils mais laisse échapper une mèche de cheveux noirs sur son visage. Il est pieds nus, les jambes en l'air posées sur la barrière du toit. Les yeux fermés et la guitare sur le ventre, ses doigts jouent un air mélodieux et lent qui me rappelle un morceau de City and Colour, mais je sais que ce n'est pas ça. Il chante doucement, mais son visage se contracte et ses sourcils se froncent chaque fois qu'il monte dans les aigus. On peut lire dans son expression l'intensité de ce qu'il ressent quand il chante. Une tasse de café fumant est posée par terre à côté de lui. Il y a aussi une Thermos pour se resservir quand il veut. Je m'assois sur la barrière derrière lui, mes pieds sur les marches. Je le regarde, je l'écoute. Je n'arrive pas vraiment à comprendre les paroles, il baragouine un peu, chante tout doucement. De temps en temps, il s'arrête, revient quelques notes en arrière et ajuste la mélodie ou le phrasé.

Je comprends qu'il est en train d'écrire une chanson.

Il termine le morceau et se penche pour attraper sa tasse. C'est là qu'il me voit.

– Oh, salut. J'espère que je ne t'ai pas réveillée.

Je hausse les épaules et traverse le toit pour m'asseoir dans le fauteuil à côté du sien.

– Si, mais ce n'est pas grave. J'aime bien me réveiller au son de ta voix.

Mon Dieu que ma phrase est cruche, mais je m'en moque, surtout quand je vois les yeux de Colton se mettre à briller.

– Qu'est-ce que tu fais debout si tôt ? je lui demande.

Il me tend la tasse de café et j'en avale une gorgée en écoutant sa réponse.

– Je me suis réveillé avec cette chanson dans la tête. Il fallait qu'elle sorte, tu comprends ?

– De ce que j'ai entendu, ça a l'air très beau, dis-je, sincère.

– Ce n'est pas terminé mais merci.

– Ça parle de quoi ?

Il gratte les cordes avec son pouce.

– De toi. De nous. Ça vient de quelque chose que je t'ai dit hier soir.

– Tu me la joues ?

Il fait une grimace et secoue la tête.

– Nan. Pas avant qu'elle soit finie. On a un concert jeudi, je te la jouerai à ce moment-là.

Je fais semblant de faire la moue. Ça le fait rire. On reste là, à partager un café, à regarder le soleil se lever entre les immeubles et à répéter les chansons qu'on va jouer jeudi.

Je suis heureuse et je refuse de laisser quoi que ce soit gâcher cet instant, pas même la culpabilité omniprésente, ni le fait que Kyle me manque toujours.

Je comprends enfin que Kyle me manquera toujours et qu'une partie de moi se sentira toujours coupable d'être en vie quand lui ne l'est pas. C'est une chose avec laquelle je vais juste devoir apprendre à vivre.

On est jeudi et mon stress est à son maximum. J'ai trois solos ce soir et Colton va étrenner sa nouvelle chanson. On fait les reprises en duo de rigueur, celles de Mumford & Sons, The Civil Wars, Rosi Golan et d'autres. Mes solos se passent bien, *Let It Be Me* de Ray LaMontagne et mes *covers* de Billie et Ella. Elles sont devenues parmi les préférées du public au fil des semaines.

Et puis, immédiatement après l'entracte, Colton se racle la gorge dans le micro et gratte sa guitare pour l'ajuster. C'est sa façon d'attirer l'attention du public.

– OK, donc j'ai cette nouvelle chanson, dit-il. C'est un original de Colt. Quelqu'un veut l'entendre ?

Je crie « Oui ! » dans le micro, puis recule et applaudis avec tout le monde. Il me sourit, vu qu'il sait que j'ai envie de l'entendre. Je l'ai harcelé tous les jours pour qu'il m'en joue un extrait depuis notre session de bœuf improvisé sur le toit.

– Bon, je crois que je vais la jouer, alors.

Il prend une profonde inspiration et souffle.

– Donc ouais. Ça s'appelle *Te succomber* et ça parle de Nell qui est juste là. C'est un peu une chanson d'amour, mais ne le dites à personne. J'ai une réputation de dur à cuire à préserver quand même.

Le public rit et pousse des cris d'encouragement.

Il entame la mélodie sur sa guitare. C'est un arrangement assez compliqué. Il est plus élaboré que ce dont je me souviens, mais je reconnais le petit air que j'avais entendu sur le toit. Et puis il chante. Il me regarde au fond des yeux et je réalise que c'est à moi qu'il la chante, cette chanson, rien qu'à moi. Nous sommes peut-être devant une foule de cent personnes, mais nous sommes seuls au monde.

Il semblerait que toute ma vie
Je n'aie fait que tomber,
Échouer,
Lutter,
Gardant à peine ma tête hors de l'eau.
Et puis un jour,
Je t'ai vue, toi
Debout sous un arbre en fleur,
Tu refusais de pleurer,
Mais déjà j'avais vu
Le poids de la douleur dans tes yeux,
Et déjà j'avais voulu,
Là sous cet arbre,
Te la prendre tout entière.
Mais je n'avais aucun mot pour te guérir,
Je n'en avais aucun pour me guérir moi.
Et maintenant que le destin a choisi
De nous unir l'un à l'autre,
Malgré les années entre nous,

Malgré le poids de la douleur
Derrière nos deux regards,
Malgré les fantômes qui nous suivent
Comme des âmes envoûtantes et brumeuses,
J'essaie encore de trouver les mots pour te guérir,
Pour prendre ton chagrin et le faire mien
Afin que tes beaux yeux puissent sourire,
Afin que tu sois en paix.
Et maintenant que le destin a choisi
De nous unir l'un à l'autre,
Je ne peux pas résister à l'envoûtement de tes yeux,
La tentation de ta beauté,
L'enchantement de ta voix
Qui murmure mon nom
Dans le réconfort obscur de mes draps,
Je ne peux pas te résister, bébé,
Parce que je te succombe encore,
Je ne peux que te succomber.

Quand la chanson se termine, je suis en larmes. Des larmes de joie, à nouveau. Celles d'une fille heureuse et cruche. J'oublie complètement qu'on est sur scène. Je descends de mon tabouret et cours entre ses jambes, sa guitare dure entre nous deux, et je l'embrasse profondément. Il passe sa main sur ma nuque, dans mes cheveux, m'embrasse jusqu'à ce que le public se mette à siffler et applaudir, nous ramenant à la réalité.

– J'en conclus que ça t'a plu ? murmure Colton à mon oreille.

Je ne peux qu'acquiescer et j'essaie de me calmer pour pouvoir jouer notre prochain duo sans devenir folle.

Nous sommes enlacés, debout sur le perron de mon immeuble. Je me tiens sur la deuxième marche et lui, sur le trottoir. Nous sommes donc à la même hauteur. J'en profite pour lui mordiller le lobe de l'oreille tandis qu'il essaie de me convaincre de l'accompagner chez lui plutôt que de rester ici.

– Colton… c'est mon appartement, chez moi. Je paie un loyer, cher de surcroît, il faut bien que ça serve à quelque chose de temps en temps. Mais tu peux venir avec moi.

– Il faut que je travaille demain matin. Les mecs vont débarquer à sept heures pour finir le Hemi sur lequel on bosse.

– Et moi, j'ai cours à huit heures. On se lèvera tôt et puis c'est tout.

Il a cette manie de refuser en bloc de faire quelque chose qui le dérange sans jamais expliquer pourquoi. Je fronce les sourcils.

– C'est quoi le vrai souci, Colton ? Pourquoi tu ne veux pas venir chez moi ?

Il hausse les épaules et finit par me regarder dans les yeux.

– C'est juste une habitude que j'ai. Quand on a vécu aussi longtemps que moi dans la rue, c'est difficile de dormir ailleurs que chez soi. Je ne sais pas comment l'expliquer. J'aime juste… j'aime être chez moi. Ce n'est pas que j'aime pas ton appartement ou autre. Seulement je préfère le mien.

– Est-ce que tu peux essayer ? Pour moi ? J'ai envie de toi dans mon lit.

Je n'y avais jamais vraiment pensé avant cet instant, mais la quasi-totalité du temps qu'on a passé ensemble, c'était chez lui, ou à l'extérieur.

– Tu as envie de moi dans ton lit, hein ?

Il me fait une grimace un peu salace. Je le serre contre moi.

– Oui, et dans tous les sens du terme.

– Dans ce cas, je peux peut-être faire un effort. Pour toi.

Il glisse ses mains dans le creux de mon dos pour serrer mon corps contre le sien, agrippe mes fesses et me soulève.

Je mords son cou et lui murmure à l'oreille :

– Je te promets que ça en vaudra la peine.

– Je n'en doute pas. N'importe quel moment passé avec toi, n'importe où, en vaut la peine. Même si on ne fait que dormir, ça en vaut la peine.

J'ouvre la porte et le conduis jusqu'en haut des escaliers, je marche à reculons.

– On fera *beaucoup* plus que dormir.

– Ah ouais ? Comme quoi ?

Sa voix est profonde et chaude, pleine de promesses.

– Ça peut inclure ma bouche et certaines parties de ton anatomie.

– Ça pourrait le faire.

– C'est moi que tu pourrais te faire.

Pas de grimace mais ses yeux brillent.

– Oh mais j'en ai bien l'intention. Je crois que je vais te pencher sur le canapé et te prendre par-derrière.

– Ah oui ?

– Oui.

On est devant ma porte. Je tourne la clé dans la serrure et le tire derrière moi dans l'appartement obscur. Je n'ai pas le temps de me préoccuper des lumières. Il a déjà refermé la porte, m'arrache mon tee-shirt, baisse mon jean et ma culotte et il est soudain nu lui aussi, en une seconde, sa bouche sur la mienne, douce, insistante, merveilleuse.

Ses mains sont partout, sur mes seins, dans mes cheveux, caressant mon sexe, mes fesses, son pouce effleure ma joue, balaye les cheveux de ma bouche. Je soupire quand ses doigts envahissent mon sexe et tournent autour de mon clito, je remarque à peine qu'il déchire un préservatif avec ses dents et le glisse d'une seule main sur son membre en recrachant l'emballage sur le sol.

– Prête ? demande-t-il d'une voix autoritaire.

– Prends-moi, dis-je en murmurant. Prends-moi comme tu veux.

Il me retourne, ma respiration s'accélère, mon cœur tambourine. Oh… merde. Il ne déconnait pas. Il m'attire face à l'accoudoir du canapé et il me penche doucement vers l'avant. Ses mains glissent par-dessus mes épaules, s'en emparent ; il me montre comment répartir mon poids sur le coussin. Ses pieds écartent mes jambes, je lui obéis et me voici le buste penché, les fesses relevées.

– Oh mon Dieu… dis-je en susurrant.

– Je n'ai encore rien fait, bébé, marmonne-t-il.

– Je sais, dis-je le souffle coupé. J'allais juste dire ton nom.

Il rit, un grondement rauque au fond de sa poitrine, puis il glisse une main sur ma colonne, descend le long de mes côtes et s'empare d'un de mes seins qui se balance. Il pince mon téton, le caresse avec son pouce, le dessine, le fait rouler, je n'ai déjà plus de souffle. Puis son autre main s'immisce entre mes cuisses pour caresser mes lèvres et me voilà perdue. Je cambre mon dos et relève mes fesses pour lui permettre un meilleur accès. Je laisse ma tête retomber tandis qu'il me fouille et me caresse jusqu'à l'orgasme.

Alors que je jouis, qu'un premier frisson d'extase me balaye, je sens le bout de son sexe jouer à l'entrée du mien. Je retiens ma respiration et me mords la lèvre. Une seconde vague de frissons parcourt mon corps. Il le sent et me pénètre au plus fort de la vague. Je laisse échapper un cri tandis qu'il s'enfonce complètement, qu'il s'enfouit jusqu'au bout dans un doux grognement de satisfaction.

– Mon Dieu, Nell. Putain, t'es incroyable. T'es tellement belle. J'aime la façon dont tu relèves ton cul pour moi. J'aime les sons que tu fais quand tu jouis pour moi. J'aime ta peau pâle et tes boucles blondes.

Il va et vient doucement en moi, me pénètre en profondeur chaque fois qu'il prononce le mot «j'aime».

Je recule contre ses mouvements, je pousse un petit cri dès qu'il s'enfonce en moi, je gémis quand il ressort. Il continue comme ça, un rythme lent et doux.

Ce n'est pas ce dont j'ai envie et il le sait. Il veut que je le supplie. Je vais jouer à son jeu. Je me retourne pour le regarder par-dessus mon épaule, mes cheveux balancent d'un côté.

– Plus fort, Colton.

Ses yeux se plissent et il relève légèrement le menton, un léger sourire au coin des lèvres.

– Tu veux que je te prenne plus fort?

– Oui, bébé, j'en ai envie.

– Fort comment?

– Vraiment fort.

– Supplie-moi de te baiser plus fort, Nelly chérie.

Je ne me reconnais pas quand je suis comme ça, perdue dans l'instant. Mais j'aime cette fille, cette Nell qui n'a aucune pudeur et qui supplie son homme de la baiser. On est loin de l'ado innocente de seize ans qui tremblait des pieds à la tête au Red Roof Inn quand son premier petit ami la touchait avec hésitation.

Je me mords la lèvre, juste pour le rendre dingue, m'avance tandis qu'il sort de moi puis je recule violemment contre lui, une pénétration profonde, brutale.

– Baise-moi, Colton. Baise-moi fort. Baise-moi profondément. Et fesse-moi quand tu me baises.

Mon Dieu, que c'était sexy. Les mots ont eu du mal à sortir. Mais c'est ce que je veux, vraiment et follement. Lui, lui tout entier. Je le veux lui, Colton, comme il est. Rugueux, brut et primitif, délicat, aimant et attentionné. J'aime l'effet qu'il me fait, sa façon de me rendre dingue, j'ai envie de choses dont je ne savais même pas que je pouvais avoir envie.

Colton perd la tête. Il attrape mes hanches avec ses deux mains, élargit sa position et recule jusqu'à être presque sorti de moi. Je prends une grande inspiration, je me prépare au mouvement de ses hanches qui va faire trembler mon corps.

Mais à la place, il plonge en moi aussi doucement que possible, plus doucement que je n'aurais jamais cru possible, son pénis est comme une caresse délicate. Il veut me provoquer. Puis, quand je ne m'y attends pas, il me pénètre d'un coup violent. Je hurle, mon visage contorsionné de plaisir. Il ressort doucement, revient doucement, deux ou trois fois, comme un léger murmure.

Et là, alors que j'ouvre la bouche pour parler, il s'enfonce violemment, si violemment que j'en ai la voix et le souffle coupés d'un coup. Je ne peux même plus reprendre ma respiration, parce qu'il a désormais fini de jouer avec moi. Il est en moi, il me défonce avec une puissance sauvage. Mon corps entier bondit en avant à chaque pénétration et des gémissements brisés sortent de ma bouche à chacune d'entre elles. Les gémissements se transforment en « oui », et ces derniers en « Colton », psalmodiés au rythme brutal de ses hanches. Il me tire vers lui d'un coup sec, me repousse, je réalise à peine quand je jouis tellement je suis noyée dans le plaisir de la douleur, l'écrasement délicieux de son corps dans le mien, la façon dont il me remplit à chaque pénétration, comme s'il m'écartait à mon maximum.

Puis il jouit à son tour, grondant et rugissant, s'écrasant en moi, allant au plus loin de ce qui est jusqu'ici la pénétration la plus violente. Presque trop, mais pas tout à fait. Ça n'est jamais trop. Et puis… oh mon Dieu, *ohmonDieu*, il revient aux glissements lents, penché sur moi, il embrasse ma colonne, caresse mes fesses, s'enfonce en moi avec des mouvements doux qui atteignent juste l'endroit qu'il faut pour me faire complètement craquer.

J'enfouis mon visage dans le coton rugueux du canapé et je crie tandis que j'explose ; un million de décharges électriques saccadées éclatent à travers chaque cellule de mon corps. Il me claque la fesse gauche tandis que je hurle et l'orgasme devient encore plus fort et je tangue en avant sous une pénétration lente et puissante qui atteint le point parfait, en même temps que sa fessée.

Il recule, claque ma fesse droite au moment où une autre vague me parcourt, une autre pénétration lente, et l'intensité du tout me donne les larmes aux yeux. Je recule contre lui, m'évanouis en avant, me balance en arrière, je suis prise de convulsions incontrôlables. Une chaleur volcanique et électrique déchire mon corps, comme un tremblement de terre qui me détruit, concentré dans mon sexe, profondément en moi, dans le bas de mon ventre.

Il continue doucement de me pénétrer, faisant durer l'orgasme jusqu'à ce qu'il débande en moi. Il se retire. me prend dans ses bras puissants et me porte jusqu'à mon lit. Il part une seconde et revient, me berce contre lui.

– Je n'arrive pas à croire que tu aimes quand c'est fort comme ça, dit-il.

– Pourquoi pas ? je demande, en dessinant sur sa peau, glissant vers le bas pour le prendre dans ma main, le caresser.

– Tu as l'air si innocente et délicate.

– Tu sais que je ne suis rien de tout ça, Colton.

– Ouais, je sais, mais tu en as l'air.

Il joue avec mon téton, trace des cercles avec la pulpe de son index.

– Un instant tu es un peu distante, belle et tout et celui d'après tu sembles juste… te laisser aller, et il y a quelque chose de sauvage qui sort de toi. Tu deviens cette…

– … chienne sans pudeur ? je suggère.

Il pouffe de rire, mais son doigt soulève mon menton pour que je le regarde.

– Drôle, mais non. Tu es tout sauf ça, Nell. Ne te considère jamais comme ça.

– Je ne… non. C'était une blague.

Pas vraiment, mais je refuse d'admettre cette vérité cachée.

Il comprend de toute façon. Et merde.

– Nell.

Ses yeux bleus me brûlent.

Je détourne le regard.

– Je suis juste… c'est toujours la même chose, Colton. Une part de moi n'arrive pas à se défaire de l'idée que tout ça, c'est mal. Tu es son grand frère. Je sais, je sais. Il est mort et il faut que je passe à autre chose. Nous, cette histoire entre toi et moi, ce n'est *pas* mal. Ça ne l'est pas. Mais cette foutue culpabilité est toujours là.

Il ne répond pas tout de suite.

– Je comprends, Nell. Vraiment. Parle-moi de ces choses-là, d'accord ? Ne les enferme pas au fond de toi, ne les garde pas pour toi. Je comprendrai.

Je fais oui de la tête contre sa poitrine puis souris

quand je le sens devenir dur dans ma main. Je glisse mes doigts autour de son membre jusqu'à ce qu'il agite ses hanches pour accompagner mon geste, puis je me mets à califourchon sur lui. Il est en moi, il entre facilement, parfaitement. Je suis assise sur lui, j'appuie sur mes cuisses et redescends. Je l'ai pris par surprise et l'idée me plaît. Il se fige durant les premiers mouvements puis il me saisit par la taille et bouge avec moi.

Il se fige à nouveau.

– Il faut qu'on… il faut qu'on en mette un, bébé.

Son regard est étonnamment intense.

– Une grossesse est la dernière chose dont nous ayons besoin en ce moment.

Je ne ralentis pas mon va-et-vient.

– Tout va bien, mon cœur. Je prends la pilule.

– Depuis quand ?

Je fronce les sourcils.

– Depuis… toujours. Je n'ai jamais arrêté après… ce qui s'est passé.

Le moment est gênant. Je me penche sur lui pour l'embrasser.

– Bref, l'idée, c'est que… c'est bon. J'en ai envie comme ça, rien entre nous.

Il tient mon visage tendrement entre ses mains et dévore ma bouche.

– Dieu merci. J'ai tellement envie de te sentir à nu, comme ça.

– Moi aussi.

Et puis il n'y a plus aucune place pour les mots entre nos soupirs, nos baisers et nos gémissements. Nous bougeons ensemble pendant une éternité, en parfaite harmonie, chaque respiration, chaque mouvement est coordonné à ceux de l'autre, jusqu'à ce que l'on fonde tous les deux, que l'on craque ensemble.

Alors que nous sommes emmêlés l'un à l'autre, le souffle coupé, savourant ce moment juste après, je pose mes lèvres contre son oreille.

– Je t'aime, Colton.

– T'as intérêt à t'en souvenir, bébé.

Je grogne et lui lance un regard noir.

Il m'embrasse délicatement.

– Je déconne, Nell. Je t'aime. Tellement.

13

Une croix bleue

Huit semaines plus tard

Non.

Non.

Putain, non. Ce n'est pas vrai. Ça ne l'est pas. Ce n'est pas possible. Pas maintenant.

Ma main droite recouvre ma bouche et c'est tout ce qui me retient de paniquer. Je suis assise sur le rebord de la baignoire, nue sous ma nuisette. Les genoux serrés, les pieds qui tambourinent. La tête qui fait non, les yeux brumeux et hagards, luisants et tremblants.

Je regarde ma main gauche. Je tiens un bâtonnet de plastique blanc entre mon pouce et mon index. Une minuscule fenêtre carrée affiche deux lignes bleues en croix.

Je ne prends même pas la peine de faire un sac. Je réserve le premier vol pour Detroit, il part dans trois heures. C'est juste mais il faudra bien que ça aille.

Je sors et scotche sur ma porte d'entrée la seule explication que je sois capable de donner à Colton : quatre mots gribouillés sur une feuille pliée en deux dans laquelle j'ai glissé le test de grossesse.

Dans le taxi qui me conduit à l'aéroport, ses mots me reviennent incessamment à l'esprit, encore et encore :

« Une grossesse est la dernière chose dont j'ai besoin en ce moment. »

D'un point de vue émotionnel, je suis revenue à la case départ : verrouillée, refusant de pleurer. Avec l'envie de me faire mal de n'importe quelle façon, afin de ne pas avoir à ressentir la peur et la panique, afin d'oublier que c'est la dernière chose au monde dont il a envie.

Quand j'atterris à Detroit, ma lèvre est enflée d'avoir été autant mordue.

Je laisse presque échapper un sanglot quand je me souviens de combien ça le rendait dingue de me voir me mordre la lèvre.

Colton

14

La chanson qui n'est pas née

Deux jours plus tard

Quand je peux enfin m'échapper du garage et attraper un taxi pour Tribeca, je suis déjà presque fou d'inquiétude. Ça fait deux jours que je n'ai aucune putain de nouvelle. Pas d'appels, pas de textos. Elle était censée venir chez moi après son cours de solfège, mais elle ne s'est jamais pointée. Je tombe directement sur son répondeur. Pas d'accusés de réception pour les textos. Le patron du rade où elle bosse deux soirs par semaine m'a dit qu'elle n'était jamais venue prendre son service. J'ai essayé de la joindre sur le chat de Facebook, pas de réponse. Je finis par craquer et laisse Hector fermer le garage.

Je jette un billet sur le siège avant du taxi sans attendre ma monnaie. J'ai besoin de prendre deux ou trois inspirations profondes avant d'être suffisamment calme pour réussir à ouvrir la porte avec la clé qu'elle m'a donnée.

On a fait ça la semaine dernière, échanger nos clés. Je pensais que tout allait bien entre nous.

Je monte les marches trois par trois et manque de renverser une petite vieille qui descend. Il y a un morceau de papier plié en deux collé à sa porte. Merde, non. Putain, non. Qu'est-ce que c'est que ça ?

J'arrache le mot de la porte et je trouve ça étrangement lourd pour un bout de papier. Il y a un sachet en plastique dans la feuille et, dans le sachet, il y a un test de grossesse. Oh putain, non.

Oh putain, si.

Positif.

Et pas de Nell. Je fouille son minuscule appartement plus d'une fois, comme si j'allais découvrir qu'elle se cachait dans un placard ou un truc du genre.

Juste le test dans ce stupide sachet, et quatre mots griffonnés : « Je suis vraiment désolée. »

Putain, elle s'est enfuie. Je suis en colère, je suis paniqué. Je suis tellement de choses que tout se mélange dans mon cœur, dans ma tête et que je n'arrive pas à penser clairement. La seconde d'après, je suis dans un avion sans avoir aucun souvenir de m'être rendu à l'aéroport, ni d'avoir acheté un billet, ni rien de tout ça. Je suis mal, très mal.

Les souvenirs remontent, des choses que je n'ai jamais dites à personne, pas même à Nell, et j'ai raconté à Nell à peu près chaque détail sordide de ma vie de déglingué… mais pas ça.

Deux longues heures à broyer du noir plus tard, l'avion a atterri et je suis dans une voiture de location, je ne sais même pas quel modèle. Je fonce bien trop vite en direction du nord sur la route 75. Je me suis fermé d'un coup. Je suis vide, amorphe. Aucune pensée. Les pensées, c'est dangereux. Je ne peux pas me permettre de ressentir quoi que ce soit. Tout ce que je peux faire, c'est agir, avancer, sans réfléchir.

Il faut que je la trouve.

Il le faut, putain.

Les kilomètres défilent, les feux passent trop vite au rouge, me ralentissent. J'en grille une flopée, ce qui me vaut mon lot de klaxons et de doigts d'honneur. La nuit tombe quand j'arrive chez mes parents, mais je sais qu'elle n'y est pas, qu'est-ce qu'elle y ferait ? Les pneus crissent, je m'arrête au milieu de la route devant la maison des parents de Nell. Je laisse la porte de la voiture grande ouverte, le moteur tourne toujours. Je suis envahi d'une panique irrationnelle, une panique si profonde que même moi, je ne la comprends pas, mais je ne peux plus m'arrêter. Je ne peux que céder à la panique, la laisser prendre le contrôle sur moi.

Je claque violemment la porte d'entrée des Hawthorne et fonce dans la cuisine. J'entends un verre exploser et une femme crier.

– Colt ! Non mais ça va pas ? Qu'est-ce que tu fais ici ?

Rachel Hawthorne est adossée contre l'évier, sa main appuyée sur sa poitrine, les yeux remplis de confusion et de peur.

– Où est-elle ?

– Qui ? Qu'est... Qu'est-ce que tu fais ici ?

– Où... est... *Nell* ?

Mon ton est grave et assassin.

Elle entend la menace dans ma voix et pâlit, elle se met à trembler, recule.

– Colt... Je ne sais pas ce que tu... Elle est allée courir. Elle est partie faire un jogging.

– Elle va où quand elle court ?

– Pourquoi veux-tu le savoir ? Est-ce que vous deux...

– Où va-t-elle, Rachel ?

Je suis à quelques centimètres d'elle, avec mon air imposant, je transpire de colère. Je devrais me calmer mais j'en suis incapable.

Rachel tremble, elle est pâle comme un linceul.

– Elle est… la route du vieux chemin de fer. Au nord. Ça fait un arc et elle… elle coupe par le champ de Farrell en revenant.

J'ai passé la porte en un millième de seconde et me voilà qui cours, une course effrénée. La terreur m'envahit, je n'arrive pas à comprendre, je n'arrive pas à m'en défaire. Elle me harcèle, me pousse. Elle est enceinte et elle a préféré s'enfuir loin de moi plutôt que d'en discuter, mais cela ne suffit pas à expliquer ma réaction depuis ce matin. Tout ça vient d'un endroit bien plus profond en moi, comme une intuition psychologique que quelque chose d'absolument horrible est en train de se passer et qu'il faut que je la trouve.

Mes pieds battent la poussière, kilomètre après kilomètre. Il fait désormais nuit. On voit les étoiles, la lune basse et pleine. Mon sang bout, mon cœur tambourine et ma tête palpite, j'ai les poings serrés.

Je tremble, je n'ai fait que courir sur trois kilomètres et je n'ai pas la condition physique pour, mais je ne peux pas m'arrêter. Je ne peux pas.

Ce n'est pas que je ne veux pas.

Je ne peux pas.

Encore deux kilomètres et je sais que j'ai ralenti mais je me force, parce qu'il faut que je la trouve.

Le domaine de Farrell, une vaste étendue d'herbes hautes, de champs en jachère et de rangées d'arbres pour séparer les lots. Si elle est tombée au milieu de l'herbe, je pourrais passer à un mètre d'elle sans même m'en apercevoir.

Mais elle est là. Dieu merci.

Elle est simplement assise, le dos penché en avant, la tête dans ses mains. Elle pleure. Je ne l'ai jamais vue pleurer comme ça, même la fois où elle m'a tout raconté et où elle s'est vidée d'années de chagrin contenu. C'est…

mon Dieu, c'est le bruit le plus horrible que j'ai jamais entendu.

Pire encore que le bruit sourd de la balle qui a traversé la tête d'India.

Nell est complètement brisée et je ne sais pas pourquoi.

Je m'accroupis à côté d'elle et pose ma main sur son épaule. Elle ne réagit pas, elle ne me regarde même pas. Je la soulève dans mes bras et quelque chose de chaud et de mouillé recouvre mes manches.

L'endroit où elle était assise est trempé. Une énorme bande d'herbe est noircie d'un liquide sombre.

Du sang.

Putain.

– Nell ? Bébé ?

– Ne m'appelle pas comme ça !

Son cri est soudain, violent. Elle se débat et tombe dans l'herbe, s'éloigne en rampant, elle a des haut-le-cœur si violents qu'elle est à deux doigts de vomir.

– C'est fini… c'est fini, il est mort…

Je comprends alors ce qui s'est passé mais je ne peux pas prononcer le mot, même dans ma tête.

Je la prends à nouveau dans mes bras, je sens le liquide chaud et gluant qui coule d'elle. Elle saigne encore.

– Nell, mon amour, je suis là.

– Non, non… tu ne comprends pas. Tu ne… tu n'as rien pigé. Je l'ai *perdu*. Le bébé… J'ai perdu le bébé.

– Je sais, mon cœur. Je sais. J'ai compris, je suis là.

Ma voix ne peut pas s'empêcher de trembler. Je suis aussi dévasté qu'elle mais je ne peux pas craquer.

Elle l'entend quand même. Elle a enfin l'air de réaliser que c'est moi. Elle est toute molle dans mes bras, elle tourne la tête pour me regarder. Son visage est rouge, en sueur, ses cheveux sont emmêlés, collés à son front.

– Colton ? Oh mon Dieu… mon Dieu. Tu n'étais pas censé me suivre.

J'explose de colère.

– Putain mais Nell, *merde*, qu'est-ce que tu fous ? Pourquoi tu t'es enfuie ? Je t'aime. Tu penses que je n'aurais pas… que je n'aurais pas… merde… qu'est-ce que tu croyais que j'allais dire ?

Elle frappe mon épaule de son poing faible.

– C'est ce que tu *as* dit. La dernière chose dont tu aies envie, c'est d'un bébé. Et c'est ce que j'allais avoir. Un bébé. Un putain de bébé.

– Non, Nell. Ce n'est pas ce que j'ai dit. J'ai dit qu'une grossesse était la dernière chose dont nous avions besoin. Je n'ai pas dit qu'un bébé était la dernière chose dont j'avais envie. Et peu importe, s'enfuir, c'était juste tellement… une mauvaise idée. Tu es à moi. Le bébé, il aurait été à moi. J'aurais pris soin de toi. Je prendrai toujours soin de toi.

Je pleure. Comme une putain de petite fille, je pleure ouvertement en traversant le champ avec Nell dans mes bras, en trébuchant sur les racines, les branches et les mottes de terre.

– Je suis là… Je suis là.

Elle est trop silencieuse. Elle me regarde, les yeux mi-clos, faibles. Flous. Brillants d'humidité dans la clarté de la lune. Saignant sur moi.

– Je suis désolée. Je suis désolée. J'ai juste eu tellement peur. J'ai peur, Colt.

C'est la première fois de toute ma vie qu'elle m'appelle Colt.

– Je sais, Nelly chérie. Je suis là. Ça va aller.

– Non… *non*. Ça ne va pas aller. J'ai *perdu le bébé*, Colton.

Sa voix se brise dans les aigus.

– Je sais.

La mienne fait pareil.

– Je sais.

– Je ne voulais pas de bébé. Je ne voulais pas être mère. Je suis trop jeune. C'était trop tôt. J'ai supplié pour ne pas être enceinte pendant tout le trajet jusqu'ici. Mais, mais je ne pensais pas à ça. Je le jure. Ce n'est pas ce que je voulais. Je suis désolée… Pas de cette façon.

On l'entend à peine, elle divague. Elle a perdu beaucoup de sang. J'en suis couvert. Mes bras tremblent, mes jambes sont en coton. J'ai tellement couru pour venir jusqu'ici, si vite, que je ne carbure désormais plus qu'à l'adrénaline, à la détermination pure. Je cours comme je peux, avec Nell dans les bras, je trébuche dans l'obscurité.

Puis la lumière jaune de la cour arrière des Hawthorne apparaît enfin. Mes doigts ensanglantés luttent avec la porte coulissante. Rachel Hawthorne est dans tous ses états, elle supplie, exige de savoir ce qui s'est passé. Jim Hawthorne est au téléphone.

– Colt, que s'est-il passé ? me demande Rachel.

Sa voix est lointaine.

Je refuse de la lâcher, je ne peux pas. Elle est inconsciente. Elle saigne toujours sur moi.

Une main secoue mon épaule, me ramenant à la réalité.

– Colton, que s'est-il passé ? Pourquoi est-ce qu'elle saigne ?

Le ton de Jim est dur, autoritaire. Il est en colère.

– Fausse couche…

C'est tout ce que j'arrive à dire.

– Fausse… elle était enceinte ? De toi ?

Il est encore plus en colère maintenant.

– Je ne… Je ne savais pas. Elle ne me l'a pas dit. Elle s'est enfuie. Elle est venue ici…

Je baisse les yeux pour regarder son adorable visage inconscient.

– S'il te plaît, Nell. Réveille-toi. Réveille-toi.

Elle ne se réveille pas.

Sa tête penche d'un côté, sa main tombe et se balance. Elle respire à peine… voire pas du tout.

Des mains en gants bleus me l'enlèvent, délicatement mais fermement. J'essaie de lutter, mais d'autres mains me retiennent, m'éloignent. Des mains plus fortes, plus violentes, trop de mains qui me séparent d'elle. Je me retourne. Papa. Jim, maman, Rachel. Ils me retiennent tous. Ils crient mais je n'entends aucun son. Juste un vrombissement dans mes oreilles. Un corps entre dans mon champ de vision, un jeune mec des urgences. Ses yeux sont marron et durs mais compatissants. Le son revient.

– … va s'en sortir. Elle a perdu beaucoup de sang mais vous êtes arrivé à temps. J'ai besoin que vous vous calmiez ou je vais devoir vous faire arrêter et vous ne serez d'aucune utilité à Nell.

Je respire comme un fou. Je croise son regard. L'espoir envahit ma poitrine.

– Elle n'est pas morte ? Elle va s'en sortir ?

– Elle est en vie, oui. Inconsciente mais en vie.

– Il y avait tellement de sang…

Je tombe en arrière, atterris le cul sur le canapé des Hawthorne, cogne l'accoudoir et me retrouve par terre comme si j'étais bourré.

– Elle fait une hémorragie assez sévère, mais les médecins seront capables de la contrôler, j'en suis sûr.

Je n'entends rien d'autre. J'ai remonté le temps, et je suis dans cet hôpital de Harlem, et un médecin est en train de m'expliquer quelque chose mais je ne l'entends pas lui non plus, vu que j'ai arrêté d'écouter après qu'il a prononcé les mots «perdu le bébé». Je suis à nouveau sur le carrelage froid de la salle d'attente de l'hôpital, en sanglots. India… morte. Elle ne m'avait jamais dit. Ou peut-être qu'elle ne savait pas qu'elle était enceinte. Peu importe, elle est partie et le bébé dont je ne connaissais pas l'existence aussi.

Des mains me déplacent, me tirent, me poussent. M'enlèvent mon tee-shirt trempé, essuient mon torse avec une serviette humide et chaude. Je les laisse faire. Je suis à tellement d'endroits à la fois. Anéanti, confus, en morceaux, brisé.

Encore un bébé que je n'aurai jamais la chance de connaître ou de tenir dans mes bras. J'aurais été là. Mais on ne m'en a jamais donné l'opportunité. On ne m'a jamais demandé ce que je voulais. On a juste pensé que, parce que j'étais un voyou incapable de lire, je ne voudrais pas d'un bébé.

Ce n'est quand même pas juste. India n'en a pas eu l'opportunité non plus. Peut-être qu'elle me l'aurait dit. Qu'elle m'aurait laissé être un père. On avait parlé d'enfants. Elle en voulait. Je me taisais et la laissais parler, je ne lui ai jamais dit ce que je pensais. Je ne lui ai jamais dit que j'aurais aimé cet enfant et que je l'aurais laissé être qui il voulait, même s'il ne savait pas lire. Tout ce que j'avais voulu, moi, dans ma vie et qu'on ne m'avait jamais donné.

Et voilà qu'on m'enlève ça à nouveau.

Soudain, j'explose de rage, une rage ardente, assourdissante et puissante.

Putain, c'est pas juste.

Je ne suis plus moi-même tout à coup. Je ne suis qu'un spectateur qui regarde quelqu'un qui me ressemble bondir, attraper le premier objet qu'il trouve, un fauteuil lourd avec des coussins en cuir épais, et le balancer à travers la porte vitrée. Du verre explose, s'éparpille, la structure s'effondre.

Des mains familières et pourtant étrangères se posent sur mon épaule.

– Ça va aller, Colton.

La voix de mon père, qui murmure au creux de mon oreille :

– Il faut juste que tu te calmes.

Mais il ne sait pas. Il ne me connaît pas. Il ne sait rien de ma vie, putain, ou de ce que j'ai pu traverser. Je le repousse et cours dans la rue. On a déplacé ma voiture de location mais je la retrouve, je m'assois derrière le volant. Jim Hawthorne grimpe sur le siège à côté de moi.

– Es-tu sûr d'être en état de conduire, fiston ?

Son ton est volontairement neutre.

– Ça va. Et je ne suis pas votre putain de fils.

Ça ne va pas, mais ça n'a aucune importance. Je me force à conduire à peu près normalement jusqu'à l'hôpital. Mais avant que je puisse sortir de la voiture, Jim pose sa main sur mon avant-bras.

– Attends une seconde, Colt.

Je sais de quoi il s'agit.

– Ce n'est pas le moment, Jim.

– Si, c'est le moment.

Ses doigts se resserrent sur mon bras et je suis sur le point de lui arracher la main. Je ne le fais pas. Il n'a pas peur de moi, pourtant il devrait.

– C'est ma fille. Mon unique enfant.

Je penche la tête et je fouille tout au fond de moi dans mes réserves enfouies de calme.

– Je l'aime, Jim. Je jure sur ma tête que je ne savais pas. Je ne l'aurais jamais laissée partir où que ce soit toute seule si j'avais su. Elle… elle s'est enfuie. Elle avait peur.

– Comment as-tu pu lui faire ça après tout ce qu'elle a traversé ?

Il souffre lui aussi, il est effrayé et en colère. Je peux le comprendre.

– On était en train de s'en sortir. Ensemble. Entre nous, c'est juste arrivé, et je vais vous expliquer que dalle, ni aujourd'hui ni demain. C'est une adulte, elle a fait ses choix. On est bon l'un pour l'autre.

Je le regarde droit dans les yeux, et il a tellement les mêmes que sa fille que c'en est presque douloureux.

– Je prendrai soin d'elle. Maintenant et pour toujours.

Il ne répond pas, il se contente de s'asseoir et de me fixer, ses yeux plongés dans les miens. Je peux sentir le père en lui, mais aussi l'homme d'affaires rusé, le regard perçant et inquisiteur d'un homme qui a l'habitude de cerner les gens vite et bien.

– C'est peut-être une adulte, mais c'est toujours mon bébé. Ma petite fille.

Sa voix est grave, profonde et menaçante.

– Tu as intérêt à t'occuper d'elle. Elle en a suffisamment bavé. Et maintenant ça ? Bon sang, tu as intérêt à prendre soin d'elle. Ou je jure devant Dieu que tu le paieras.

Sa menace n'est pas nécessaire, mais je le comprends. Je soutiens son regard, les yeux dans les yeux, qu'il voie un peu de la part sombre qui est en moi. Le voyou qui a appris très tôt à ne pas reculer, jamais, devant qui que ce soit. Après un long moment, il finit par acquiescer. Je sors et entre dans l'hôpital, demande le numéro de sa chambre à l'infirmière qui est à la réception.

141. Service des urgences.

Mes bottes couinent sur le carrelage. Une odeur d'antiseptique me brûle les narines. Une voix vaguement féminine braille indistinctement dans le haut-parleur. Je croise une petite brune en blouse blanche, un iPad à la main.

Je compte les chambres, cent trente-sept, cent trente-neuf… cent quarante et un. Le rideau est tiré. J'entends le bip régulier du moniteur. Je m'arrête au moment d'ouvrir le rideau, j'ai le tissu dans la main, je tremble.

Une femme d'un certain âge, maigre comme un coucou, les cheveux blonds tirés dans un chignon sévère, apparaît derrière moi.

– Elle dort. Ils ont fait plusieurs examens et ils vont en faire d'autres un peu plus tard.

– Elle saigne encore ?

– L'hémorragie a pu être contrôlée, mais oui, elle saigne encore.

Elle me regarde en pointant du doigt le dossier médical qu'elle a dans la main.

– Vous êtes le père ?

Je manque de m'étouffer en entendant ce mot.

– Je suis son petit ami, oui.

Ma voix est faible, on dirait presque un murmure.

Elle réalise sa gaffe.

– Je… je suis désolée. C'était indélicat de ma part.

Elle tire le rideau.

– Vous pouvez rester avec elle, mais laissez-la dormir.

Mon Dieu, elle est blanche comme un cachet d'aspirine. Elle a l'air tellement fragile. Elle a des tubes dans le nez, des aiguilles dans le poignet.

Je m'assois. Rien d'autre. Je ne lui parle pas parce que je ne sais pas quoi lui dire.

Ils viennent et l'emmènent sur son lit à roulettes alors qu'elle dort encore. Elle ne dort pas, elle est inconsciente. On n'a pas besoin d'euphémismes. Est-ce qu'elle va se réveiller ? Ils ne le disent pas, ce qui me fait penser que la réponse est peut-être non.

Je finis par atterrir à la chapelle, pas pour prier mais pour profiter du silence, pour m'éloigner de cette odeur d'hôpital, de la puanteur de la maladie et de la mort, du bruit des baskets sur le carrelage, de l'écho des voix et des moniteurs qui bipent. Loin des visages comme le mien, sérieux, tristes, inquiets, apeurés.

Les vitraux reflètent du violet, du rouge, du bleu, du jaune, je me moque de ce qu'ils représentent. La croix est énorme, nue, le bois a la couleur de la boue, on sent qu'il a été taillé de façon industrielle.

Mon père entre dans la chapelle. Il a ma toute première guitare à la main. L'étui est abîmé et rayé. Elle est d'une marque quelconque, en bois brun avec des cordes en acier, je l'ai laissée avec tout le reste de mes affaires quand je suis parti. Je ne sais pas pourquoi il l'a apportée mais je lui en suis reconnaissant.

Nous sommes seuls dans la chapelle. Il parle sans me regarder.

– Je te dois un million d'excuses, Colt. Tu es quelqu'un de bien.

– Tu ne me connais pas, papa. Tu n'as jamais su qui j'étais. Tu ne sais pas toutes les conneries que j'ai faites.

– C'est vrai. Mais tu es là et il est évident que tu l'aimes. Tu t'en es sorti tout seul sans notre aide. On aurait dû être là pour toi, mais on ne l'a pas fait. Donc… je suis désolé.

Je sais combien ça a dû lui coûter de me dire ça, mais on est loin du compte. C'est quand même un début.

– Merci, papa. J'aurais aimé que tu me dises ça il y a longtemps, mais merci.

– Je sais que ça n'efface pas la façon dont on t'a traité pendant ton adolescence, le fait qu'on t'ait laissé partir tout seul comme on l'a fait. Tu étais trop jeune, mais j'ai juste… j'étais…

– Concentré sur ta carrière et ton fils parfait.

Je me frotte la tête.

– Je comprends. J'ai pas envie de parler de ces conneries. C'est fait, c'est fini, ça appartient au passé. Je suis là pour Nell, pas pour réparer des pots cassés il y a des lustres.

J'ouvre l'étui et prends la guitare. Elle est complètement désaccordée. Je fouille dans une petite boîte collée à l'étui et en sors un sachet de cordes. Je les change, puis j'accorde ma guitare comme il faut. Mon père se contente de me regarder, perdu dans ses pensées, ses souvenirs ou peut-être ses regrets.

Sincèrement, je me fous de savoir lequel des trois.

Il finit par partir, sans un mot.

Et je me mets à jouer. La musique me vient spontanément. Je suis penché sur ma guitare, assis sur un banc dur au milieu de la chapelle, les yeux rivés sur mes veilles Timberland déchirées et tachées d'huile. Je chante dans ma barbe et je suis perdu dans le brouillard de la composition, là où la musique n'est plus qu'un flot qui m'entraîne, qui grave les mots et la mélodie sur ma peau.

– Monsieur Calloway ?

Une voix timide de femme me parvient du seuil de la chapelle. Je me retourne à peine pour la regarder.

– Mademoiselle Hawthorne est réveillée. Elle veut vous voir.

Je fais un léger signe de tête, range ma guitare et suis l'infirmière.

Elle est en train de se mordre la lèvre quand j'entre dans la chambre, son index gratte les cicatrices de ses coupures. Je tire la chaise en plastique qui sert aux visiteurs jusqu'à son lit et prends ses doigts dans ma grosse patte. J'embrasse la paume de sa main, chacune de ses phalanges. J'essaie de ne pas pleurer comme une putain de petite fille encore une fois.

Elle me regarde, ses yeux gris-vert sont bordés de rouge, si beaux et si brisés.

– Colt… Colton. Je…

Je pose mon doigt sur ses lèvres.

– Chut. Je t'aime. Pour toujours.

Encore une fois, elle voit à travers moi.

– Tu ne vas pas bien, toi non plus, n'est-ce pas ?

Je secoue la tête.

– Non, pas vraiment.

Je vois l'interrogation dans ses yeux. Je pousse donc un soupir et lui raconte tout.

– Je t'ai dit pour India, je t'ai dit comment elle était morte.

– Oui ?

Elle hésite, comme si elle devinait où tout ça allait conduire.

– J'étais à l'hôpital parce que la plupart de mes gars avaient été blessés dans toute cette histoire et il fallait que je les voie. M'assurer que tout le monde allait bien. Je ne sais plus comment, mais une des infirmières m'a reconnu, elle savait que je sortais avec India. Je crois qu'elle habitait dans le même immeuble qu'elle ou un truc comme ça.

Même après toutes ces années, je dois respirer profondément pour éviter que ma voix ne tremble trop.

– Elle m'a dit… mon Dieu, putain. Elle… elle m'a dit qu'India était enceinte quand elle est morte. Je n'étais même pas au courant. Je ne sais pas si elle le savait elle-même. Elle n'était pas à beaucoup, genre six semaines.

Mais… ouais. Enceinte. Je n'ai jamais pu… Elle n'a jamais eu l'occasion de me le dire.

– Oh mon Dieu, Colton. Je suis désolée. Je suis…

– Ouais.

Je n'ai pas la force de la regarder, je ne peux que fixer mes ongles tachés d'huile de moteur.

– Je comprends pourquoi tu t'es enfuie, Nell. Vraiment. Mais promets-moi juste que tu ne t'enfuiras plus jamais loin de moi. Il faut que tu me le promettes, putain. Surtout dans des cas comme celui-là. Je sais que je suis… Je sais que je ne suis qu'un clown illettré et crade, mais je peux m'occuper de toi. Je peux t'aimer et si tu, si on, si… Je prendrai soin de toi, quoi qu'il arrive.

Elle pleure.

– Oh mon Dieu, Colton. Ce n'est pas pour ça que je suis partie. Tu n'es pas un voyou. Tu n'es aucune de ces choses que tu crois être. Tu es tellement plus. J'ai eu peur, j'ai paniqué.

Elle essaie de respirer à travers ses larmes.

– Je n'aurais pas dû. Je suis désolée. C'est ma faute, Colton. Je n'aurais pas dû partir, je n'aurais pas dû m'enfuir, j'aurais dû…

Je lui serre fort la main.

– Non, Nell. Non. Putain, je te l'interdis. Tout ça n'est pas ta faute.

Un médecin entre à cet instant.

– Je n'ai pas pu m'empêcher de vous entendre, dit-il.

Il a la cinquantaine, d'origine indienne. Il respire la compassion, l'expérience et l'efficacité.

– Ce n'est en aucun cas votre faute, Nell. Ce genre de choses arrive parfois et il n'y a aucun moyen de savoir pourquoi, ni de le prévenir d'aucune façon.

Son regard et sa voix deviennent sérieusement intenses.

– Il ne faut pas vous rendre malade de culpabilité. Le fait que vous ayez été en train de courir à ce moment-là n'a pas causé la fausse couche. Rien de ce que vous avez fait ou n'avez pas fait n'en est à l'origine. C'est arrivé, c'est tout, et ce n'est la faute de personne.

Elle hoche la tête mais je sais qu'elle va quand même s'en vouloir. Le médecin lui dit de se reposer et qu'il la garde pour la nuit en observation. Quand il est parti, je me lève et me penche au-dessus d'elle pour l'embrasser aussi délicatement que je peux.

– Ne t'en veux pas pour ça, Nelly chérie, s'il te plaît. Tu as entendu le docteur. C'est juste arrivé.

– Je sais. Je sais. J'essaie.

Elle jette un coup d'œil à l'étui de ma guitare.

– Joue-moi quelque chose, s'il te plaît.

– Qu'est-ce que tu as envie d'entendre ? Quelque chose de joyeux ?

Je sors la guitare et l'installe sur mon genou.

Elle secoue la tête.

– Non, juste… un truc. Ce que tu veux. Joue une chanson qui veut dire quelque chose pour toi.

Je commence avec *Rocketship* de Guster, parce que cette chanson m'a toujours touché. Encore aujourd'hui, il m'arrive de me la passer en boucle. Je l'ai tellement écoutée, presque autant que la berceuse que je me chantais. L'idée d'une fusée qui m'emmène loin, vers quelque chose de nouveau… oui, je pouvais m'identifier.

Je sens qu'il y a du monde derrière nous mais je m'en moque. Qu'ils écoutent.

– Joue quelque chose d'autre, dit Nell. N'importe quoi.

Je soupire.

– J'ai écrit une chanson pendant que tu dormais. C'est… un au revoir, je crois qu'on peut dire ça comme ça.

– Joue-la. S'il te plaît.

– On va tous les deux pleurer comme des putains de bébés, dis-je.

– Oui, je sais. Joue-la quand même.

J'acquiesce et commence les premières notes. C'est une chanson toute simple, on dirait presque une berceuse. Je soupire, ferme les yeux et laisse le tout sortir.

Tu n'as jamais eu de nom.
Tu n'as jamais eu de visage.
Les milliers de respirations que tu ne prendras jamais
Résonnent dans ma tête.
Mon enfant, mon enfant, mon enfant.
Les questions scintillent comme les étoiles,
Infinies dans la nuit.
Avais-tu des rêves ?
Avais-tu une âme ?
Qui aurais-tu été ?
Tu n'as jamais connu mes bras,
Tu n'as jamais connu ceux de ta mère,
Mon enfant, mon enfant, mon enfant.
Je rêverai pour toi,
Je respirerai pour toi,
J'implorerai Dieu pour toi,
J'agiterai mes poings, crierai et pleurerai pour toi.
Cette chanson est pour toi,
C'est tout ce que j'ai,
Ça ne te donne pas de nom.
Ça ne te donne pas de visage.
Mais c'est tout ce que j'ai à donner.
Tout mon amour est dans ces mots que je chante,
Dans chaque note hantée de ma guitare,
Mon enfant, mon enfant, mon enfant.
Tu n'es pas parti,

Parce que tu n'es jamais arrivé.
Mais cela ne veut pas dire
Que tu n'as pas été aimé.
Cela ne veut pas dire que l'on t'a oublié.
Toi l'enfant qui n'est pas né.
Je t'enterre
Avec cette chanson.
Je te pleure
Avec cette chanson.

La dernière note flotte dans l'atmosphère. Nell pleure dans ses mains. J'entends un toussotement étouffé derrière moi, me retourne pour voir une foule qui se presse à la porte, des infirmières, des docteurs, des aides-soignants, des patients et des visiteurs, tous ont l'air bouleversé. Mes joues sont humides et mes yeux me piquent. Pour une fois, je me laisse aller, je m'autorise un moment de faiblesse.

Nell se précipite hors du lit et se hisse sur mes genoux. Je la berce dans mes bras, je la serre fort contre moi, et nous pleurons ensemble. Je la console de la seule façon que je connaisse : avec mon silence, mes bras, mes lèvres sur sa peau. Il n'y a pas de mots pour ça et les seuls que j'avais, je les ai chantés.

15

Une chanson de soupirs

Deux semaines et demie plus tard

On entend le clapotis de l'eau caresser les pylônes du ponton. La lune est presque pleine et donne des reflets argentés aux ondulations sombres du lac. Nous sommes là où tout a commencé. Sur le ponton. Avec une bouteille de Jameson et ma guitare.

Elle est assise sur le bord, son pantalon retroussé jusqu'aux genoux, les pieds dans l'eau chaude. Je joue *Don't Drink The Water* du Dave Matthews Band. Elle est assise, elle écoute. Je suis adossé à un poteau, un pied dans l'eau, l'autre sur ses cuisses. Elle caresse ma jambe avec ses doigts, les yeux plongés dans le lac.

On est descendu ici vers minuit et, depuis deux heures, on n'a pas beaucoup parlé. On est un peu mou, tous les deux, et cette vague torpeur n'est pas désagréable.

Il y a eu beaucoup de rendez-vous à l'hôpital pour s'assurer que tout irait bien sur le long terme, physiquement. Et puis tout un tas de sessions thérapeutiques, d'aide psychologique au deuil et toutes autres sortes de conneries.

Je squatte chez mes parents, j'ai parlé avec mon père. Je ne lui ai pas dit grand-chose mais suffisamment pour qu'il comprenne un peu ce que j'avais traversé. Il ne m'a pas redemandé pardon, ce qui n'est pas plus mal vu que les excuses, c'est de la connerie, mais je vois qu'il fait des efforts avec moi. Peu importe. Un jour après l'autre. J'essaie de ne pas être rancunier. C'est ça qui est difficile.

Nell est… pas encore remise mais elle s'en approche. Je ne suis pas encore remis mais je m'en approche.

Et nous voilà seuls et ivres sur le ponton.

Don't Drink The Water se transforme en *Blackbird*, et je ne sais pas bien si je joue la version de Sarah McLachlan ou celle de Paul McCartney, mais ça n'a pas d'importance. Je la chante et les mots n'ont jamais eu autant de sens. Ce n'est pas exactement une révélation, juste la certitude qu'on finira par aller mieux, comme ça, un jour.

Elle entend ce que je dis à travers cette chanson. Elle se tourne pour me regarder, ses yeux brillent dans l'obscurité sous la lune argentée.

« *You were only waiting for this moment to arise…*[1] » Elle chante le dernier vers avec moi.

– Bon sang que j'aime cette chanson. Comment le savais-tu ?

Je hausse les épaules et pose ma guitare.

– Je ne le savais pas vraiment. Mais ça ne m'étonne pas, parce que pour moi aussi cette chanson a toujours eu une signification particulière, aujourd'hui plus que jamais.

1. *Blackbird* est une chanson de 1968 qui figure sur le *White Album* des Beatles. Le dernier couplet est le suivant : « *Blackbird singing in the dead of night/Take these broken wings and learn to fly/All your life/You were only waiting for this moment to arise.* » Ce qui signifie : « Toi le merle qui chantes au plus profond de la nuit/Déploie tes ailes brisées et apprends à voler/Toute ta vie/Tu n'as fait qu'attendre ce jour où tu pourrais t'envoler. »

– Est-ce qu'on l'est ?

– Est-ce qu'on est quoi ?

Elle glisse plus près de moi et pose son dos contre mon torse.

– Prêts à s'envoler ?

Je ris, en quelque sorte.

– Je ne suis pas sûr de comprendre ta question, mais je vais dire oui. On a traversé des trucs difficiles dans nos vies. Et ça... ce dernier truc, c'était un enfer.

Je n'arrive toujours pas à prononcer le mot qui décrit ce qui s'est passé, c'est trop dur.

– Mais il faut qu'on apprenne à se libérer. Il le faut, Nell. Ça ne veut pas dire être heureux tout le temps. Il n'y a pas de mal à aller mal. Je te l'ai déjà dit, mais je le réapprends moi aussi. Mais aller mal ne veut pas dire arrêter de vivre.

Elle se penche en arrière, tourne la tête pour poser ses lèvres contre les miennes. Elle a le goût du Jameson et du Sprite qu'elle boit pour le faire passer. Whisky et Sprite ? Beurk. Mais elle aime ça alors peu importe. Ses lèvres ont le goût de Nell et c'est tout ce qui compte.

Sa langue glisse dans ma bouche et je comprends où elle veut en venir. Elle lève la main pour caresser l'arrière de ma tête, saisit ma nuque et m'attire vers elle. Mes doigts se baladent le long de son ventre, trouvent l'espace entre sa chemise et son pantalon, parcourent la chaleur satinée de sa peau. Je relève sa chemise et elle se redresse pour que je la lui enlève complètement. On est descendu tard sur le ponton, juste après sa douche, donc elle ne porte pas de soutien-gorge. Ça me plaît. Je peux faire courir mes mains sur son ventre, le long de ses côtes, glisser mes doigts autour de ses tétons durs et saisir ses seins lourds. Elle gémit dans ma bouche et je sais qu'elle en a besoin.

Moi aussi, j'en ai besoin.

Je l'embrasse, explore sa bouche, redécouvre les courbes de ses hanches, le bombé de ses seins et ses boucles de cheveux encore humides. Elle m'embrasse, me laisse la toucher. Je crois que chaque caresse est comme un pansement pour elle. Je veux lui montrer qu'elle ne se résume pas à son chagrin.

Pareil pour moi.

Elle finit par se retourner et nous glissons sur le pont de façon à ce que je sois sur le dos et qu'elle soit couchée sur moi, corps contre corps, sa douceur contre mes muscles. Elle laisse tout son poids tomber sur moi, berce mon visage dans ses mains, m'embrasse jusqu'à se perdre et, mon Dieu, sa bouche est pour moi un paradis.

Nell

Nell

Je n'avais pas réalisé à quel point j'en avais envie jusqu'à ce que ses mains remontent le long de mes cuisses pour venir caresser mes fesses. Jusque-là, l'embrasser avait été… délicieux et parfait et tout ce dont j'avais besoin pour oublier. Mais quelque chose dans la façon dont il a planté avidement ses doigts dans la chair de mes fesses a réveillé un besoin en moi.

J'ai besoin de lui. Ouais, bon, mentalement et émotionnellement aussi. C'est mon pilier. Il est là… il est juste toujours là pour moi, exactement comme j'en ai besoin. Il m'apaise, me console, me protège et me change les idées. Mais ça… avoir ses bras autour de moi, ses mains sur moi, ses doigts qui répandent une vague de chaleur au gré de ma peau et sa bouche qui dévaste délicieusement tous mes sens. Je ne peux pas continuer une minute de plus sans tout ça. C'est le chaos à l'intérieur de moi.

Je crois qu'il le comprend à la façon dont je me jette soudain sur lui. On était juste en train de s'embrasser, de se serrer, de se caresser et d'un coup je me retourne et plonge dans ses yeux étincelants couleur saphir qui brillent à la lueur des étoiles et de la lune. Son regard m'absorbe comme si j'étais la plus belle chose qu'il ait jamais vue et je… perds simplement tout contrôle.

Je me jette sur son jean, fouille de façon frénétique sous l'élastique de son caleçon, sous son tee-shirt. Je suis essoufflée tellement le désir me rend folle.

Il immobilise mes deux poignets avec une de ses mains et me relève le menton avec l'autre.

– Doucement, Nell. Ralentis.

– Je ne peux pas, je ne peux pas.

Je ne reconnais pas ma voix, c'est presque un couinement, et je ne suis pas du genre à couiner.

– J'ai envie de toi. Tout de suite.

Ses yeux sont à la fois calmes et avides.

– J'ai envie de toi aussi. Mais ralentis. Je suis là. Je suis là.

Il me serre contre lui et je peux sentir la chaleur de sa chair, de son corps musclé, de son érection contre ma cuisse.

– Ça ne suffit pas. J'ai envie de toi en moi, Colton. S'il te plaît.

Il pousse une mèche rebelle sur le côté avec son pouce.

– Je sais, bébé. Mais respire pour moi, d'accord ? Tout va bien.

Je réalise que je suis en train d'hyperventiler. Ça ne va pas. Mais Colton me fait du bien, non pas parce qu'il me répare, juste parce qu'il est lui. Il est constant. Il est instinctif et rugueux, bon, intelligent et presque illettré mais si brillant et talentueux et tellement sexy que c'en est presque absurde. Et il *m'appartient*. Et tout ça me fait du bien parce qu'il m'aime, même quand je m'enfuis ou que j'hyperventile.

Je respire. Je me calme, inspiration après inspiration, comme on m'a appris en thérapie, et doucement je recouvre un peu mes esprits.

Puis Colton se lève d'un coup en me tenant dans ses bras et il m'emmène dans la chambre d'amis de la maison de ses parents dans laquelle il a dormi ces derniers jours. La maison est silencieuse de cette façon dont seules les maisons vides peuvent l'être. Ses parents ne sont pas là, ils sont partis en week-end juste tous les deux, ils en avaient besoin depuis longtemps.

Colton me pose sur le lit et je sens l'odeur de son parfum, de son shampoing et du whisky. Je le regarde, le scrute, m'imprègne de sa beauté brute et virile. Il enlève son tee-shirt, en faisant ce truc sexy que les mecs font quand ils attrapent le col par l'arrière et l'enlèvent d'un coup, ce qui contracte leurs abdos et leurs pectoraux. Il défait le bouton de son jean et je suis une épave tremblante rien qu'à le regarder baisser sa braguette. Il la fait glisser le plus lentement possible, il joue avec moi. Le jean tombe sur le sol et son caleçon est tendu. Il n'a aucun complexe. Il passe ses pouces sous l'élastique et baisse son boxer pour dévoiler son sexe, le voilà nu face à moi.

Mon Dieu, oui.

Je ne peux pas m'empêcher de me mordre la lèvre et de sourire à la vue de son érection, de son gland qui luit. Il est nu, debout au-dessus de moi. Je tends les bras et l'attrape, je l'attire vers moi. Il grimpe sur le lit et s'agenouille devant moi.

– Tu es trop habillée, murmure-t-il.

– Tu devrais réparer ça, dis-je.

Il fait une grimace et m'enlève mon pantalon de yoga, puis ma culotte. Sa bouche se penche sur la mienne et notre baiser n'a rien de doux ni de délicat : il est affamé. En manque. Je le caresse, glisse mon pouce sur la goutte humide de son extrémité, explore les veines, les lignes et le contraste entre le soyeux et la dureté de son membre.

J'attends désespérément qu'il me pénètre, mais il ne le fait pas.

– Le docteur t'a dit que tu pouvais le faire, n'est-ce pas ? murmure-t-il avec douceur.

Je me contente d'acquiescer et essaie de l'attirer contre moi. Mais il résiste, il me regarde, ses yeux sont impénétrables. Je ne sais pas pourquoi il hésite, je crois pourtant avoir été claire sur mon désir.

Puis il roule sur le dos, me soulève et me pose sur lui de façon à ce que j'ai mon dos contre son torse. Il se dandine vers le haut, ajuste les oreillers pour qu'on soit cambré tous les deux, et c'est à la fois incroyablement confortable et sexuel. Je suis allongée sur lui et il frôle l'entrée de mon sexe. Je me penche en arrière pour embrasser sa mâchoire et je me perds dans le goût de sa peau tandis qu'il fouille dans le tiroir. J'entends un emballage de préservatif se déchirer et il l'enfile doucement. Je capte à peine tout ça, je goûte le sel de son cou, mais tout à coup ses mains sont sur moi, remontent le long de mes côtes, pincent mes tétons et me voilà haletante, gémissante, et je tends ma main entre nos jambes pour saisir son sexe et le conduire là où il doit être, je le fais entrer en moi. Oh… oh mon Dieu.

Je laisse mes doigts sur lui tandis qu'il glisse en moi et la sensation de sa chair recouverte de latex contre mon sexe trempé de désir est envoûtante, plus sensuelle que tout ce que j'ai pu ressentir auparavant. Je nous sens bouger, je me sens m'ouvrir sous l'énormité de son sexe, je sens l'humidité nous faire glisser tous les deux ; mes doigts retrouvent les siens autour de mon clitoris et on me caresse tous les deux ensemble. Mon autre main est posée sur sa mâchoire et il enfouit son visage dans ma paume pour l'embrasser. Il pétrit mes seins tout en caressant mon bouton enflé, ses cuisses se contractent, elles deviennent dures comme du bois, mes jambes sont enroulées autour des siennes, elles soulèvent mon bassin, le laissent retomber. Je peux tout juste atteindre ses testicules, je les caresse, les prends dans ma main et je me penche encore un peu pour passer mon doigt sur cette petite parcelle de peau juste derrière.

Je sens la chaleur de son souffle dans mon cou, sa voix murmure mon nom, comme s'il psalmodiait son amour pour moi, il me répète combien je suis belle, parfaite, incroyable. Chaque mot qui s'échappe de ses lèvres est comme une poésie, une chanson rythmée par le va-et-vient de nos corps enlacés.

Il n'y a ni début, ni fin, ni lui, ni moi, il n'y a que nous, que la perfection, celle de nos âmes et de nos corps qui fusionnent dans l'ivresse du plaisir.

Le moment vient où je jouis et le soulagement est infini, vague après vague d'une tension délicieuse, d'une chaleur flottante, des volutes d'extase et des flots d'amour si puissants que je n'arrive plus à respirer, je ne peux que poser ma tête sur son épaule et continuer à jouir autour de lui en murmurant son nom, comme une prière à notre amour.

Il n'y a pas de recette miraculeuse dans cette histoire. Je ne vais pas me réveiller demain guérie et joyeuse. J'aurai toujours mal, je serai encore triste.

Mais ces moments-là avec Colton ? Ça rend tout le reste supportable. Il ne me répare pas, il ne me guérit pas. Il donne juste un sens à ma vie. Il m'aide à me souvenir de respirer, me montre comment sourire à nouveau. Il m'embrasse et j'oublie la douleur, j'oublie ces pulsions que j'ai encore de me couper pour provoquer la douleur qui effacera mes émotions.

Il glisse son corps dans le mien et je gémis avec lui, respire avec lui, chaque soupir est une chanson. Et pendant les minutes et les heures que je passe à dévorer son amour pour moi, son amour en moi, je ne suis rien d'autre que sa Nell à lui, celle qui n'a ni cicatrices ni fantômes.

Quand il jouit, je jouis encore une fois et je murmure ces mots qui ont presque fini par remplacer les « je t'aime » entre nous deux : « Je te succombe. »

C'est si vrai. Quand on jouit ensemble, quand on s'embrasse, quand on s'endort l'un à côté de l'autre, on succombe l'un à l'autre et c'est dans ces moments-là que je vais bien. Quand je peux lui succomber.

FIN

Liste des chansons figurant dans le roman :

I and Love and You des Avett Brothers
Barton Hollow des Civil Wars
Danny's Song de Kenny Loggins
Reminder des Mumford & Sons
Bridge Over Troubled Water de Simon & Garfunkel
Make You Feel My Love d'Adele
Can't Break Her Fall de Mat Kearney
Stillborn de Black Label Society
Come On Get Higher de Matt Nathanson
I Won't Give Up de Jason Mraz
The Girl de City & Colour
My Funny Valentine d'Ella Fitzgerald
Dream a Little Dream of Me d'Ella Fitzgerald et Louis Armstrong
Stormy Blues de Billie Holiday
I Would Be Sad des Avett Brothers
Hello, I'm in Delaware de City and Colour
99 Problems d'Hugo (version originale de Jay-Z)
It's Time des Imagine Dragons
Let It Be Me de Ray LaMontagne
Rocketship de Guster
Don't Drink The Water du Dave Matthews Band
Blackbird des Beatles

J'aimerais profiter de ces lignes pour remercier tous ces artistes. La musique fait partie intégrante de mon processus d'écriture et ce roman n'aurait jamais vu le jour sans ces chansons et beaucoup d'autres encore qui ne sont pas citées ici. Je vous encourage à découvrir ces artistes si vous ne les connaissez pas déjà. Et… ne soyez pas des pirates. Achetez légalement leur musique. Soutenez les artistes, qu'ils soient écrivains, poètes, musiciens, sculpteurs ou photographes… Achetez leurs œuvres et soutenez leur talent. L'art rend le monde meilleur.

conception
réalisation
mise en page
pca
44405 Rezé cedex

Imprimé en Espagne
Dépôt légal : janvier 2014
N° d'impression : 01
ISBN : 978-2-7499-21532-2
LAF 1794